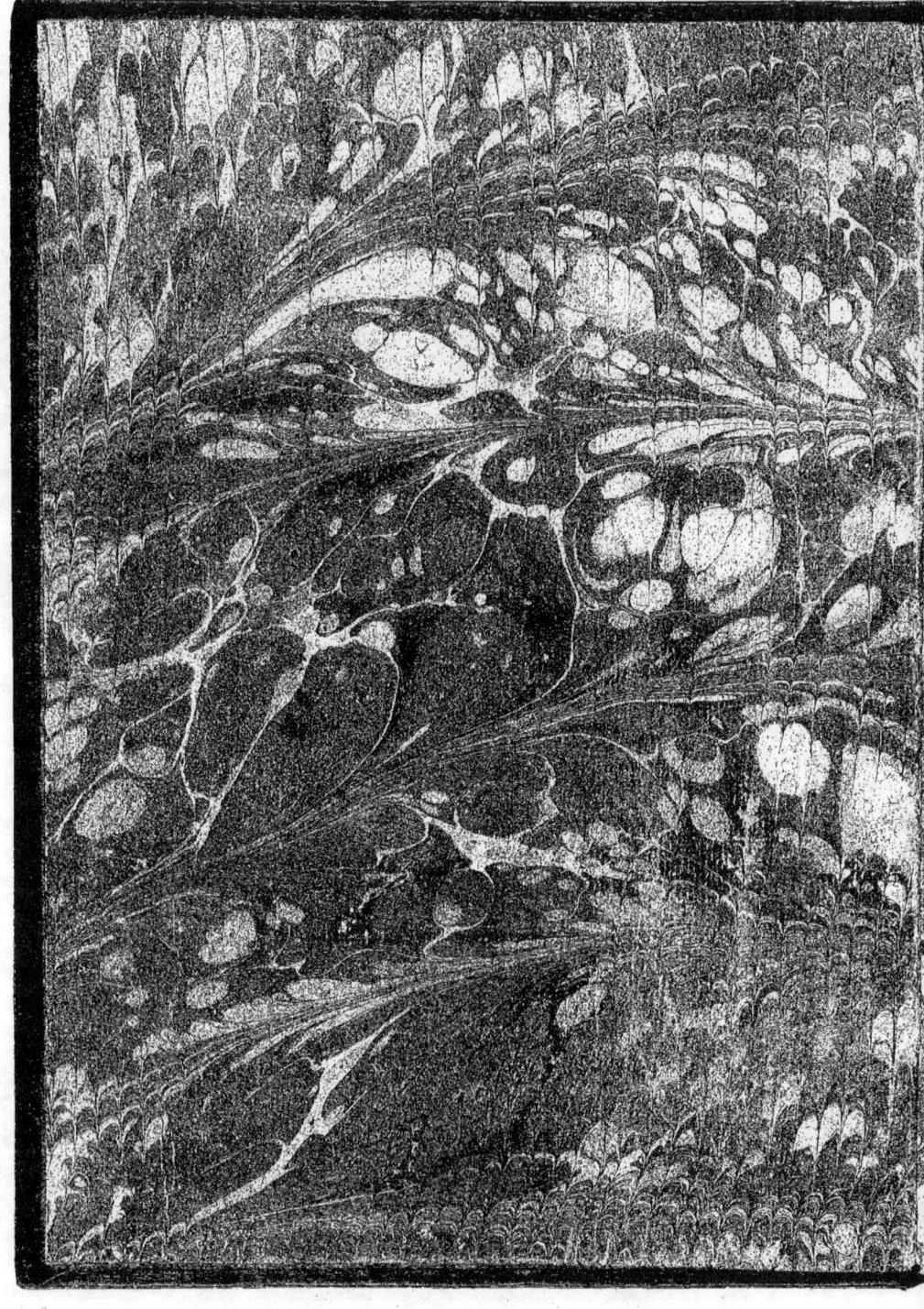

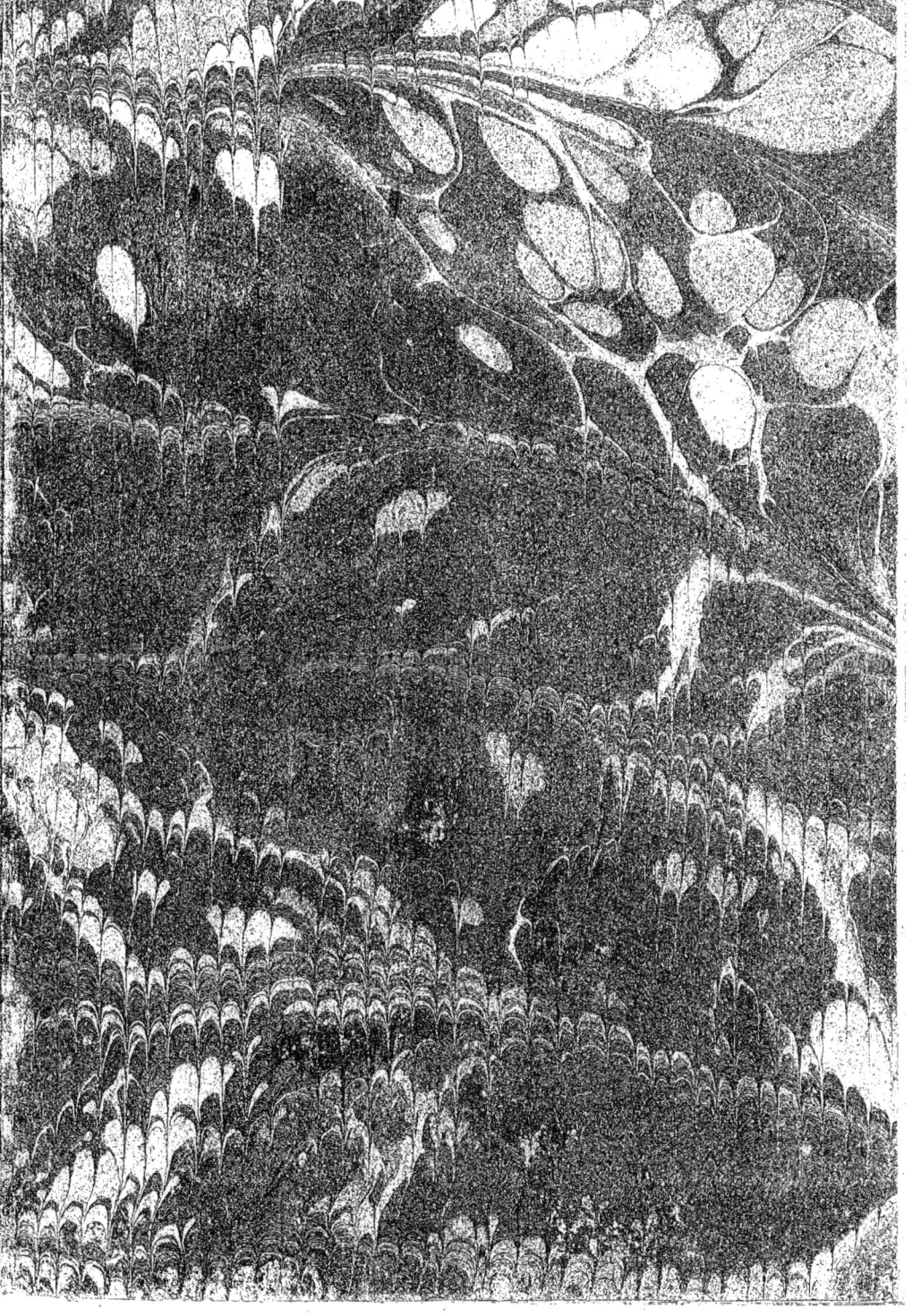

Choix de Pieces par les soins du Cosmopolite.

Ce Recueil a été fait par M. le Duc d'aiguillon pere de celuy d'aujourd'huy et imprimé chez luy a Verret en touraine et par luy. La femme de son Intendant qu'il avoit fait Prote de cet imp.ie et qui etoit dans une entresole où elle travailloit, luy cria un jour M. le Duc faut il deux R. au mot foutre; Il repondit gravem.t Il en vaudroit bien la peine; mais l'usage est de n'y en mettre qu'un.

L'Epitre à Mad.e de Mirmion qui est à la tête du livre est de M. de Moncrif.

La Preface de.

c'est sans contredit ici le recueil dordures le plus complet et le plus rare qu'il y ait. Il y a ici beaucoup de pieces qui ne sont qu'ici

on trouve a la fin une traduction des noels bourguignon de la monnoye qui n'est point ailleurs

RECUEIL
DE
PIECES CHOISIES
RASSEMBLÉES PAR LES SOINS
DU COSMOPOLITE

A ANCONNE,
Chez URIEL BANDANT, à l'enseigne de la Liberté.

M. DCC. XXXV.

A
MADAME
DE
MIRAMION.

MADAME,

C'EST moins l'étendue de vos lumières si généralement reconnües, que le caractere de Vôtre Esprit qui vous attire l'hommage du Recüeil que j'ay l'honneur de vons présenter, il a un objet moral qui fonde mieux que tout autre motif la confiance avec la quelle je mets vôtre illustre nom pour ornement du frontispice.

8

Je cherche a rétablir dans le Monde, le langage, qui caractérise la véritable Honnesteté, & que l'erreur a déffiguré, en introduisant à sa place des tours affectez, qui ne sont (si j'ose m'exprimer ainsi) qu'une mauvaise foi de l'esprit, & non un gage de la droiture du cœur.

Ozons déffinir la Pudeur; elle ne consiste que dans l'intention pure avec la quelle il paroît qu'on fait un Portrait libre, & non dans le choix des mots.

Les Langues sacrées nous en fournissent partout des preuves, aux quelles un bon esprit, dès qu'il les examine, ne sçauroit se refuser,

Ezechiel dans son 23. chap. *veut peindre, pour nous donner l'horreur des grandes passions, le temperament emporté de deux femmes de Samarie:* Oolla & Ooliba, *dit-il [avec une simplicité admirable]* envoyerent chercher de jeunes Affiriens, à qui elle se prostituerent, parce qu'ils avoient le Vit gros, comme des Asnes, & qu'ils déchargeoient comme de superbes Etalons. *Ce sont les propres Termes du Texte original: Le Prophéte se garde bien de vous adoucir l'idée de la fureur de ces Femmes par des termes ménagez qui nous inspireroient moins d'horreur de cette phrénésie, qu'un désir secret de connoître les Talens d'Assyrie.*

Je pourois aux Exemples sacrées en joindre de profânes qui ne laissent pas d'être d'un grand poids.

Un sage Législateur de la Grece, * *voyant que les jeunes Filles en ne découvrant que quelques endroits de leurs Corps, inspiroient aux jeunes Citoyens des desirs immoderez: Quels remedes imagine-t-il d'approporter à ce déreglement?*

Ces dangereuses Beautez ne laissoient voir que leur

* LYCURGUE, établit dans la Ville de Sparte, la Coûtume que les Filles marchassent nuës, & cette Ville étoit renommée pour la Pudeur. Voyez dans la Vie de Lycurgue, de Plutarque, Traduction de M. Dacier, page 219, édition de 1721.

Gorge

gorge. il parle, elles montrent leur Cul en public ; & grace au pouvoir de la loi qu'il impose bientôt la pudeur ne consiste qu'à se faire voir toutes nües; bientôt les Spartiates familiarisez avec des chûtes de reins, des Cuisses, & des Mottes, qui ne songent point à se cacher, perdent de l'empressement dont ils étoient ennivrez, à peine daignent ils Bander pour les Cons les plus singulierement jolis, tant l'habitude des objets, diminüe de leur Empire sur nous.

Ce sont MADAME, *ces jours heureux de paix & d'innocence, que mon zele tend à ramener : Ce Receuil n'est rempli que de ces traits naifs, qui contiennent autant de saines moralitez, & qui n'offrent que des remedes contre la Concupiscence*

Daignez je vous prie seconder une si vertueuse entreprise ; Ozez dans le commerce de la vie parler ce Langage naif de l'Age d'or, condamnez par Vos éxemples cette fausse Pudeur qui ne fait qu'accrediter les Idées de Foutrie qu'on ne combat jamais mieux qu'en la mettant dans tout son jour : quel sujet de joye sera-ce pour moi, si je puis vous y déterminer : ce ne sera pas le moindre motif qui m'engagera à vous vouër pour le reste de ma vie, la vénération & le profond respect avec lequel je suis,

MADAME,

Votre très humble & trés
obéissant serviteur.
L. D. D.

PREFACE.

IL ſemble que la Philoſophie ne faſſe qu'à regret (pour ainſy dire) des progrés dans l'eſprit de l'Homme : ſi elle gagne à quelques égards aujourdhuy, elle pert ſi conſiderablement par d'autres côtez, que la compenſation n'eſt pas égale ; les connoiſſances phiſiques prennent il eſt vray de jour en jour un effort plus rapide, mais combien l'Eſprit de morale a-t-il dégénéré ?

Tandis que nos Philoſophes s'occupent de cette attraction qui entretient le jeu des differentes parties de l'Univers, l'impreſſion conſequente que doivent leur faire les mots les plus eſtimables de nôtre langue leur échappe, ou ſe métamorphoſe ſi j'oſe m'exprimer ainſi, dans leur imagination & ces mêmes mots ne preſentent preſque plus pour la pluſpart, le vray ſens aux quels ils avoient été attachez.

Faut-il chercher d'autre cauſe de la difference des mœurs de ce ſiecle cy, a celles des ſiecles paſſez ? ſans doute la naiveté avec laquelle nos peres s'énonçoient & qu'on a depuis ſi injuſtement qualifié du nom de langage libre étoit la baſe & le garand de la pureté de leurs mœurs.

Leur façon de vivre étoit auſſi ſimple que leur

langage ; parmi eux, oui vouloit dire effectivement oui, & non exprimoit éxactement non, point de ces subterfuges qui sont autant de ressources pour la mauvaise foi, & d'écueils de la solidité de l'esprit.

La malignité des termes équivoques, d'autant plus dangereuse, qu'elle fait les délices des petits esprits, & par consequent du plus grand nombre, n'étoit point encore connüe.

Quelle contrainte ces fausses idées qu'on attache aujourd'hui à un grand nombre de manieres de s'exprimer, n'apporte-t-elle pas dans la société ? il faut en exposer ici quelques exemples.

Qu'une femme a qui vous parlerez d'un voyage agréable & curieux que vous aurez fait, vous dise, je meurs d'envie de le faire, les sots éclatent de rire, & les fausses prudes rougissent : Celiante se donne la torture pour mettre son gand trop étroit pour sa main, vous n'oseriez jamais lui dire ; Madame voulez-vous que je vous le mette ? ni même, que je vous l'ôte ? parce que notre esprit corrompu va plus loin que les termes propres ne signifient, & qu'il suppose que pour l'ôter il faut l'avoir mis, & qu'il soit dedans ; si vous vous servez de ces termes simples vous passez pour un sot, ou du moins pour un mauvais plaisant.

A peine est-il permis de dire que la Marne se décharge dans la Seine, ou qu'un fusil est bandé, nos dévots même de la premiere classe avoient voulu faire passer cette réformation prétenduë du stile jusques dans la maniere de faire des enfans à sa femme, & trouvant une idée trop libertine, & une façon trop peu décente de se mettre dessus à nû, avoient imaginé de faire un trou chacun à leur chemise, pour opérer, disoient-ils, plus modestement & plus convenablement le grand œuvre de la propagation du genre humain : je laisse à juger

ger si ceux qui en agissent ainsi n'ont pas l'imagination plus dereglée, que ceux qui tout uniment se mettent dessus, dans la simple nudité que la sage nature nous a donné.

Avec quelque pureté d'intention que vous employez les mots d'enfiler, remuer ; branler, large, étroit, se retirer, & cent autres, ils reveillent à présent des idées licentieuses ; personne n'ignore le rire scandaleux qu'ont excité dans les derniers tems ces quatre vers du grand Corneille.

Dis moi donc, lorsqu'Othon s'est offert a Camille
A-t-il paru contraint ? a-t-elle été facile ?
Son homage auprès d'elle, a-t-il eu plein effet ?
Comment l'a-t-elle pris? & comment l'a-t-il fait?

La saine raison lorsqu'elle conduisoit les hommes ne leurs avoit point appris à faire une distinction imaginaire d'une expression supposée gratuitement malhonnête, d'avec une autre qui ne blesse point la pudeur. On prononce le mot de crime sans remords, comme celui de vertu sans édification, on croit avec justice n'être point garand des idées opposées que l'un & l'autre présente ; par quel égarement va-t-on déshonorer d'autres termes qui ont le même droit d'être au rang de ceux qui composent la langue : pourquoi les exclure de la conversation & des Ouvrages litteraires, où souvent ils seroient si naturellement amenez.

Ce sont ces préjugez que je cherche à combattre ; dans cette vüe je n'ai pas crû devoir employer des maximes ni des raisonnemens, ce Recüeil n'est rempli que d'exemples philosophiques, où fuyant toute équivoque, les mots sont mis dans leur sens naturel, & j'espere par cette ruse innocente aller encor mieux au but vertueux que je me suis proposé. Je sçais que pour persuader les hommes en fait de morale, il faut la leur présenter avec une exterieur agréable, on révolte d'ailleurs leur vanité quand on leur annonce qu'on va les instruire, & je me flatte d'avoir mis à la place des rides qui rendent la raison rebutante, la douceur & les graces faciles qui servent à la faire aimer.

RECUEIL

RECUEIL DE PIECES CHOISIES.

EPITRE A URANIE.

TU veux donc belle Uranie,
Qu'érigé par ton ordre en Lucrece nouveau,
Devant toi d'une main hardie,
A la Religion j'arrache le bandeau;
Que j'expose à tes yeux le dangereux Tableau
Des mensonges sacrez dont la terre est remplie,
Et que ma Philosophie,
T'apprenne à mépriser les horreurs du Tombeau,
Et les terreurs de l'autre vie.
Ne crois point qu'ennivré des erreurs de mes sens,
De ma Religion blasphémateur profâne,
Je veüille avec dépit, dans mes égaremens,
Détruire en libertin la loi qui les condamne;
Examinateur scrupuleux,
De ce redoutable Mistére,
Je prétens pénétrer d'un pas respectueux,
Au plus profond du Sanctuaire
Du Dieu mort sur la Croix, que l'Europe révére.
L'horreur d'une effroyable nuit,

Semble cacher ſon Temple à mon œil téméraire,
Mais la raiſon qui m'y conduit
Fait marcher devant moi ſon flambeau qui m'éclaire.
Les Prêtres de ce Temple, avec un ton ſévere,
M'offrent d'abord un Dieu que je devrois haïr,
Un Dieu qui nous forma pour être miſerables,
Qui nous donna des cœurs coupables,
Pour avoir droit de nous punir;
Qui nous créa d'abord à lui-même ſemblables,
Afin de nous mieux avilir,
Et nous faire à jamais ſouffrir
Des tourmens plus épouvantables.
Sa main créoit à peine une ame à ſon Image,
On l'en vit ſoudain repentir,
Comme ſi l'Ouvrier n'avoit pas dû ſentir
Les deffauts de ſon propre ouvrage,
Et ſagement les prévenir.
Bien-tôt ſa fureur meutriere,
Du monde épouvanté frappa les fondemens,
Dans un Déluge d'eau détruit en même tems,
Les ſacrileges habitans,
Qui rempliſſoient la terre entiere
De leurs honteux déreglemens.
Sans doute on le verra par d'heureux changemens
Sous un Ciel épuré redonner la lumiere,
A de nouveaux humains, à des cœurs innocens,
De ſa lente Sageſſe aimables mouvemens:
Non! il tire de la pouſſiere
Un nouveau Peuple de Titans,
Une race livrée à ſes emportemens,
Plus coupable que la premiere.
Que fera-t-il? quels foudres éclatans
Vont ſur ces malheureux lancer ſes mains ſéveres?
Va-t-il dans le cahos plonger les Elemens?
Ecoutez: ô prodige! ô tendreſſe! ô Miſtéres!
Il venoit de noyer les peres,

Il va mourir pour ses enfans.
Il est un Peuple obscur, imbecile, volage,
Amateur insensé des superstitions,
Vaincu par ses voisins, rampant dans l'esclavage,
Et l'éternel mépris des autres Nations;
Le Fils de Dieu, Dieu même, oubliant sa puissance,
Se fait Concitoyen de ce Peuple odieux,
Dans les flancs d'une Juive il vient prendre naissance,
Il rampe sous sa mere, il souffre sous ses yeux
Les infirmitez de l'enfance.
Long-tems vil Ouvrier, un Rabot à la main,
Ses beaux jours sont perdus dans ce lâche exercice,
Il prêche enfin trois ans le Peuple Iduméen,
Et perit du dernier supplice.
Son sang du moins, ce sang d'un Dieu mourant pour nous,
N'étoit-il pas d'un prix assez noble, assez rare,
Pour suffire à parer les coups
Que l'Enfer jaloux nous prépare:
Quoi! Dieu voulut mourir pour le salut de tous,
Et son trépas est inutile!
Quoi! l'on me vantera sa clémence facile,
Quand remontant au Ciel il reprend son couroux,
Quand sa main nous replonge aux éternels abîmes,
Et que par ses fureurs effaçant ses bienfaits,
Ayant versé son sang pour expier nos crimes,
Il nous punit de ceux que nous n'avons pas faits.
Ce Dieu poursuit encor, aveugle en sa colere,
Sur les derniers enfans, l'erreur du premier pere.
Il redemande compte à cent Peuples divers,
Assis dans la nuit du mensonge,
De ces obscuritez où lui-même il les plonge,
Lui qui vient, nous dit-on, éclairer l'Univers.
Amerique, vaste Contrées,

Peuples que Dieu fit naître aux portes du soleil ;
Vous Nations Hyperborées,
Vous que l'erreur nourrit dans un profond someil,
Vous serez donc un jour à sa fureur livrées,
Pour n'avoir pas sçû qu'autrefois,
Dans un autre hemisphere, aux Plaines Idumées,
Le fils d'un Charpentier expira sur la Croix ?
Non je ne connois point à cette indigne image,
Le Dieu que je dois adorer,
Je croirois le deshonorer
Par un si criminel hommage.
Entens Dieu que j'implore, entens du haut des Cieux,
Ma voix pitoyable & sincere,
Mon incrédulité ne doit pas te déplaire,
On te fait un tyran, je cherche en toi mon pere,
Je ne suis point Chrétien, mais c'est pour t'aimer mieux.
Ciel ! ô ciel ! quel objet vient de frapper ma vuë !
Je reconnois le Christ puissant & glorieux,
Auprès de lui dans une nuë
Sa Croix se présente à mes yeux,
Sous ses pieds triomphants la mort est abatuë,
Des portes de l'Enfer il sort victorieux,
Son regne est annoncé par la voix des Oracles,
Son Thrône est cimenté par le sang des Martyrs,
Tous les pas de ces Saints sont autant de Miracles,
Il leur promet des biens plus grands que leurs désirs ;
Ses éxemples sont saints, sa morale est divine,
Il console en secret les cœurs qu'il illumine,
Dans les plus grands malheurs il nous offre un appui ;
Et si sur l'imposture il fonda sa doctrine,
C'est un bonheur encor d'être trompé par lui.
Entre ces deux portraits incertaine Uranie,
C'est à toi de chercher l'obcure vérité,

A toi que la nature honora d'un génie,
Qui seul égale ta beauté,
Songe que du Très-Haut la sagesse immortelle,
A gravé de sa main dans le fond de ton cœur
La Religion naturelle :
Crois que ta bonne foi, ta bonté, ta douceur,
Ne sont point les objets de sa haine éternelle;
Crois que devant son Thrône, en tout tems, en tous lieux,
Le cœur du juste est précieux :
Crois qu'un Bonze modeste, un Dervis charitable,
Trouve plûtôt grace à ses yeux,
Qu'un Jansenisté impitoyable,
On qu'un Prélat ambitieux :
Et qu'importe en effet sous quel titre on l'implore?
Tout hommage est reçû, mais aucun ne l'honore,
Ce Dieu n'a pas besoin de nos vœux assidus,
Si l'on peut l'offencer c'est par des injustices,
Il nous juge sur nos vertus,
Et non pas sur nos sacrifices.

CONTE

UN Officier n'ayant qu'un bras,
Ce n'est pas, comme on sçait, un petit embaras,
Se trouvant l'autre jour avec un Loyauliste,
De son état se plaignant d'un air triste :
Que n'allez-vous à Saint Médard,
Lui dit le Pere goguenard,
Pâris vous obtiendra le bras par sa priere :
L'Officier lui répond, l'avis est salutaire,
Mais si je m'adressois à votre Saint Girard,
C'est un faiseur de bras, vous le sçavez mon Pere.

LES DEUX AMOURS.

CErtain enfant qu'avec crainte on caresse,
Et qu'on connoît à son malin souris,
Court en tout lieux précédé par les ris,
Mais trop souvent suivi par la tristesse,
Dans les cœurs des humains il entre avec souplesse,
Habite avec fierté, s'envôle avec mépris.

Il est un autre Amour, fils craintif de l'estime,
Soumis dans ses chagrins, constant dans ses desirs,
Que la vertu soutient, que la candeur anime,
Qui résiste aux rigueurs, & croît par les plaisirs.

De cet Amour le flambeau peut paroître
Moins éclatant, mais ses feux sont plus doux,
C'est-là le Dieu que mon cœur veut pour maître,
Et je ne veux le servir que pour vous.

VERS DE CHARLES IX.

A RONSARD.

L'Art sublime des Vers, dû-t-on s'en indigner,
Doit être à plus haut prix que celui de regner;
Tous deux également nous portons des Couronnes,
Mais Roi je les reçois, & Poëte tu les donnes:
Ton esprit enflammé d'une celeste ardeur,
Eclatte par lui-même, & moi par ma grandeur.
Si du côté des Dieux je cherche l'avantage,
Ronsard est leur mignon, & je suis leur image:
Ta Lyre, qui ravit par de si doux accords,
T'asservit les esprits dont je n'ai que les corps,
Elle t'en rend le maître, & te sçait introduire
Où le plus fier Tyran ne peut avoir d'empire.

LA CHENILLE ET LA FEMME.

FABLE.

CHenille effroyable animal,
Qui dans ce Bois nous importune,
Qu'à nos arbres tu fais de mal:
Ah Dieu! je crois en sentir une.

La Chenille ayant entendu
Ce qu'un Femme disoit d'elle,
Sans se fâcher a répondu,
Ma laideur n'est point éternelle.

Bien-tôt changée en Papillon,
J'aurai des couleurs admirables,
Du blanc, du bleu, du vermillon,
Et je ſerai des plus aimables.

Plus d'une belle, à ce qu'on dit,
Eſt de moi l'image parfaite,
Chenille en ſortant de ſon Lit,
Papillon après ſa Toilette.

LE GUEUX.

CONTE.

UN Paſſant tout déguenillé.
Gueuſoit d'une maniere immonde:
Il étoit ſi mal habillé,
Qu'il ſcandaliſoit tout le monde,
Le drôle le faiſoit exprès,
Et s'en gobergeoit en lui-même;
Mais on mit les Archers après,
Tant l'impudence étoit extrême.
Les témoins furent aſſignez,
Tous les hommes le reconnurent,
Et ſur ſes traits déſignez,
Contre lui hautement conclurent:
Les femmes furent ſon appui,
Chacune dit en témoignage,
Je ne ſçais pas au vrai ſi c'eſt lui,
Je ne pris pas garde au viſage.

LES SERVITEURS PLAINTIFS.

CONTE.

DEux Domestiques affidés,
Qui jamais ne quittoient leur maître,
S'étoient un jour persuadés
Qu'il étoit un ingrat, un traître :
Quoy donc ! se disoient-ils, sans nous
Que feroit-il dans ce bas monde ?
Parmi ses plaisirs les plus doux.
C'est pourtant sur nous qu'il se fonde :
Ailleurs il auroit beau chercher
De quoi fournir à sa dépense,
Et souvent, sans lui reprocher,
Notre bourse est en décadence.
D'autres lui donnent-ils l'esprit,
Le bel air, & la bonne grace ?
Ce n'est plus qu'un lâche, un proscrit:
Dès que nôtre zéle se lasse.
Malgré tout cela néanmoins
Il n'a nulle reconnoissance ;
Un fier mépris pour tant de soins
Est nôtre unique récompense :
En compagnie est-il entré,
Zeste, il nous deffend de le suivre,
Seul à la joye il est livré
Et ne sort point qu'il n'en soit yvre ;
Tandis qu'exposez au grand vent,
A la plüie, & même aux gourmades,
Sous un Portail honteusement
Nous essuyons mille bravades.
Ce métier est trop ennuyeux,
Nous ne devons plus nous contraindre,

Et tout-à-l'heure au Roi des Dieux
Allons ensemble nous en plaindre.
JUPITER la plainte entendit,
Et vouloit en faire justice,
Mais, tout consideré, leur dit :
Continués votre service ;
Retournés-vous-en tous les deux,
Je mets néant à la Requête ;
J'en sçai trop d'aussi malheureux
Qui viendroient me rompre la Tête.

CHANSON.

Sur l'Air, *Oui je le dis & le repete.*

QUe Saint Pâris à ses Malades,
Fasse faire maintes gambades ;
Le beau Miracle que voilà,
Croyons plûtôt à la Cadiere,
Qui fait sauter un Loyola,
De Sodome jusqu'à Cithere.

LE PURGATOIRE DES JESUITES.

CONTE.

UN Compagnon du Bienheureux Ignace,
De vie à mort ayant enfin passé ;
Lorsqu'on chantoit ici bas l'*In pace*,
Pour lui, là haut, le Saint demanda place
A Dieu le Pere : Il vantoit ses vertus,

Une foi vive, humilité profonde;
Peu de fouci des affaires du monde;
L'horreur du Sexe étoit en lui des plus,
Disoit le Saint; de prouver ces articles
Jà n'est besoin, & fans prendre bezicles,
Chacun, là bas, cette justice rend
A tout mortel qui mon saint Habit prend.
Je le sçais trop, répondit Dieu le Pere,
Si de mon Fils, ainsi que de sa Mere.
Le Postulant n'étoit le Conpagnon,
Sur son Placet au bas, je mettrois, Non;
En leur faveur je retiens ma colere,
N'imposerai qu'une peine legere,
Mais il la faut: votre Ordre est antiché
Depuis long-temps de ce vilain peché,
Qui mille fois lassant ma patience,
A sur Sodome attiré ma vangeance;
Par un éxemple il faut les corriger,
En dépit d'eux, & je vais y songer.
Ignace, écoûte ici ce que j'ordonne,
C'est à ce prix qu'à l'Ordre je pardonne.
Que de la main de ce tien nourrisson,
Un doigt coupé, pour servir d'hameçon,
Soit par Expert, nullement Janseniste,
A toute Femme en travail, présenté,
En cet endroit de vous peu fréquenté:
L'enfant suivra la Relique à la piste,
Faisant au nom de la Societé,
Avec succés cet employ méritoire,
Ton Compagnon fera son Purgatoire.

Un doigt du Pere de la Colombiere Jesuite, Directeur de Marie Alacoque, a été arraché par un Chirurgien, qui faisoit l'ouverture du Corps du Reverend Pere, mort en odeur de Sainteté, il l'a conservé comme une Relique, & s'en sert actuellement pour accoucher les femmes de son Canton.

LE JARDIN D'ADAM.

CONTE.

A Rome une sçavante Dame,
Pour un François d'amour s'éprit ;
N'ozant lui découvrir sa flâme,
Voicy comment elle s'y prit.
Sçavez-vous bien, homme d'Esprit,
Où, selon la commune Idée
Le Paradis terrestre étoit.
A toute force il disputoit,
Voulant qu'il fut dans la Chaldée,
Lorsque la belle s'écria
E nel Mezzo-potta-mia.

CONTE.

L'Autre jour frere Jean mourut de la gravelle,
Son Ame de ce pas aux Enfers dévala :
Un Diable qui pour lors étoit en sentinelle
Dit à frere Jean : Qui va là ?
Un Pécheur, dit-il, une ame criminelle :
Attend, qu'au Caporal j'anonce la nouvelle ?
Le Caporal avance & lui dit, de ce lieu
Retirez vous, & vos semblables,
Puisque là-haut, Chrêtiens, vous mangez vôtre Dieu,
Peut-être qu'ici-bas vous mangeriés le diable.

T'Y VOILA DONC.

CONTE

J'Y suis présent comme si le faisois,
Un jour advint qu'adroitement j'usois
De maintes ruses, aux pieds de mon amie,
Que je trouvai par hazard endormie.
Dans un fauteüil: elle m'aimoit assez,
Je l'adorois, & quelques Mois passez,
Bien humblement en état de novice,
Devoient hâter l'heure du Sacrifice.
Je la mis donc précisément au point,
De le vouloir & ne le vouloir point;
Quand pour calmer l'incommode murmure
De la raison, la voila qui s'assure
De mes deux mains, après avoir couvert
D'un mouchoir double un embonpoint qui sert
A mettre en train; répétant, soyez sage,
Aimons nous bien, mais point de badinage.
Quoi! répondis-je, un baiser sur les yeux
Me rendroit-il haïssable, odieux,
Quand j'irois même expliquer bouche à bouche,
Mes sentimens, feriez vous la farouche.
Bon pour les yeux, & la parolle aussi,
Repliqua-t-elle, ils sont à la merci
De ton amour,& du reste Je conte
Que ne voudrois t'exposer à la honte
D'être à jamais de ma maison banni.
Non feray, dis-je, & que je sois puni
De mille Morts, si j'en prens davantage
Sans vôtre aveu, je m'en tiens au visage;
Encor cest trop; Adonc me surgissant
Sur mes Ergots, d'un air reconoissant,
Je m'élançai sur ses levres vermeilles;

Mais m'élançant, j'operois des merveilles
Des deux genoux, car insensiblement,
Juppes, jupons, & je ne sçais comment
Chemise aussi rebroussant vers la tête,
Sembloient vouloir être aussi de la fête.
Pour pallier mon amoureux dessein,
Je demandois un baiser sur le sein
Pour dernier gage; elle de s'en deffendre
Fit de son mieux, moi de le vouloir prendre,
Je m'éforçois, en tirant du cachot
Avec le nez, vicaire du manchot,
Ses blancs Tetons: Mais disant en moi-même,
Elle est rusée, helas! mon stratagême
N'ira pas loin, en effet la frayeur
De son couroux, me saisissoit le cœur,
Et j'étois près de quitter la partie,
Quand je sentis qu'en toute modestie,
Sans me parler & sans siller de l'œuil,
Elle glissoit sur les bords du fauteuil,
Tenant toûjours mes mains entre les siennes,
J'en enrageois; des cloisons mitoyennes
De mon côté, nuisoient à l'Orloger,
Pour profiter de l'heure du Berger.
Mais mon amour aussi-tôt sans miracle,
Fit un effort qui rompit tout obstacle,
Je m'échaffaude, & pour cacher mon jeu,
De nos deux yeux je confondois le feu,
En mariant prunelle auec prunelle
J'étois au but quand tout d'un coup la belle,
Qui jusques là n'avoit point consenti,
Donnant l'essort à mes mains prisonnieres;
Tête penchée & fermant les paupieres
Elle me dit d'un ton de voix perclus,
T'Y VOILA DONC; & puis ne parla plus.
Jamais ne fût je crois dans la nature
Expression si propre à la fracture,
Que celle là, depuis ce temps cent fois,

Cent fois, que dis-je, il eſt par trop bourgeois,
Un tel calcul, mille fois, milles encore ;
T'y voilà donc, au lever de l'aurore,
Ma reveillé, même en ce moment cy,
J'en ſens l'effet & vous peut-être auſſi.
Mais Cupidon piqué de jalouſie,
Que ces mots ſeuls, cette phraſe choiſie,
Eût le pouvoir, en tout lieux, en tous temps,
Sans ſon ſecours, d'évertuer mes ſens,
D'un air railleur, pour me punir ſans doute,
De grand matin ma dépeint la deroute
De mes plaiſirs, l'autre mois à Paris
Tenant ton rang parmy les beaux eſprits,
Tu te voyois, ma t'il dit, preſque à même
Des grands ſeigneurs, & juſques au Diadême
De langue en langue, enfin ſont parvenus
Les vers naïfs de ton Philotanus.
Aſſis à table auprès d'une Ducheſſe,
Tu te prêtois chaque jour à l'Ivreſſe
Des vins exquis que te verſoit ſa main,
A ſa toilette, admis le lendemain
D'un air coquet & d'une œuillade avide,
Tu lui diſois ce qu'auroit dit Ovide,
De l'amour propre ou de la volupté,
Le quel des deux s'eſt le plus contenté
Dans ton voyage ? Orſus, dans la Province
Ratatiné tu fais d'un repas mince,
Ton noble ébat, avec quelque Bigot
De ton Chapitre, un malotru Gigot
Eſt ta pitance, & redevenu ſobre,
Tu boit tout ſeul ton petit Jus d'Octobre.
Où ſont tes Ducs ! & leurs Appartements
D'or d'azur ? tous leurs beaux traitements,
Ces bons acceüils dont tu faiſois trophée
Sont diſparut comme un Conte de Fée.
Pauvre Chanoine en un Cloître reduit,
T'y voilà donc ; cette phraſe au deduit

T'excite-t-elle ! ô fy, que je m'en moque;
T'y voilà donc reclus dans ta bicoque.
Et bien j'y suis, ai-je répondu net,
Et n'en métrai de travers mon bonnet:
J'ai des amis, je suis dans leurs memoire,
Leur amitié fait ma joye & ma gloire,
De leurs bienfaits le recent souvenir
Me flatte plus que les biens à venir,
Je croirois bien que parmi la legende
Des hauts huppez qui m'ont mis la guirlande,
Et prodiguez leurs applaudissements.
Plusieurs sont-ils sujets à faux serments:
Mais quand j'aurois tout au plus trois ou quatre
D'amis loyaux, c'est assez pour rabatre
Ton fier caquet, quand je n'en aurois qu'un
Il suffiroit, or je l'ai ce quelqu'un,
Il est à moy je le tiens dans ma manche;
Et plût à toi, que la belle main blanche
De son Epouse en termes aussi clairs,
Voulut m'écrire, & couronner mes vers;
De cet ami, tiens voilà les largesses,
Il vaut tout seul cent Ducs & cent Duchesses,
Et son tabac a chaque instant du Jour,
Me Joint à lui par un acte d'amour.

ODE

ODE.

FOutre des neuf Garçes du Pinde ;
Foutre de l'Amant de Daphné ,
Dont le flasque Vit ne se guinde
Qu'à force d'être patiné.
C'est toi que j'appelle à mon aide
Toi qui dans les Cons d'un Vit roide
Lance le foutre à gros boüillons :
Priape soûtiens mon haleine ,
Et pour un moment dans ma veine
Porte le feu de tes Coüillons.

Aigle , Baleine , Dromadaire
Insecte , Animal , Homme , tout ,
Sous les Eaux , dans les Cieux , sur la Terre
Tout nous annonce que l'on fout.
Le foutre tombe comme gresle,
Raisonnable ou non tout s'en mêle
Le Con met tous les Vits en rut :
Le Con du bonheur est la voye
Dans le Con gist toute la joye
Mais hors du Con point de Salut.

Que tout bande, que tout s'embraze ;
Accourez Putains & Ribaux ,
Que vois-je où suis-je , ah ! doux extaze
Les Cieux n'ont point d'objets si beaux :
Des Coüilles en cercles arondies ,
Des Cuisses fermes & polies

Des Bataillons de Vits bandez,
Des Culs sans poil & sans crottes,
Des Tetons, des Cons, & des Mottes :
D'un torrent de Foutre inondez.

Restez, adorables images,
Restez, à jamais sous mes yeux,
Soyez l'objet de mes homages,
Mes législateurs, & mes Dieux.
Qu'à Priappe on éléve un Temple,
Ou nuit & jour on vous contemple
Au gré des vigoureux Fouteurs :
Le Foutre y servira d'ofrande,
Le poil des Coüilles de guirlande,
Les Vits de Sacrificateurs.

Quoy-qu'aussi gueux qu'un rat d'Eglise,
Pourvû que j'aye les Coüillons chauds,
Que le poil de mon Cul frise,
Je me Fous du reste en repos,
Grands de la terre ! l'on se trompe
Si l'on croit que de vôtre pompe
Jamais je puisse être jaloux ?
Faites grand bruit, vivez au large,
Quand j'enconne, quand je décharge,
Ai-je moins de plaisirs que vous.

Jeunesse au Bordel aguerie,
Ayez toûjours le Vit au Con ;
Qu'on Foute, l'on sert sa Patrie,
Qu'on soit chaste à quoy lui sert-on ?

Il falloit un trésor immense
Pour pouvoir de leur décadence ;
Relever les murs des Thébains :
Du gain de son Con faisant offre,
Phrinée le trouve dans ses coffres:
Que servoit Lucresse aux Romains ?

Palais, Trésors, Honneurs ; Foutaise ;
Ouï Crésus, toi tout le premier,
Tu ne vaut pas, ne t'en déplaise,
YRUS qui Fout sur son fumier,
Le Bougre fut un sage en Grece,
La sage y fut une Bougresse ;
Exemple qu'à Rome l'on suivit,
L'on y vit plus d'une matrone,
Préferant le Bordel au Trône,
Lâcher un Sceptre pour un Vit.

Que l'or, que l'honneur vous chatoüille,
Sots Avares, vains Conquerans,
Vive le plaisir de la Coüille,
Et Foutre des biens & des rangs,
Achille aux rives du Scamandre,
Pille, ravage, met en cendre.
Ce n'est que feu, que sang, qu'horreur ;
Un Con paroît, passe-t-il outre ?
Non, je vois bander mon Jean-Foutre,
Le Heros n'est plus qu'un Fouteur.

Quelle importante raison broüille
Ce Prince avec Agamemnon ?

L'interêt sacré de la Coüille ;
Briseïs, une Garçe, un Con.
Sur le fier Amour de la Gloire,
L'Amour de Foutre a la Victoire,
Il traîne après son Char
Cette puissance à qui tout cede,
Devant le Vit de Nicomede,
Fit tourner le Cul à César.

Socrate, direz-vous, le sage,
Dont on vante l'esprit divin ;
A souvent vomi peste & rage
Contre le sexe Féminin :
Mais pour cela le bon Apôtre,
En a-t-il moins foutu qu'un autre :
Interprétons mieux ses Leçons ;
Contre le Sexe il persuade,
Mais sans le Cul d'Alcibiade,
Il n'eût pas tant médit des Cons.

Mais voyons ce brave Cynique,
Qu'un Bougre a mis au rang des Chiens,
Se branler fierement la Pique,
A la barbe des Atheniens :
Rien ne l'émût, rien ne l'étonne,
L'éclair brille, Jupiter tonne,
Son Vit n'en est point démonté,
Vers les Cieux sa tête altiere,
Après une courte carriere,
Décharge avec tranquillité.

De

De Fouteurs l'hiſtoire fourmille,
Le Soleil Fout Leucothoé,
Cynira Fout ſa propre fille,
Un Taureau Fout Paſiphaé,
Pigmalion Fout des Statues,
Le Brave Ixion Fout les nües,
On ne voit que Foutre couler :
Le beau Narciſſe pâle & blême,
Brûlant de ſe Foutre lui même
Meurt en tâchant de s'enculer.

Cependant Jupin dans l'Olimpe
Perçe des Culs, boure des Cons,
Neptune au fond des eaux y grimpe,
Nimphes, Sirênes, & Tritons,
L'ardent Fouteur de Proſerpine,
Semble dans ſa Coüille Divine
Avoir tout le feu des Enfers.
Amis joüons les même farces,
Foutons tant que le Con des Garces,
Nous foute l'ame à l'envers.

Tiſiphone, Alecto, Megere,
Si l'on foutoit encor chez vous,
Les parques, vous Pluton, Cerbere,
De mon Vit vous tâteriez tous :
Mais puiſque par un ſort barbare
On ne bande plus au Tenare,
Je veux y décendre en Foutant :
Là mon plus grand tourment ſans doute
Sera de voir que Pluton Foute
Et de n'en pouvoir faire autant.

Redouble donc ton infortune,
Foutu ſort, ſort plein de rigueur,
Ce n'eſt qu'à des ames communes
A qui tu peut Foutre malheur :
Mais la mienne que rien n'alarme
Plus ferme que le Vit d'un Carme,
Rit des maux preſents & paſſez ;
On me mépriſe, on me déteſte,
Que m'inporte mon Vit me reſte
Ie Bande, je Fous, ç'eſt aſſez.

SONNET

CRoiſſez multipliez dans vôtre acouplement
Dit le Pere Eternel à nôtre premier Pere ;
Alors le bon Adam deſireux de lui plaire
Prend ſa femme, & la Fout promptemenr.

Nous qui venons de luy pourquoy donc ſottement
Expliquer de ceDieu la volonté ſi claire,
Et par un dogme au ſien directement contraire,
Nous priver dun Plaiſir ſi doux & ſi charmant.

Simples qu'atendons nous d'une bonté ſi grande
N'a-t-il pas aſſez fait, puiſ-qu'il nous le commande
Faut-il pour nous monter qu'il tienne l'étrieu ;

Il n'a pas dit Foutez, mais groſſiers que nous
ſommes,
Croiſſez Multipliez en langage de Dieu,
Qu'eſt-ce ? ſinon Foutez en langage des Hommes.

SONNET.

AUguſtin dit, que la Concupiſçence
N'eût point eü part au doux accouplement
Si reſpectant la Divine défence,
Le premier Pere euſt été moins gourmand.

Mais que tout Homme en l'état d'innocence,
Eût engendré ſans charnel mouvement :
Tel à peu près qu'au tems de la ſemence,
Le Laboureur ſa terre va ſemant.

S'il a dit vray, l'offence Originelle,
L'oin d'être un mal pour la race mortelle,
Eſt un grand bien, dont je ſuis ſi touché,

Que le cœur plein du plaiſir qu'on y gagne;
Je me rècrie auec une compagne :
O douce faute ! ô bienheureux péché !

LE MOINE ET BELSEBUTH

CONTE.

DAns un Châtel, un Moine étant,
Le Diable s'offrit à ſa vuë,
Qui dit : Je t'emporte à l'inſtant,
Ou bien fais l'un de ces trois : Tuë,
Fornique, ou t'enyvre : opte ; il bût.
En buvant, Madame lui plût,
L'Epoux dort ; achevant ſon ſomme ;
Il trouve maître Moine en Rût ;

Il court sus : alors le saint Homme,
Prend un chenet, frape & l'assomme ;
C'est où l'attendoit BELZEBUT.

LA POMME INFORTUNE'E.

ET la Fable & la Verité,
Font voir ce que peut la beauté.
Adam trop épris de ses charmes,
Méprisa les Célestes biens ;
Paris mit l'Asie en allarmes,
Et fit périr tous les Troyens.
C'est une Pomme infortunée,
Dont la fatale destinée
Causa le celeste couroux ;
En voyant les attraits si doux,
IRIS dont vous êtes ornée
Adam l'auroit prise de vous,
Et Paris vous l'auroit donnée.

LE PUCELAGE.

Vous avez vingt-cinq ans passez,
Iris, & vôtre Puçelage
N'a point encor fait de naufrage
Quoique je sois crédule assez,
Cela nest pas facile a croire,
A vingt-cinq ans ! je n'en crois rien.
Charmante Iris se pouroit bien,
Qu'en auriez perdu la mémoire.

LE FORGERON.

CONTE

UN Allemand bien fait, & ſéjourné,
Auec l'Armée en Champagne défile
Pour logement au ſoudard eſt donné
Le ſombre Lit d'un habitant docile,
Le Champenois helas ! n'en avoit qu'un,
Un forgeron n'en a pas d'avantage
Il falut donc que le lit fût commun
Et qu'il contint tout le petit ménage :
Au beau milieu l'on place par honneur
Le nouvel hôte, & près du bon Apôtre
Les deux conjoints s'endorment de grand cœur
D'un côté l'un, & ſa femme de l'autre :
Elle jugea que c'étoit le plus ſûr
Pour éſquiver les déſſeins de nôtre homme
De ſe tourner le nez contre le mur,
Ce fut en vain ; tout chemins vont a Rome,
Le mouvement fit éveiller Vulcain,
Qui ſentant Mars de ſa Venus trop proche
Oh oh ! vraiment lui cria-t-il, Catin
C'eſt tout de bon, je crois qu'on vous acroche,
Tu n'a pas tort ; comment ? Foin du Galant ;
Remontre lui ſon impudence extreme.
Pardi mon fils, remontre lui toy même,
Sçais-je parler un ſeul mot d'Allemand.

L'OYSEAU REVEILLÉ.

CONTE.

UN gros brutal faisoit froid à sa femme,
Je ne sçais pas qu'elle étoit sa raison,
Ce que je sçais c'est que la bonne Dame
Aimoit assez la paix de la Maison :
Vint une nuit où la chaleur extrême
Fit qu'en dormant elle étendit sa main
Qui par hazard tomba sur l'endroit même
Dont la sevroit son Epoux inhumain
Dans le moment vous jugez bien peut-être
Que, cet Oisel la belle reveilla,
Pauvre Animal ! s'écria-t-elle, il a
Du naturel, beaucoup plus que son maître.

EPIGRAMME.

CE fut pour pisser seulement
Que le bon Dieu fit nos Andoüilles,
Dit un Carme a son pénitent,
Il lui repondit, & les Coüilles.

LE BAPTESME DE LA CHINE.

EPIGRAMME.

CHez les Chinois un sectateur d'Ignace .
Par maints discours artistement pieux ,
Illuminoit d'un rayon de la Grace ,
Jeune Garçon , d'un minois gratieux :
Il faut, dit-il, vous donner le Baptême ,
Je vais sur vous épancher le saint Crême,
C'à tournez vous ; lors le Bougre ruzé
Vire le Gars , & dextrement enguaine ,
Quoy , c'est cela ! dit le Catécumêne ,
Ton Compagnon m'a déja Baptisé.

CAS DE CONSCIENCE.

EPIGRAMME

UN Jour le pere André dans sa sombre céllulle
Sur son froc étendu , Chevauchoit sœur Ursule,
Mais tout pret a lancer son Foutre Monacal
Il jugea que de là l'Antechrist pouroit naître ;
Et de peur d'engendrer l'ennemy de son maître
Il la Foutit en Cul , fit-il bien ? fit-il mal.

LE PHENIX ET LE PAON,

FABLE.

UN jeune Paon de sa Queüe étalée,
Preconisoit la superbe beauté,
Et s'attendoit d'aller saisir d'emblée
Les Cœurs friands de toute la Cité ;
Vint un Phénix qui malgré son plumage
Moins séduisant, pût seul en aprocher,
D'où-vient sur l'autre eût il tant d'avantage ?
C'est qu'il renaît sans sortir du bucher.

EPIGRAMME.

L'Autre jour épanchant cette liqueur divine
Dont nos plaisirs & nous tirons nôtre origine ;
Iris qui se sentit inonder de ses flots
Fit une si Charmante mine,
Que jentendis l'Amour dire ces propres mots :
Vîte qu'on me la déssine
Pour mon cabinet de Paphos.

CHANSON SUR L'AIR *Suivons l'Amour.*

J'Ay rencontré la jeune Climene,
Qui disoit au lieu d'une Oraison ;
Un bon gros Vit me fait bien moins de peine,
Que l'embaras de me branler le Con.

LES

LES DEUX RATS.

CONTE.

AU bon vieux tems lors-que Berthe filoit,
Et que mainte bête parloit,
Mieux que nos Docteurs de Sorbonne :
On dit que certaine Mitronne,
Un soir comme elle paitrissoit,
Se sentit vivement mordüe, par une Puce,
Sur le bord d'un certain endroit,
Par ou l'hermite frere Luce,
Fit croire a son Agnés qu'un Pape sortiroit;
Sur le champ la Mitronne adroitte,
Surprit cette Puce jndiscrette,
La froissant, le Col lui tordit,
Puis aprés sa besogne faite,
Auprés de son Mitron elle se mit au lit,
Or quand la Puce elle avoit d'énichée
La pâte de ses doigts qui s'étoit attachée
Au bord de cet endroit que je ne nomme pas,
Attira dans le Lit deux Rats,
Dont le nés fin l'avoit fleurée,
En tapinois' venus pour en tâter.
Ils commençoient a grignotter,
Quand le Mitron sentant sa pâte bien levée,
Se mit en devoir d'enfourner.
Les deux RATS l'oyants se tourner,
L'un étourdy de peur, tremblant, tête baissée,
Dans le four le premier brusquement se jetta,
Et l'autre auprés tapis resta,
Le Mitron son œuvre achevée
Se rêcoucha sur le côtê.
Nos prisonniers en liberté,

S'enfuyrent au grenier a leur gîte ordinaire ;
Les voila se questionnant,
L'un à l'autre se demandants :
Comme ils s'êtoient tiré d'affaire,
Moy, dit l'un j'ay donné droit dans le pot au noir
Je ne crois pas qu'on puisse avoir
Une plus risible aventure
Par je ne sçais quelle ouverture,
Je me suis fouré dans un trou
Ou j'ay crû ma retraite sûre,
Mais le maudit Mitron m'a bouré tout son sou
Auec je ne sçais quoy qu'il poussoit a mesure
Que pour sortir de-là je voulois m'advancer
Se plaisant a me relancer,
Il ma cogné le nez, & m'a fait le tapage
Jusqu'a ce-que lassé du badinage
Le gros & long je ne sçais quoy
Prenant enfin congé de moi,
M'a craché par mêpris au milieu du Visage
Le villain m'a presque aveuglé,
Moi dit l'autre surpris, troublé
Dans l'encogneure d'une cuisse
Sans groüiller m'étant cantonné
Temoins impatient d'un fort sot exercice
Pendant qu'il te cognoit le nez
Avec sa Cheville Ouvriere,
Qui te causoit tant de soucy,
Deux Boulles qui pendoient à son chien de derriere,
Sans cesse allant, venant, cognoient mon nez aussi.

LE FAUCON, & LES PIGEONS.

FABLE.

MAître Faucon, fier comme un Ecossois,
Alloit en quête en sortant de son Bois ;
Il voit au loin une jeune Colombe,
A tire-d'aîle, avance, plâne, tombe
Sur la pauvrette, & se met en devoir
De la croquer : Quoy donc vôtre pouvoir
Est vôtre loi, cria l'Oyseau timide,
On est vainqueur quand le combat décide,
Mais quelle gloire est-ce a vôtre vigeur
De triompher de moi qui meurs de peur
Allez forcer l'Epervier a se rendre,
Ou le Milan qui pourra se défendre.
Nôtre Faucon lui répond dun ton sec,
Défendez vous, vous avez vôtre bec;
Helas ! mon bec n'a de force & d'adresse
Que pour donner quelques coups de tendresse
A mon amy ; quel est ce bel amy,
C'est un Pigeon sur le toit endormy
Faut l'éveiller & qu'il vienne a vôtre ayde
Non s'il vous plaît de grace le remede
Seroit pire que n'est le mal,
Comme ils parloient le petit animal
Se réveillant acouru de lui-même,
Et bec à bec, il se fit égorger;
L'Amour prudent auroit vû le danger,
LA'mour ardent ne voit que ce qu'il aime,

EPIGRAMME.

LIzette dessus la montée,
Par un Garçon culbutée,
En ses cris aux saints eut recours,
Car la Galande étoit trop fine,
Pour appeller une voisine,
Qui pouvoit venir au secours.

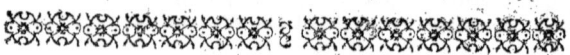

AUTRE

UN Procureur dit à sa femme,
Sus ma Mie, que joüerons nous?
Si je gagne dit la Dame,
Vous me le ferez quatre coups:
Quatre coups! le cas est bien cher,
Quoy! seroit-ce un jeu sans pitié?
Tenez tout, dit le Maître Clerc,
Mon Maître je suis de moitié.

AUTRE

UN jeune Conseiller amoureux d'une belle,
Voyant certain Plumet qui la suivoit par tout
Lui dit, Madame ce Plumet me Fout;
Il me Fout aussi, lui dit-elle.

L'ANE

L'ASNE ET LA CHEVRE

EPIGRAMME

L'Asne & la Chêvre une fois,
Faisoient ensemble voyage;
En passant prés d'un village,
Oüirent un grand bruit de voix;
La curiosité est & sera femelle,
Peut-on l'être & n'en point avoir?
Qu'entens-je icy? dit la Chévre, allons voir,
C'est une fête, allons, l'Asne sans s'émouvoir,
Luy dit, allez; courez, la belle,
J'attendray quelque temps icy,
Si l'on y dance, restez y,
Si l'on y Fout, ayez soin qu'on m'apelle.

AUTRE.

AU lit de mort une vielle a confesse,
Qui quarante ans sous Venus travailla,
A Bourdalou, éxagéroit sans cesse,
Les doux plaisirs, dont Amour la combla:
C'à, luy disoit le fils de Loyola,
Songez à Dieu: je le voudrois, dit-elle,
Mais j'ay mon Pere, un Bougre de Vit là,
Même en mourant, qui me Fout la Cervelle.

EPIGRAMME.

UN Peintre à Rome ayant d'après Nature
Dessein de peindre un saint Sébastien;
Prit jeune Gars de gentille figure,
Puis le mit nud, & le lia trés-bien:
Mais dans l'instant un Feu Vénerien
Saisit le Peintre, il pousse, il se fait brêche,
Le saint Cria; paix, dit l'Italien,
Ce n'est encor que la premiere Fleche.

AUTRE

AU jeu d'amour une jeune Donselle,
Tâchoit d'induire un Cavalier Romain;
L'Ultramontain dans son culte fidele,
La refusoit & même avec dédain,
Lors pour lui plaire, elle tourne soudain
Ce qu'a Jupin, Ganimede reserve,
Mais dans son gout malgré l'offre affermy:
Me fourer là, dit-il, Dieu m'en préserve
J'y serois trop voisin de l'ennemy.

AUTRE

DAns le Parloir de sainte Magdelaine
Alix vouloit un Pater consulter:
Est-ce péché, dit la None incertaine,

Quand le Nombril demange, d'y grâter.
Péché, vraymeņt corps ne sont que souillures,
Ne faut sur soi porter des mains impures:
Lors en levant & troussant ses habits,
Gratez moi donc, dit la None au Pere Ange,
Vous Pere en Dieu, dont les Doigts sont benits,
Et gratez fort, car bien fort me demange.

LA PICARDE.

CONTE.

Picarde étoit en Vertus assortie
Dame de nom, attentive sur tout
Ce qui dénôte une humble modestie,
Sage à l'excès: Ecoutés jusqu'au bout;
Fille elle avoit, de feu son hyménée
L'unique fruit, & ce grand rejetton
Estoit déja dans sa vingtieme année;
La pauvre enfant droite comme un bâton,
N'avoit jamais élevé sa paupiere;
Ses bras croisez, d'une novice au chœur
Elle portoit la contenance entiere;
Parler, neant; Ah fy, ah quelle horeur,
Fille bien née avant dêtre majeure
Ne parle point, lui disoit sa maman;
La voila donc qui müette demeure,
Gênée en tout, plus jaune que safran;
Advint un jour que noble compagnie
D'amis priez dinoit a la maison,
En même tems la chere réunie
Offroit des plats & des mets a foison,
Ce fut alors que nôtre bouche clôse
S'évertuant, tout à coup demanda

Permiſſion de dire quelque choſe ,
Ce que ſa mere en tremblant accorda.
Des Conviez la ſurpriſe fût grande ,
Et chacun deux par admiration ,
Ouvroit les yeux , attendoit ſa demande ,
Lorſ-quelle dit avec émotion
Ce que je vois me fait naître une envie ,
Envie ! & quoy ? ma fille expliquez vous ,
Je voudrois bien voir une Andouille en Vie ,
Ma chere mere , on n'en voit point chez nous.

EPIGRAMME.

UN Papelard épris de convoitiſe ,
Le Corps en Rut , le Cœur humble & contrit .
Gente Nonain piquoit ſur un chalit.
Sus, diſoit-il, que Satan j'exorçiſe .
Le vieux Serpent à brûler nous induit ,
En bons Chrêtiens , dans les eaux de lieſſe,
Faut étouffer cette flamme traîtreſſe.
Foi de Paſteur, j'y perdrai mon Latin,
Où je ferai déloger le Malin.
Le bon Paſteur ſe dépêche, bataille ,
Pouſſe le Diable & le mêne bon train ,
De Cûl, de tête, il heurte le lutin,
Sans que des coups l'eſprit malin ſe chaille.
Lors l'aſſaillant s'écria, Dieu benit !
Combien je faux ? ma Sœur il eſt écrit,
Que le Malin tentera le fidele.
Halte aux aſſauts, puiſque brûler nous faut,
Tant que vivrons. Voi ! reprit auſſi-tôt,
La ſainte ſœur, vous me la bailléz belle :
Perſevérence eſt précepte d'en-haut.
Mon Reverend , recueillons nôtre zéle ,
Tant fut affreux , du peril ne me chaut.

LA

LA BETHSABE'E.

AUtrefois sur le haut du jour,
Une certaine Bethsabée
Après sa Cornette lavée,
Voulut se laver à son tour:
D'abord c'est pour ôter la crasse
Du bout des pieds,
Des pieds, à la jambe elle passe,
De la jambe jusqu'au genou
Et de là je ne sçais plus où
Tant qu'à la fin chemise basse,
Elle s'en donna jusqu'au cou:
David du haut d'une Terrasse,
Je ne sçais comment l'apperçût:
Elle étoit blonde, jeune & grasse,
Le voila tout d'un coup en rût:
D'abord chez la belle courût,
Le grand veneur de telle chasse.
La belle assez mal le reçût
Pour la feinte & pour la grimace,
Mais à la fin elle le crût,
David la voit, David l'embrasse,
La belle n'étoit pas de glace,
Et tout aussi-tôt elle conçût.
La premiere fois ce ne fût,
Qu'à fin de mieux marquer la chasse,
Mais la seconde fois valût,
Un tresor à l'humaine race;
Car de la vint comme à Dieu plût
De main en main nôtre Salut,
Il faut avoüer que la grace,
Fait bien des tours de passe-passe
Avant que d'arriver au but.

EPIGRAMME.

EN fait d'Amour, je le dis & répéte,
Ce n'eſt le tout qu'un minois doux & coint
Beau, naturel n'eſt que joye imparfaite,
Si veux-je encor que l'art s'y trouve joint,
Jeune tendron jà ne me déplaît point,
Mais j'aime mieux gentille Doüairiere,
Or ſçavez vous en quoy gît tout le point,
L'une le fait, l'autre le laiſſe faire.

CONTE

POur ſe délivrer d'un ſcrupule,
Un jour Damon entra dans la Céllule
D'un vieux Carme des plus ſçavans,
Mon Pere, lui dit-il, depuis quatre ou cinq ans,
Je ſuis dans les bonnes Fortunes
Jeunes ou non, Blondes ou Brunes,
Tout eſt bon pour mon Cœur, ou du moins pour mes ſens,
Mais j'y mets cette difference,
Aux jeunes il n'en coute rien,
Et chez moi les faveurs tiennent lieu de finance,
Mais les Vieilles en récompenſe,
Me payent cherement deux heures d'entretien.
Et dites-moi Réverend Pere,
Puis-je ſans me damner garder tout ce bien là
Le bon Carme ainſi lui parla,
Toute peine içy bas doit avoir ſon ſalaire,
Et tout péché merite châtiment;
Ainſi je ſuis d'avis que vous gardiez l'Argent

Des Vieilles qui n'ont sçû vous plaire,
Et qui vouloient vous avoir pour Amant ;
Tandis que dans vos yeux, Feu de jeunesse brille,
De la Vieille maman prenez en sureté,
Mais il faut que le bien retourne à la Famille,
Et si dans l'age à Lunete ou Béquille,
Un penchant à l'Amour vous est encor resté,
Vous devez le rendre à la fille,
Pour le prix qu'il vous a coûté.

TRADUCTION
DU COEUR,
DE L'ACTE II. DE LA TROADE
DE SENECQUE.

Lorsque dans les yeux des humains
Une éternelle nuit succede à la lumiere ;
Et que les conjugales mains
Baissent nôtre foible paupiere.

Que nos Corps entrent au Tombeau ;
Ou que l'Urne en reçoit la Cendre,
Est-il vrai qu'aux Enfers il nous faille descendre,
Et que nôtre Ombre passe en un Monde nouveau ?
Où n'est-ce qu'une Histoire feinte,
Que mettent en crédit l'ignorance & la crainte ?

Quand par un trépas généreux,
Un Malheureux s'arrache au pouvoir de l'Envie ;
Cet heroïque Malheureux
Pert-il sa mort avec sa vie ?

Rencontre-t-il encor ailleurs
Les malheurs dont il ſe délivre ?
Ou mourant une fois pour jamais ne revivre,
Dans le ſein du néant porte-t-il ſes malheurs;
Et ſon Ame en l'air échapée;
Avec le dernier ſoufle eſt-elle diſſipée?

Tout ce qu'environne la Mer,
Ce que voit le Soleil de ſes voûtes ſublimes,
Le Temps d'un pied vîte & leger
L'emportera dans ſes abîmes.

Ces errans Miniſtres du ſort,
Dont la courſe regle la nôtre,
Les Aſtres ſans repos tournent d'un Pôle à l'autre,
Sans repos tous leurs pas nous mennent à la mort;
Et ſur la redoutable Rive,
On fond dans le néant, auſſi-tôt qu'on arrive.

Comme ſe perd en un moment
Cette portion d'air dans les Corps enfermée?
Que le plus actif Elément
Développe, & pouſſe en fumée.

Comme au ſouffle des Aquilons,
On voit bien-tôt évanoüie,
Une groſſe nuée, ou de grêle, ou de pluye,
Qui d'un Déluge affreux menaçoit les Valons.
Ainſi s'épand cette Ame vaine
Qui meut tous les reſſorts de la Machine humaine.

Tout meurt en nous quand nous mourons.
La mort ne laiſſe rien, & n'eſt rien elle même.
Du peu de tems que nous durons,
Ce n'eſt que le moment extrême.

Ceſſe de craindre, ou d'eſperer,
Cet avenir qui la doit ſuivre.
Que la peur d'être éteint, que l'eſpoir de revivre,
Dans

Dans ce ſombre avenir ceſſent de t'égarer ;
L'état dont là mort eſt ſuivie,
Eſt ſemblable à l'état qui précede la vie.

Nous ſommes dévorez du tems.
La nature au cahos ſans ceſſe nous rappelle.
Elle entretient à nos dépens
Sa viciſſitude éternelle.

Comme elle nous a tout donné,
Elle auſſi reprend tout nôtre être.
Le malheur de mourir égale l'heur de naître,
Et l'homme meurt entier, comme entier il eſt né.
La mort, ſans ſouffrir de partage,
Confond l'Ame & le corps, & leur fait même outrage.

Tout ce qu'on nous dit des Enfers,
Et du Tyran qui regne en ces Royaumes ſombres,
Ces Cachots, ces Feux & ces Fers,
Où ſont les Criminelles ombres ;

Ce Monſtre ſi prodigieux,
Et ce Portier ſi redoutable,
Qui rend du noir Palais l'entrée épouvantable,
Et qui fait fuir bien loin les mortels curieux ?
Tout cela n'eſt, ou qu'un menſonge,
Ou qu'un diſcours en l'air, ou que l'horreur d'un ſonge.

EPIGRAMME.

A Vieux, jamais ne ſied cœur égrillard.
Qu'étique ſoit un Docteur de luxure
Comme Ange ſaint on lui tient l'ame pure,
Ainſi le croit maint ennemi d'erreur,
Pillier d'Egliſe & révérend bruleur,
Quand l'œil au ciel, dans le feu qu'il endure,
Déſir lui vient de créer des Elus,
Et cultiver ci-bas de plus en plus,
Les beaux Jardins de la Sion Miſtique,
Plantant au loin, par vertu prolifique,
Baiſant la fille en toute humilité,
Chaſſant aprés, ſaintement irrité,
Diable en Enfer. Maints croqueurs de Pucelles
Par tels exploits ſanctifient Femelles.

SONNET

A Lix déja ſur le retour,
Pleuroit ſa jeuneſſe paſſée,
Et banniſſoit de ſa penſée,
Tout déſſein de faire l'amour,
Quand un Bougre de Cour,
Pour ſon fils eût l'ame bleſſée,
Et preſſa d'une forte arcée,
Ce mignon plus beau que le jour;
La nature ne s'en pû taire,
Et cette généreuſe Mere,
Les yeux de larmes obſcurcis,
Lui dit en lui livrant bataille,
Prend mon Con, laiſſe là mon Fils,
Il m'eſt plus chér que mes Entrailles.

CHANSON

SUR L'AIR, *PARTEZ D'ABORD.*

QUand Jupin fit l'Homme,
Il lui fit un Vit ;
Sçavez vous tout comme
Adam s'en servit ?
Tout droit au Con, *bis.*
Il fût le mêtre,
Jamais le Cul, *bis.*
N'en fût fourby,
Il Foutit en maître,
Foutons comme lui.

Hypocrate enseigne,
Par de longs Ecrits,
Qu'il faut que l'on craigne,
Les maux de Cypris,
Peste du sot, *bis.*
Il n'y voit goutte,
Car n'est-on pas, *bis.*
Bien convaincu,
Qu'il faut que l'on Foute,
Ou qu'on soit Foutu.

Fussiez vous un Ange ;
Ou bien un Caton,
Quand le Vit demange,
Il lui faut un Con,
Peste du Sot, *bis.* &c.

Est-ce une Dévôte ;
Dont on veut tâter ,
Prenez lui sa Motte ,
Et sans l'écouter ,
Bandez dabord , *bis.*
Avec audace ,
Enconnez la , *bis.*
Sans hésiter ,
Elle nést jamans lasse ,
De recommencer ,

Foutez une belle ,
En Cul en Tétons ,
Cest se Foutre delle ,
Foutez la en Con ,
Bandez d'abord , *bis.* &c.

EPIGRAMME

AUx pieds d'un Carmé, Homme déja sur l'âge ;
De ses Péchez s'accusoit Isabeau ,
Entr'autres cas d'avoir prêté sa Cage
Au Rossignol d'un jeune Jouvançeau :
Le Moine dit, ce n'est ni bon , ni beau ,
Et vous étiez de bon sens dépourvuë ;
Elle répond , Pere , le Damoiseau
M'avoit dit que cela m'éclairciroit la vuë :
Il est bon là , repart-il sur ma foi ,
On t'a vrayment lourdement abusée ,
S'il étoit , pauvre fille , crois moi
Que je verrois d'icy aux Pirénées.

EPI-

EPIGRAMME.

ROBIN cherchant accointance charnelle,
Préſſoit au Bal tendron de quatorze ans
Qui ſous l'habit de gente demoiſelle,
Lui dit calmez déſirs ſi violents,
Point ne ferez icy d'exploits galants,
Mâle je ſuis ; Robin ne ſe dérange,
Et s'écria les yeux Etincelants,
Ainſi-ſoit-il, par-Dieu je gagne au change.

AUTRE.

AUx pieds d'un vieil Hermite,
Un jeune adoleſcent.
Le Careme paſſé dit en ſe confeſſant,
Que par un accident ſiniſtre,
Il avoit trois fois en ſecret,
Dedans un petit cabinet,
Baiſé la femme d'un miniſtre,
Alors le bon Hermite, Homme plein de ſçavoir
Dit, baiſer une femme eſt un péché bien noir,
Quand c'eſt celle d'un catholique,
Lors qu'on s'en dit coupable, a l'inſtant j'en frémy
Mais pour celle d'un Héretique,
Bon cela, c'eſt autant de pris ſur l'ennemy.

EPIGRAMME.

Contre la mort sœur Alix batailloit,
Bon étoit Cœur, mais vie défailloit,
Faute de suc. Or adieu la Voiture,
Dit gravement un docte Médecin,
Grand est le mal, subtil est le venin.
Maints élixirs pour aider la nature
Sont ordonnés, pilules, cordiaux,
Décoctions, extraits de minéraux.
A rien ne servoient drogues d'Apoticaire.
Alix mouroit. On luy donne un Clistere,
Alix mouroit. On la saigne aux deux bras,
Tout aussi peu. je ne m'y connois pas
Dit le Docteur, & soudain desespere
Pinçant sa barbe, & reculant trois pas.
Vint un second, qui n'en sût d'avantage
Fors que nommoit force maux en latin,
Signoit arrêts en inconnu langage.
Des deux aucun du mal ne sût le fin.
Un tiers venu d'heureuse experience,
Dit, *Recipe* le rameau de science,
Tenés le bien & ne lachés la main.
Puis le placés... vous sçavés tout le train,
A tant qu'ayés de bon suc abondance.
Ainsi vivrés par le rameau Vital.
Mieux n'eut parlé le Divin Esculape,
Hippocrate mieux n'eut connu le mal.
Sœur Alix mord aussi-tôt à la grape,
Et du Rameau tire un suc pectoral,
Quantum satis on augmenta la dose,
Chaque Nonnain voulut sçavoir la chose,
Et le Docteur fut Medecin banal,

EPIGRAMME.

BLaise consultoit ses amis,
Sur une affaire d'importance,
Et leur dit, vous m'avez promis,
Mes chers amis vôtre assistance,
Jean l'un d'eux lui dit aussi-tôt,
Blaise qu'est-ce donc qu'il vous faut,
Quel chagrin trouble ainsi vôtre Ame,
Est-ce que vos biens sont ravis ?
Non, dit Blaise, au Vit j'ai mal & c'est pis,
Dois-je aprésent baiser ma femme,
Mal peste vous mocqués vous,
Dit Jean, c'est nous perdre tous.

AUTRE

UN Jouvençeau se confessoit n'a guerre,
D'avoir réduit mainte Fille aux abois,
Et des Garçons ? dit le Moine, ah ! mon Pere
Je ne suis Homme à semblables exploits,
Tant mieux mon fils continue & me crois,
Dit le Pater, je t'en loüe & pour cause,
Car si ce mal t'arivoit une fois,
Tu ne voudrois jamais faire autre chose.

EPIGRAMME

SAuver une Ame, adoucir sa douleur,
Dompter la chair, ramener la sagesse,
Guèrir l'infirme & croire à son Pasteur,
C'est charité, répetoit à confesse
Messire Imbert. Vous sentés vous ma sœur,
Ce saint desir, cette divine ardeur
A convertir une Ame pécheresse;
Soutiendrez vous la chair dans sa foiblesse,
Par vous le simple ira-t-il au salut;
D'un pur amour payrez vous le tribut,
Je le payrai reprit la convertie,
Pour le prochain je vous offre ma vie:
Pour un pécheur soins ne seront obmis.
S'il faut ainsi gagner le Paradis,
Sans differer éprouvés mon courage,
Lors présentant la piéce de Ménage,
Le Pere dit, venés sainte Brebis,
Par des effets confirmer ce langage,
Si de la foi vôtre zéle est l'ouvrage,
Dans ce fauteuil, l'esprit en Oraison,
Grande est l'enflure & subtil le poison.
D'ici ma sœur éloignez le Démon.
Ainsi le Diable ennemi de justice,
A vos Pasteurs cause, par maléfice,
En cette endroit forte Convulsion,
Faut que par foi cette chose mollisse,
Quand me verrez en vive émotion,
Dites alors, le Seigneur vous guerisse.
Si passera le traître Lucifer,
Sous le fauteuil, retournant en Enfer,
En bon succès se parfit l'exercice,
Zêle fut grand, charité n'y manqua,
Messire Imbert beaucoup mieux s'en porta,
Maints Peres sont plus ardents à cela,
Qu'à chanter Messe & reciter l'Office.

COR-

CORONA
DI
CAZZI.

DIVI ARETINI
SONNETTI.

CORONA
DI
CAZZI.

QVest' è un libro d'altro che di Sonetti
De Capitoli Epitafi d'Eglege, e Canzone
Ch'il Sannazaro, n'il Bembo non compone
Ne liquidi christalli, ne Fioretti
Ch'il Bernia non hà, Madrigaletti;
Mà si son Cazzi senza discretione,
Ecci la Potta, e'l Cul che gli ripone
Come fanno le scatole a confetti.
E qui son gente fottute e sfottute
E di cazzi, e di Potte notomie
E ne i culi molte anime perdute.
E ognun si fotte in le più l adrevie
Ch'a ponte sisto non sarian credute.
Jnfra le putanesche gerarchie
Ed in fin le son pazzie,
A farsi schifo de si buoui bocconi
E chi non Fotte ognun, Dio gli perdoni.

DIVI
ARETINI

SONNETTO PRIMO.

FOttiamci anima mia, Fottiamci presto
Poiche tutti per Fotter nati siamo,
E si tu'l Cazzo adori, io la Potta amo
E sari a'l mundo un Cazzo senza questo,
E se *post mortem* Fotter fosse honesto
Direi tanto Fottiam, che ci moiamo,
E di là, Fotterem Eva e Adamo,
Che trovarne il morir si deshonesto.
Veramente egli é ver, che se i furfanti
Non mangiavan quel frutto traditore,
Io so che si sfoiavano gli amenti.
Mà lasciam' ir le ciancie, é sino alcore
Ficcami il Cazzo, é fa' ch'ivi mischianti
L'anima ch'in su'l Cazzo hor nasce hor more
E sè possibil fore,
Non mi tener della Potta i Coglioni
D'ogni piacer fortuno testimoni.

SONNETTO SECONDO.

MEttemi un dito in cul Cazzo vecchione
E spinge il Cazzo dentro. a poco, a poco,
Alza ben questa gamba, e fà bon giuôco
Poi mena senza far reputatione
Che per mia fe quest'é il miglior boccone

Che mangiar il pan unto appresso al fuoco,
E s'in Potta ti spiace, muta luoco
Ch'omo nôn é chi non è buggiarone
In Potta io vél faro questa fiata,
En Cul qu'est altra, en Potta, en Culo il Cazzo
Me fara lieto, é voi fara beata.
E chivol esser gran maestro é Pazzo
Che proprio é un vccel perde giornata
Chi d'altro che di fotter hà solazzo.
    E creppi nel palazzo.
Ser cortigiano: é spetti ch'il tal muoia
    Chio per me spero sol trarmi la foia.

SONNETTO TERZO.

QUesto Cazzo vogl'io, non un tresoro
Questo é colui che mi può far felice
Questo è proprio un Cazzo da Imperatrice
Questa gemma val' più ch'un pozzo dore.
O himé Cazzo aiutami ch'io moro
E trova ben la foia in Matrice
In fin un Cazzo picciol si disdice
Se in potta osservar vole il decoro.
Patrona mia voi dite ben il vero
Che chi hà piccol Cazzo e in Potta Fotto
Meriteria dàcqua fredda un cristero.
Chi n'ha pocco in Cul Fotti di è notte.
Ma chi l'hà come ch'io spietato e fiero
Sbizzarischisi sempre colle potte
    Gli e ver, ma noi siam ghiotte.
Del Cazzo tanto e tanto ci par lieto
    Che terremo la gaglia tutta dietro.

SONNETTO QVARTO,

POsami questa gamba in su la spalla
E levami d'al Cazzo anco la mano
E quando vuo ich'io spinga forte e piano,
Piano, e forte col Cul sul letto balla.
E s'el Cul dalla Potta il Càzzo falla
Di ch'o sia un furfante e un villano
Perch'io conosco dallà Vulva l'ano,
Come un Caval conosce una Cavalla.
La man d'al Cazzo non léuaro jo
Non io, che non vo far questa pazzia
E se non vuoi cosi, vati con Dio.
Ch'el piacer dietro tutto tuo satia
Mà dinanzi il piacer é tuo e mio
Si che Fotti a buon modo, o venne via
Io non me n'anderia
Signora cara da cosi dolce ciancia
S'io ben credessi, campar il Rè di Francia.

SONNETTO QVINTO,

PErch'io prou'or un si solenne Cazzo,
Che mi rövescia l'orlo d'ella Potta'
Io vorrei esser tutta quanta Potta,
Mà vorrei che tu fussi tutto Cazzo.
Perche si'o fossi Potta, e tu Cazzo
Is fameria per un tratto la Potta
E tù caveresti anche dalla Potta
Tutto il piàcer che puo caver un Cazzo.
Mà non potendo esser tutta Potta
E ne tu diventar tutto di Cazzo.

Piglia

Piglia il buon voler d'a questa Potta.
E voi pigliate del mio poco Cazzo
La buona volunta en qui la Potta
Ficcate, e jo insufficchéro il Cazzo
E dipoi sù il mio Cazzo
Lasciatevi andar tutta con la Potta
E sarò Cazzo, e voi sarete Potta.

SONNETTO SEXTO.

TU mh'ai il Cazzo i la Potta, e il Cul mi vedi
E io veggio il tuo Cul com egli è Fatto
Mà tu potresti dir ch'io sono un matto
Perch'io tengo le mani ove stano i piedi.
Mà sà cotesto modo Fotter credi
Se una bestia e non ti verra Fatto
Perch'assai meglio nel Fottere m'a datto
Quando col petto sù il mio petto siedi.
Io vi vo Fotter per lettera comare.
E vogl'io farvi al Cul tante mamine
Cò le dite, col Cazzo, e col menare.
Che sentirete un piacer senza fine
E so ben ch'è più dolce ch'il grattare
Da Dee, da Duchesse, e da Regine.
E mi direte al fine
Ch'io sono un valente huomo in tal mestiero
Mà d'haver poco Cazzo mi dispero.

SONNETTO SETTIMO.

OU'el mettrete ditél' di gratia
Dietro, o dinanzi iòl' vorrei sapére
Perche faroti forse dispiacere.

O

Se ne'l Cul me lo caccio per disgratia?
Madonna no, perche la Potta saria
Il Cazzo si chei và poco piacere,
Mà quel ch'io faccio, il fo per no parere
Un frate mariano verbi gratia.
Mà poi chi il Cazzo in Cul tutto volete
Come vogliono savi, io son contento
Che voi fate del mio ciò che volete.
E pigliatel' con man, mettetel' dentro
Che tanto utile àl Corpo il trovarete
Quanto che gli ammalati largomento.
Ed io tal gaudio sento.
A sentire il mio Cazzo in mano a voi
Ch' io moriro se ci Fottiam fra noi.

SONNÈTTO OTTAVO.

E Saria pur una coglioneria
Sendo in voglia mia Fottervi adesso
Havervi il Cazzo nella Potta messo
Del Cul non mi facendo carestia.
Finisca in me la mia genealogia
Ch'iovo Fottervi dietro, spesso, spesso
Perche gli é differenté il tondo al fesso
Come lacquato dalla malvagia.
Fottimi e fà dime ciò che tu vuoi
En Potta, en Cul ch'io mene curo poco
Dove che tu ti facia i Fatti tuoi.
Chìo per me nella Potta, in culo ho il fuoco
E quanti Cazzi han nulli, asini é buoi
Non scemerieno alla mia foia un poco.
Poi saresti un da poco.
A farmelo all' antica fra le cosse
Ch'anch' io dietro il faria se un homo Fosse.

SONNETTO NONO.

QUest'é pur un bel Cazzo e lungo e grosso
Deh se lh'ai caro lasciamelo vedere
Vogliam provar se potete tenere
Questo Cazzo in la Potta e me a dosso.
Come s'io vo provar, come s'io posso
Piu tosto questo c'he mangiare, o bere
Ma s'io v'infrango poi stando a ghiacere
Farovi mal: tu hai'l pensier del rosso
Gettati pure in letto, o nello spasso
Sopra di me, che se marforio fosse
O un gigante, io n'haverò solazzo
Pur che mi tocchi le medolle e l'osso
Con questo tuo divinissimo Cazzo
Che guarisce le Potte della tosse
Aprite ben le coscie.
Che potrian delle donne esser vedute
De voi meglio vestite, e non Fottute.

SONNETTO X.

JO l'voglio in Cul, tu mi perdonerai
O donne, non vogl'io far questo peccato
Perche questo è un cibo dà Prelato
Ch'a perduto il gusto sempre mai.
De le mettel qui, non farô, si farai
Perche non susa più da l'altro lato
Id est in Potta? Si ma egli è più grato
Il Cazzo dietro che dinanzi assai
Da voi io vo lasciar mi consigliare

Il Cazzo è uno e s'el vi piace tanto
Com'a Cazzo gli avete a commandare.
Io l'accetto ben mio, sping'el da canto
Più la, piu gia, ei ce senza sputare
O Cazzo buon compagno, ô Cazzo tanto.
To gli e t'el tutto quanto.
Io l'ho tolto entro più che volentiere
Ma ci vorrei staer un anno a sedere.

SONNETTO XI.

APri le Còscie àccio ch'io veggia bene
Il tuo bel Culo e la tua Potta in viso
Culo da far mutar un Cazzo nariso
Potta che i cuori stilli per le rene.
Mentre ch'io vi vagheggio egli mi viene
Capricio di basciarvi al improviso
E mi par esser più bel che narciso
Nel specchio ch'l mio Cazzo allegre tiene.
Ai ribalde, ai ribaldo in terrà é in letto
Io ti veggio puttana e t'apparecchia
Ch'io ti rompa doi costole del petto.
Io te n'encaco sfranciosata vecchia
Cher per questo piacere arciperfetto
Entrerei in un pozzo senza secchia
E non si trova pecchia
Ghiotta d'ei fior', com' io d'un nobil Cazzo
E n'ol provo enco, e per mirarlo sguazzo.

SONNETTO XII.

MArte malatestissimo, poltrone
Cosi sotto, una donna non si reca

E non

E non si Fotte venere alla ceca
Con assai furia e poca discretione.
Io non son marte, io sono hercol rangone
E Fotto voi che sete angela greca
E se ci fusse qui la mia rebeca
Vi sonerei Fottendo un a canzone.
E voi signora mia dolce consorte
Sù la Potta ballar faresti il Cazzo
Menando il culo, in sù spingendo forte.
Signor si che con voi Fottendo sguazzo
Ma temo amòr che non me dia la morte?
Colle vostre arme essendo putto è pazzo.
Cupido è mio ragazzo.
E vostro figlio, e guarda l'arme mia
Per sagrarle alla dea poltroneria.

SONETTO XIII.

DAmmi la lingua, appunta i piedi al muro
Stringi le coscie, e tien mi stretto, stretto
Lasciat'ire a riverso in su'l letto
Che d'altro che di Fotter non mi curo.
Ai traditor qu'ant' hai il Cazzon duro
O come su'la Potta ei confetto
Un di tormelo in Culo ti prometto
E difarlo uscir netto t'assicuro
Io ve ringratio cara loranzina
Mi sforcero servirti, mâ spingete
Spingette, come fà la ciabattina
Io faro adesso. e voi quando farete?
Adesso dammi tutta la linguina
Ch'io moro, e io, e voi cagion ne sete.
Adunque compirete.
Adesso, adesso faccio signor mio
Adesso, hò Fatto, cio, aime, o Dio.

SONETTO XIV.

NOn tirar Fottutello di Cupido
La cariola, fermeti bismulo
Ch'io vo Fotter in Potta, e non in Culo
Costei che mi toll' Cazzo e mene rido
E nelle braccia, le gambe mi fido,
E si disconcio sto [e non t'adulo]
Che si morrebbe a starci un' hora un mulo,
E però tanto col Cul' soffio e grido.
E se voi Beatrice stantar faccio,
Perdonar mi dovete, perch'io mostro,
Che Fottendo a disagio mi disfaccio.
E se non ch'io mi specchio nel Cul vostro
Stando sospeso in l'uno e l'altro braccio,
Mai non si finirebbe il fatto nostro,
O Cul di latte, é destro.
Se non ch'io son p[illegible] mirarte di vena
Non mi starebbe il Cazzo dritto à pena.

SONETTO XV.

IL putto poppa e poppa anche la Potta
A un tempo date il latte, e ricevete
E ire contenti in un letto vedete
Ogn'uno il suo piacer piglia a un atta.
Haveste Fottitura mai si ghiotta.
Frà le migliare che havute ne havete
I en questo Fotter più festa prendete
Ch'un villan' quando ei mangia la ricotta.
Veramente egli e dolce a cotal modo
Il Fotter riverendo, il Fotter divo

E come io fossi una badessa godo.
E si mi tocca alla gran foia il vivo
Questo strenuo tuo bel Cazzo sodo
Ch'io ci sento un piacer superlatiuo,
E tu Cazzo corrivo,
In le gran Potte, in la Potta ti caccia
E staci un mese che'l buon pro ti faccia.

SONETTO XVI.

STa cheto bambin mio. ninna ninna,
Spinge maestro Andrea, spinge ch'ei cè
Dammi tutta la lingua, ai oimé
ch'el tuo gran Cazzo alla mina mi va.
Signora adesso, adesso s'entrera
Cullate bene il fanciullin col pie
E farete servigi a tutti tre
Perche noi compiremo ei dormira
Io son contenta, io Cullo, io meno, io fo
Culla, mena e travagliati anchor tu
Mammina a vostra posta compirò.
Non far fermati, aspetta un poco più
Che tal dolcezza in questo Fotter ho
Ch'io non vorrei ch'ei finisse mai più
Madona mia hor sù.
Fate di gratia, hor da che voi cosi
Io faccio, e tu farai? signora si.

SONETTO XVII.

VEtuto avete le reliquie tutte
De i cazzi horrendi, in le Potte stupende
E havete visto far quelle facende

Allegramente a queste belle Putte.
E di dietro e d'inanzi dar le Frutte
E nelle bocche le lingue avincende
E son cose da farne le leggende,
Come che di Morgante e de Margutto
E so ch'un gran piacere havete havutto
A veder dare in Potta, in Cul la stretta
In un modo che più non se Fottuto.
E come spesso nel naso se getta,
L'odor del pepe, quel dello starnuto,
Che fanno starnutare un con gran fretta
Cosi nella braghetta,
Del Fotter a l'odor corrotte sete,
E toccatel' con man se no'l credete.

SONETTO XVIII.

MAdona dal polmone è vostro male
Il remedio cè pronto se volete
Alzar le coscie più che potrete,
Per ricever in Cul uno servitiale.
Questo val meglio che acqua pettorale
Madona, v'assicuro ch'eltrouvarete
Horsù messer puoi che questo credete
Di guarir mé più tardar non mi calè.
Ecco il Cul alerta, o hime! che fate,
Gli é differente il tondo al fesso,
Non è il patto che mi facesti adesso,
Pian che gli è grosso, mi stropiate
Madona volete che vi dica il véro
Quel mio Cazzon duro so che guerisse
Polmon anche la tosse.
Pur che duri tal festa de guarir spero,
Ma a si da finir presto, mi dispero.

DIA-

DIALOGO

DUnque ser Franco il Papa fe da vero.
[*F.*] Cazzo lui mi fe porre il laccio al collò
E su le Forche dar l'ultimo crollo.
[*A.*] La pœsia. [*F.*[la non mi valle un zero.
Ansi lei mi fù il boio [*A.*] a dir ti il vero
Mai ti vedesti di dirmal' satollo.
(*F.*] Il cancaro che ti mangi é chi pensolo,
Fù il non saper mostrar' per bianco il nero
[*A.*] Diceasi in roma che eri mal cristiano,
Interi non so che di sodomia
Becco cornuto tu sei l'Aretino
Bardacco, bugerone, lutherano
Ch'ai più corne che compar christino.
(*A.*] Menti. [*F.*] mento ; il mal' anno che Dio ti dia.

SONETTO ULTIMO.

MOrendo su le Forche un ascolano
Qual era avezzo a scarichar la foia
Vidde torcendo il capo il Culo al boia
Cheli faccia su'l collo un ballo strano.
Subitamente, ô fragil senso humano!
Il Cazzo se gli arrizza ancor che moia
Ma non s'el menò giá che li de noia
L'haver legata l'un e l'altra mano
Così al' inferno a Cazzorito e andato
E al nemico in vece di saluto
Dentro d'el negro Cul l'hebbe ficato.
Poi ringratiollo è disse ô Pluto
Tu hai le Corna ed io t'ho bugiarato
Dunque ti posso dir becco Fottuto.

EPILOGO.

FOtti Fotten Fottoriæ
Per Fottere ſe va in gloriæ
L'antichi noſtri padri
Fottevano le noſtre madri
E noi che al' preſente
Fottemo allegramente
Poi quelli che verranno
Ancor' Fotter vorranno.

LE PRINTEMS.

TRoublera t'on toujours par de fades Chanſons
Le retour des belles ſaiſons ?
Quoi donc? l'aimable Dieu de l'empire champétre
N'enbelira nos Prez de ſes vives couleurs,
Que pour nous faire naître,
Plus de méchants Vers, que de fleurs ?
Ceſſez autheurs, je vous conjure.
Que du Printemps, Montmartre annonce l'ouverture,
Le Mirrebalais, le Rouſſin,
Charmez du mois de may . vont ſonner un toccin
Qui ſcait bien mieux que vous réveiller la nature.

LE SERAIL.

POuſſer le ſoupir juſte, animer la fleurette,
Fixer adroittement l'Eſprit d'une Coquette,
Recevoir le matin, huit ou dix billets doux,
Se tirer en un jour de quatre rendez vous,
En conter a la prude, a la fine a la ſotte,
Juſqu'aux pieds des Autels tenter une bigotte,
Paroitre fort fidel en vingt lieux differents,
Dupper d'un ſeul clin d'œil, amis, Rivaux, Parents,
Eguayer la chagrine, arréter la volage,
Ne fût jadis chez moi, que ſimple badinage.
La grille a vû mes Coups & dans le plus ſaint lieu,
J'ay troublé galament ce bon Peuple de Dieu;

A l'Age de ſeize ans l'on m'a vû dans Byſance,
Des Eunuques jaloux tromper la vigilance,
Là, d'obſtacles divers l'amour victorieux,
Embellit le Turban d'un bois Miſterieux,
Et pouſſant en Chrètien cette ſainte entrepriſe
Je vangeois d'un ſeul coup Rome, Malthe, &
Veniſe,
Mahomet en pâlit; & vit en frémiſſant,
Doubler ſur ſon ſerail les Cornes du Croiſſant.

EPIGRAMME

GOutés ceci, dit le Diable à la femme,
Sur mon honneur ne riſqués d'en périr.
Quite ſerez pour un prompt repentir.
Tout illumine & ſubtiliſe l'Ame.
En vôtre corps n'en aurez déplaiſir;
De trop gouter femme ne peut mourir,
Puis cetui gout rend face rejouïe,
Teint frais, œil vif & mine rebondie,
Chaſſe vapeurs, fait repoſer la nuit,
Maintient la paix & déloge le bruit.
Ajoutez y qu'en aurez noble race,
Filles & Fils vous ſuivant à la trace.

EPIGRAMME.

DAns un chemin un pays traverſant
Perrot tenoit ſa Jannette accollée,
Sur ce, de loin aviſant un paſſant,
Il fût d'avis de quitter la melée.
Pourquoy fais tu, dit la garce affolée
Trêve du Cul ? ah dit-il laiſſe moi,
Je vois quelqu'un, c'eſt le chemin du Roy.
Ma foy Perrot, peu de cas te débauche,
Il n'eſt pas fait plûtôt, comme je crois,
Pour un pieton, que pour un qui Chevauche.

SONET.

SI ſeul à ſeul, ſe baiſant follement,
Entremêlant les Langues dans la Bouche,
Prendre le Vit, & ſans être farouche,
Roide en ſon Con le couler gentiment.

Et puis après ſerrant accortement
Flanc deſſus Flanc, redoubler L'eſcarmouche
Mouvoir le Cul, tant que deſſus la couche
On ſoit ſaiſi d'un doux raviſſement.

Si faire ainſi, n'eſt pas ce qu'on appelle
Foutre a Paris, je le quitte contre elle,
Et pour certain je ne lui ai rien fait.

Mais jugez en ; ſi ſous moi abbatüe,
Dedans ſon Con j'ai mis mon Vit refait,
Dites pour vrai ? ne l'ai-je pas Foutüe.

STANCES.

CEs petits Cons dont l'on fait fête
Où le Vit ne met pas la tête,
N'assouvissent point mon desir :
J'aime les Cons de belles marges,
Les grands Cons qui sont gros & larges
Ou je m'enfonce a mon plaisir.

Les Cons si étroits de clôture
Mettent un Vit a la torture,
Et le laissent sans mouvement :
J'aimerois mieux branler ma Picque
Que de Foutre en Paralitique,
Le plaisir gît au remûment.

Dans le grand Con de ma maitresse
Mon Vit peut montrer son adresse,
Aller le trot, aller le pas,
Chercher par tout son avantage,
Et monter d'étage en étage,
Maintenant haut, maintenant bas.

Comme le Monarque des Perses
Jadis pour les saisons diverses
Avoit de diverses maisons ;
D'un Vit la Majesté suprême
Dans un grand Con peut tout de même
Se loger en toute saisons.

Foutre des Cons de ces Pucelles,
Serrez comme des Escarcelles,
Ou le Vit n'est en liberté,
J'ai dans le Con de ma Voisine

Ma chambre, antichambre, & cuisine,
Logis d'Hiver logis d'Eté.

STANCES.

CEs grands Cons dont vous faite fête,
Qui ont oreille & double crête,
Ne me viennent point a plaisir,
J'aime ces Cons de fine sarge,
Qui s'etendent quand on décharge,
Comme un gand qu'on donne à choisir.

Dans un petit Con de jeunesse,
Qui n'entend ruse ni finesse,
Jamais je ne vais que le pas;
Je n'ai a faire de partage,
Je laboure tout l'heritage,
Encor ne me suffit il pas.

Je haïs ces masses infectées,
Toujours d'un égout humectées
Ou tout ce qu'on jette se fond;
Je hais ces baveuses cloaques
Ou les gros bourdons de saint Jacques
Ne trouvent ni rive ni fond.

Toujours ces puantes Cavernes
Ont assez de fausses poternes,
Qui n'ont ni route ni sentier:
Il m'est avis que mon Vit entre
Tout de bout en un large centre,
Comme un Pilon dans un mortier.

Ces petits Cons a grosse Motte:
Sur qui le poil encor ne flotte,

Sont bien de plus friands boucons :
Le monde s'en iroit grand erre,
Si j'etois tout seul sur la Terre ,
Et qu'il n'y eût que de grands Cons.

EPIGRAMME.

JEan ce Fouteur invaincu ,
Un soir dans une Taverne ,
Foutoit Lise à la moderne ,
C'est à dire par le Cul ,
Elle qui veut qu'on l'enfile
Selon sa necessité ;
Disoit d'un Cœur irrité;
Qu'un Clistere est inutile
A qui creve de santé.

AUTRE.

UN Precepteur logé chez un Génois
Tant procéda que de fil en aiguille
Il exploita laNiece du Bourgeois
Et le Disciple , & la Mere & la Fille.
Le cas fit bruit & le chef de Famille
Homme prudent , tira mon homme a part ,
C,a ça ,venez dit-il ,Messire Oudart
Sur nôre peau consommez vos ouvrages
C'est bien raison que j'en aye ma part ,
Puisque c'est moy qui vous donne des gages.

CAPITOLO
DEL
FORNO.

S'Io mi levaſſi un'hora innanzi giorno,
Et ragionaſſi inſino à mezza notte:
Anchor non lodorei ben bene il Forno.
Queſta è materia da perſone dotte,
Chi non ha'n capo del cervello à macco,
Vadi à ſentir lodar le Perecotte.
Et perch'io voglio ſcior la bocca al ſacco
Voi ch'à queſti Signor rodete il baſto,
Venitemi aiutar quand'io mi ſtràcco.
D'ogni ben fare il mondo s'é rimaſto,
Soleva eſſer gia'l Forno un'arte ſanta,
Hora il meſtiero é pocomen che guaſto.
Perc'hoggidì queſt' avarizia è tanta,
Ch'ognum vorrebbe infornare à credenza,
Et che e, che non è, qualch'un ti pianta.
Mi fanno rinegar la pacienza.
Certich'al primo hanno la pala in mano,
Venga chi vuole ò con dannari ò ſenza.
Queſto, non é meſtier de farlo invano,
Chi ha danari; in forni quanto vuole,
Et chi non ha, dite, che vadi ſano,

S

Tennero il Forno gia le Donne sole,
Hoggi mi par che certi Garzonacci
L'habbian mandato pauco men, ch'al sole
Spazzinlo à posta lor nessun non vacci,
Dican pur ch'egli é humido é mal netto,
E sonne ben cagion questi fratacci,
Io per me rade volte altrove il metto
Con tutto, ch'el mio pan sia piccolino,
E'l Forno delle Donne un po grandetto.
Benche chi fa questo mestier Divino
Sa ben trovar dove ell'hanno nacosto
Colà dirieto un certo fornellino,
C'hé tropo buon da far le cose arrosto
Cuocere come à dir pasticci, e torte,
Non si puo dir quanto fa bene & tosto.
Et puossi almanco infornar piano, & forte
Pur ch'e non e si vetriolo, & mezzo,
Come questi altri, ch'e proprio una morte.
Come tu'l tocchi se ne leva il pezzo,
Ad ogni poco il fornaro dice ohi,
Voi non potete mai infornare à mezzo.
Ma pure à questo pensateci voi.
Per ch'egli é chi si mangia anche il pan crudo
Ogn'un faccia à suo modo i fattisvoi.
Ch'inforna douverrebbe stare ignudo
Benche vestito anche infornar si possa,
Et per una infornata anch'io non sudo
La pala poi vuole esser corta & grossa
Dice la gente ignorate, ma io
Non trovo cher ragion se l'habbi mossa.
Et bench'io dica hor contra'l fatto mio,
Perche soranzo à non vi dir bugia
La pala mia non é gran lavorio.
Io credo che bisogni ch'ella sia
Grande & profonda, & grossa, & larga, & lunga
Et s'altro nome ha la geometria
Perchio vegio il fornaio che si prolonga

Per accoſtarla del Forno alle mura,
E Dio vogli anco poi ch'ella v'agiunga.
Ma ſopra tutto ella vuole eſſer dura,
E chi l'adopra gagliardo di ſchiena,
Che la ſappi tener ritta, & ſicura,
Hor'io v'ho dato la dottrina piena,
Reſtami a dir, come s'inforna il pane,
Come ſi fa à levar, come ſi mena.
Se ti biſogna ad operar le mane
Aſtropicciarlo & rinvenirlo à ſtento,
Ti ſo dir'io, tu infornari domane,
Che quando il pane à lieuitarſi è lento
Scalda & riſcalda à tua poſta non baſta,
Perche ci, è diciam noi, poco fermento.
Et per contrario, s'ell'è buona paſta
Al primo tratto è lieuito, et gonfiato,
Portalo alla Fornaia, che ſi guaſta.
Ma ſe pur fuſſe qual che ſciagurato,
Che levitaſſe il pané à ſtento ò tedio,
Et non haveſſe fermento, ne fiato,
Ad ogni coſa ſi trouva rimedio
Un certo Veſcovaccio ha là ricetta,
Ch'Amore & crudelta gli han poſta aſſedio.
Et perche vuol del pan tal volta infretta
M'é ſtato detto, chè la ſempredrietto,
E tienla il ſuo Garzon nella brachetta.
Et ben che in caſa ſia molto ſegreto,
Io ſento dire un non ſo che di peſche,
Ma di gratia Soranzo ſtate cheto.
La fornaie non voglion queſte treſche,
Che ſe l'haveſſero aſpettar gli amanti
Per in forna, per Diò le ſtarian freſche.
Molti di queſté giovani galanti
Tener già il Forno in qualche bella poſta
Et ſi pagava in quel tempo a contanti.
O Forno da Signor: fornai à poſta:
Ti ſo dir che li officii all'hor volavano,

Con l'espedizion bella & composta
Et pensioni, & scudi che summavano:
Prometton hor fin che'l lor pan si facci,
Et se ne ridan poi come nel cavano.
Et ciaschaduno stratza: & mena à caccia,
Il veltro giovinetto à suon di corno,
Et comun chè glinuacchia à fiume il caccia.
Ma lasciam questo & ritorniamo al Forno
Diciam come lo spazan le maestre
Et di sotto & di sopra intorno intorno,
Ell'hanno à posta le belle canestre
Di cençi & pezze tutte arsiccie, & rosse,
A tal servigio apparecchiate & destre,
Et vo monstrare à queste genti grosse
Con quanto studio se lo tiene asciutto
Una che il pane à questi di mi cosse,
Lalo lava ben bene & spazza tutto
Sera & mattina per uno ordinario,
Et vuol che non le puta sopra tutto.
Et poi si reca in mano il calendario,
Et guarda molto ben la volta e'l tondo,
Che il corso della luna é sempre vario.
Va ricercando dalla cima al fondo,
Perche quel Forno dove piove ò fiocca,
Non lo terrebbe asciutto tutto il mondo.
Tienli la notte e'l di chiusa la bocca,
Se la dovesse ben tor del capecchio,
Et spesso alla camicia anche l'accocca.
Si che con tale, & si fatto apparecchio
La tien quel Forno bianto di bucato
Netto come un bacin, come un specchio
Dove che l'altre l'han sempre muffato,
Che li strapiove loro in venti lati.
Affumicato, arsiccio ismattonato,
Hanno certi fornacci smisurati,
Che si potrebbon domendar fornace,
Da cuocervi una regola de frati.

E ver

E ver che il Forno é sempre mai capace
Ma pur ei s'intende acqua & non tempesta,
Perche alla fine ogni troppo dispiace.
S'io mi ricordo bene à dirmi resta
Com si mena per Forno la pala,
Et poi vi mando à casa, & douvi fessa.
Informi pian chi lo vuol far con gala:
Perche quando un attende à frugacchiare:
Su'l buono appunto lá furia gli cala.
Non é si facil cosa l'infornare,
Et benche il mondo lo stimi una baia,
Gli ha piu manifattura che non pare,
Et ecci tal, c'ha cotto alle migliaia
Et non par che anchor ben la vi si assetti
Ma benedetta sia la mia fornaia.
La non vuol mai, che chi'nforna s'affretti
Et perch'ell'ha da far tal volta anch'ella,
Vuol ch'io fermi la pala, ch'io l'aspetti.
Et sempre mai si d'mena, & favella
In ver quello infornar fatto alla muta
M'é sempre parso una strana novella.
Poi quando l'opra è presso, che compiuta
Accio che il Forno non si raffredassi,
Grida à tutta la casa aiuta, aiuta,
Et se la pala inforno s'imbrattassi,
La ne la cava, & di sua man la netta,
Cosi il mestier politamente fassi,
Et hor si storce, hor alza la gambetta,
Perche l'aggiunga meglio in ogni canto,
Che siate un'altra volta benedetta.
Voi che per infornar Piaccete tanto
Che gli altri servidor restano in bianco
Dite qual'cosa di quel mestier santo,
Ch'io non ho detto nulla & son gia stanco

CHANSON

SUR L'AIR *DE JOCONDE.*

BArdaches jeunes & dodus,
Beaux enfans de Sodome,
Soyez ici les bien-venus
Comme au milieu de Rome ;
Et vous déteſtable Putains
Dont les Cons nous dégoutent
Allez chez les Ameriquains
Chercher gens qui vous Foutent.

Au Temps ou le gland aux humains
Servoit de nouriture
On ne Foutoit que des Conins
Par ignorance pure ;
Mais l'Homme devenu plus fin
En redreſſant le monde
Pour Foutre le jeune Blondin
Quitta bien-tôt la Blonde.

Il n'eſt apreſent que des ſots
Qui ſe diſent Coniſtes,
Les Philoſophes, les Heros,
Ont tous été Culiſtes ;
Le Souverain même des Dieux,
Roy de la Bougrerie,
Par ſon Bardache dans les Cieux
Fit verſer l'Ambroiſie.

Le ſage Socrate a Foutu
Le bel Alcibiade,

Oreſte a mis le Vit au Cul
De ſon ami Pilade ;
Alexandre dont le grand nom
A cauſé tant d'alarmes,
Au trou du Cul d'Epheſtion
A rencontré des charmes.

César le plus grand des guerriers
Qu'ait jamais produit Rome,
Sa tête ceinte de lauriers
Foutoit fort bien ſon Homme,
On préferoit chez les Nérons
Chez les Heliogabales
Les Feſſes des valets aux Cons
Des plus belles Veſtales.

Les Jeſuites gens de goût fin
Et qui ne ſont pas dupes
Portent plus volontiers la main
Aux Culottes qu'aux jupes ;
Et prouvent par bonne raiſon
Et par fine doctrine,
Que le Cul plus étroit qu'un Con
Chatouille mieux la Pine.

AUTRE

SUR L'AIR *ON DIT PAR TOUT*

L'On n'a jamais Bandé comme je Bande
Mon Vit pour vous écume de fureur
Et vous demende par ſa roideur
Que vôtre Con éteigne ſon ardeur
Ou qu'en vos mains ſa liqueur ſe répande.

EPIGRAMME.

UN jour que Madame, dormoit,
Monsieur, Foutoit la Chambriere,
Et elle, qui la danse aimoit,
Remuoit des mieux le derriere,
Enfin Lizette qui alloit
Toûjours fort bien à la Cadence,
Se fâchoit qu'elle ne parloit ;
Dit à Monsieur : En conscience,
Qui le fait mieux, Madame, ou moi ?
C'est toi, dit-il, Lize que j'aime ;
Saint Jean, dit-elle, je le croi,
Car un chacun m'en dit de même.

LE REGIME DES JESUISTES.

EPIGRAMME.

PEre Clunard, Sectateur éxemplaire
De Loyola, dans un Bouge écarté,
Fut apperçû sur sa Garçe, monté
Comme un saint George ; on saisit le faux Frere,
On l'éxorcise : He laissez, dit le Pere
Provincial, je sçais ce que je fais ;
Il s'en alloit mourant, le pauvre haire,
Avec Garçons s'ébatant à l'éxès ;
Nous l'avons mis au Con pour se refaire.

EPI-

EPIGRAMME.

UNe jeune femme épouſée
S'enquit d'une vielle ruſée,
Dites ma mere a vôtre avis
Les Hommes ſont ils ſi ravis,
Quand ils le font ? & ont ils bien
Autant que nous d'aiſe & de bien ?
Je crois répond la Macquerelle
Que leur douceur eſt toute telle,
Mais elle paſſe comme vent
Je m'etonne donc dit la belle
Qu'ils ne nous Foutent plus ſouvent.

AUTRE

LE Clerc d'un Procureur trouva
Un jour Madame ſur un lit,
Et tout auſſi-tôt ſéprouva,
Avec elle dans le déduit
La Dame s'èveille au conflit,
En lui diſant je le diray,
Il lui repart je men iray,
Sans parachever le ſurplus,
Va va dit elle non feray,
Acheve & n'y retourne plus.

LA SEDITION APPAISE'E

CONTE

DAns une Ville de Neustrie
Une extrême famine étoit
Toute la Province en furie,
Contre son Intendant pestoit.

On crioit que c'étoit sa faute,
Qu'il avoit réserré le grain,
Que sans paier grosse Maltôte
On n'en pouvoit avoir un brin.

Un monde inombrable en allarmes
Sans vouloir entendre raison
S'attroupe, s'émeut, prend les Armes
Et court investir sa Maison.

De la petulante Canaille
Les Esprits étoient animés,
Et déja les brandons de paille
Aux quattre coins sont allumés,

Que faire en ce pressant ravage
Que dire son *requiem* ?
Point du tout, le Preteur plus sage
Tenta, *si forte virum quem* :

Il paroît donc, il se présente
Mes enfans, dit il, me voici ;
Quel est le Démon qui vous tente,
A vous désespérer ainsi ?

Aprochez avec confiance
Pauvres qui mourez de faim ;
Vous verrez que c'eſt médiſance
Que je vous veüille ôter le pain.

Mais je crois qu'il eſt raiſonnable
Qu'aux plus utiles à l'Etat
Je ſois le plûtôt ſecourable ;
Commençons par faire un état.

Vous Madame la ſamelique
Combien nouriſſez vous d'enfans,
Sans vous conter ? elle replique
Nous ſommes douze ſur les dents,

Ecrivez ſix pains ſecretaire :
Et vous, ça combien ? j'en ai ſix,
Mettez trois : vous ? quatre ; une paire :
Vous ? deux : c'eſt peu : demi pain bis.

Et vous Femme robuſte & grande
Vous ſeule avez peuplé ce lieu ?
Pardon Monſieur je vous demande ;
Je ſuis fille ; fille morbleu ?

N'avez vous point honte, idiotte,
Pucelle à l'age ou vous voila ?
Hors dici ſans pain, grande ſotte ;
Mais j'ai pitié, couchez vous la.

Je veux bien vous ſauver la Vie :
Auſſi-tôt dit, auſſi-tôt fait,
Le Preteur paſſa ſon envie,
Et fit a L'état un ſujet :

Le Peuple quitta la partie,
En voyant cette invention,

Et s'enfuyant par modestie,
Mit fin à la Sedition.

Depuis cette charmante voye
D'appaiser de tel accidens,
Notre bon Roy ne nous envoye
Que de très jeunes Intendans.

LE TABLEAU DE LA TOUSSAINTS.

CONTE,

UN certain Peintre habile dans son Art,
Mais faineant chose assez ordinaire,
A des Nonains fit un tour fort gaillard.
Le drole avoit entrepris de leur faire
Un grand Tableau de la gloire des Saints;
Le marché fait, il prend l'argent d'avance,
Peu lui dura: Mesdames les Nonains
Croyant avoir un Tableau d'importance,
Le terme échu, s'inquieterent du Tableau:
Il ne faut plus que trois coups de Pinçeau,
Dit le galand d'une mine assurée,
C'est fait ce soir, je vous le rends demain,
A peine étoit la toile prèparée.
Or que fit-il? D'un caprice soudain,
Il leur traça.... devinez je vous prie,
Vous l'entendrez sans que l'on vous le die;
Le matin donc: Hé bien notre tableau?
Je n'en fis oncques un plus beau de ma vie,
Répond le Peintre, & tout en le prenant,
Voyez, dit-il: on s'aproche, on s'empresse,
Pour des Nonains l'aspect est surprenant,
Le rouge en monte au visage à l'Abbesse,

Sœur Beatrix, Sœur Claude à qui mieux mieux
Ouvrent les doits pour se cacher les yeux,
Les autres Sœurs font quelque autre finesse;
Nulle n'est là qui très-bien ne connoisse,
De la Figure & le nom & les traits
Ou qui du moins ne s'en doute à peu près,
Toutes pourtant demandent qu'est-ce, qu'est-ce,
C'est, dit le peintre, un tableau fait exprès
Pour la Toussaints. comprenés le mistere,
Si j'avois pù renfermer tous les Saints
Dans cette espace, ils y seroient tous peints,
Ne l'ayant pû, je vous ai peint leur Pere.

EPIGRAMME.

AUx Celestins un jeune Gars alerte,
Coiffant le froc s'enteroit tout vivant,
Un vieux Penard dont n'estoit grande perte,
Prit même habit, le quart-d'heure en suivant,
Lors quel bonheur, dit un frere servant,
Car en cecy grace a Dieu nul ne chôme,
Ce bon Vieillard epouse le Couvent,
Et le Couvent epouse ce jeune homme.

AUTRE

CErtain Oiseau, qui n'a plumes qu'aux aîles,
Fait dans mon cœur son nid en tapinois,
Il a les yeux plus brillants qu'étincelles,
Douceur paroît sur son friand minois;
Mais un Brandon il porte en son harnois,
Par quoi pretend qu'il déloge bien vîte,
Ne veux pour Hôte un semblable sournois,
Qui pour loyer viendra brûler son gîte.

ORIGINE
DU MOT
L'AZE VOUS FOUTE,
CONTE.

PErrette & Jean faisoient dans leur Village
Du jeu d'amour galant aprentissage ,
Jean le gros gars comme un franc muletier
Avoit tout l'air d'un payeur d'arrerage
Perrette aussi l'œil avoit au metier ,
Nez retroussé , tein noir , l'arge fessier
Et de Tétons un Pompeux étalage.
Que de ragouts pour nôtre jouvenceau.
Au doux aspect d'un si friand morceau
Jean tout gonflé de l'amoureuse rage ,
Tenoit a peine & crevoit dans sa peau.
Ces deux amans dont voyez le tableau
Firent pourtant dévot pelerinage
A quelques Saints , le cas n'est pas nouveau ;
Mais si du Saint je ne sçais la légende
Bien sçais-je au moins que couple si dispos ,
Pouvoit porter son amoureuse offrande ,
Tres dignement au Temple de Paphos.
De Cupidon , ainsi que de sa mere ,
Sans les connoitre , ils connoissoient la loi ,
Et leur hommage , & frequent , & sincere
Pour tel Autel étoit de bon alloy.
Or avint donc que nôtre Pelerine ,
Partit un jour , & c'étoit le matin :
Tôt la suivit le gaillard Pelerin ,
Chemin faisant on folâtre on badine ,

Pour adoucir la longueur du chemin.
Des voyageurs portoit tout le bagage,
L'Asne a Perrette, & marchoit le premier
Bien gravement, mais dans certain Sentier
Qui d'un grand bois leur ouvroit le passage,
L'Asne s'émût, ronfla, puis d'un air fier
Poussa si haut son rustique ramage,
Que dame Echo l'Hostesse des vallons,
S'ésouffla toute, a leur rendre ses sons.
Ceci n'est tout, poursuivant sa boutade,
Maître Baudet fit ample petarrade
Et presenta tel signe de santé,
Qu'au Dieu Priape il faisoit la bravade.
Perrette alors regardant de côté,
Lorgna le monstre a ses yeux presenté,
Jean a propos lui fit une embrassade
Et dit gageons, quoi Jean? qu'a chaque pet
Que dans le Bois poussera ton Baudet,
Aura de moi l'amoureuse accolade.
Mon ami Jean, c'est une gasconade,
L'Asne est peteur, voions, ainsi soit fait.
C'étoit bien dit, & le Bois en effet
Etoit tout propre a pareille avanture,
Gazons fleuris, solitude, verdure,
Ombrage frais, tendre concert d'Oiseaux,
Rien n'y manquoit que murmure des Eaux,
Mais du Baudet sortit autre murmure
Qui fût d'Amour le signal éclatant.
Jean transporté prend Perrette a l'instant,
La serre ferme, & l'éxploite d'emblée,
L'Asne peta cinq fois, & tout autant
Perrette fût vivement accollée,
Jean le premier l'avertissant toujours
Du doux signal, mais la maligne bête,
Peta par trop pour Jean, non pour Perrette.
Tres attentive au signal ayant court,
Jean, disoit elle, hola Jean, mes amours,

Je l'entens bien, par ma foy L'Asne pette.
Jean tout pantois écoutoit ce discours,
Entroit en lice, & non a la franquette,
Comme devant, mais par tours & détours,
Rendoit enfin sa besogne complette,
Tant que lassé de Perrette indiscrette,
Et du Baudet indiscret Animal
Mal répondit a l'amoureux signal.
Jean est tu sourd; dit Perrette, oüi sans doute
Le signal sonne, & tu ne me dis rien,
Tu n'est pas sourd, helas! tu l'entens bien
Ecoûte donc, mon ami Jean, ècoûte,
Nôtre Asne, eh bien? il pete, ho; qu'il te Foute.

EPIGRAMME.

UNe Maitresse aimable, mais légere,
Par certain trait m'avoit fort courouçé,
Et pour calmer ma jalouse colere,
Entre ses bras me tenoit embrassé:
Or par malheur je n'avois l'habitude
D'être en ses bras, & d'y rester bien coy.
Un Etourdy, peu dépendant de moy,
Fût sans rancune & prit cette attitude
Que l'on ne doit qu'à qui garde sa foy;
J'eusse voulu cacher à ma traîtresse
Mon trop de force & mon trop de foiblesse
Elle sentit & prévint mon dessein,
D'un air plus gay, la voila qui m'embrasse.
Mais d'un seul bras & serrant d'une main
Le bon Chretien, dit, ah! je tiens ma grace.

DUBBII

DUBBII AMOROSI

DI PIETRO ARETINO,

EPISTOLA.

M*Agnifico* utrius-que *Ser Agnello*
Voi qui scribere scitis, Quare & Quia
E spesse volte fate col cervello
Di Bartolo & di Baldo Notomia,

E le Legi passate col Coltello,
Nella vostra Bizarra Fantasia;
Questi dubbii di gratia mi chiarite,
Ch'oggi in Bordello han mosso gran lite.

DUBBIO I.

POrtia fedel s'havea fatta chiavare
Molt' anni col consenso del marito,
Ma perché non poté mai figli fare,
Ella era da ciascun mostrata a dito;

Un astuto villan fece chiamare

E fé di figli un numero infinito.
Hor il marito l'ha per vituperio ;
Vtrum possa accusarla d'adulterio ?

RISOLVZZIONE,

La legge, *adulter singularis testo*,
Dice *ad legem juliam de aldulterio*,
Che s'el marito non accusa presto
La moglie di cui vede il vituperio,
E che di gia cinqu' anni in disonesto
Piacer, si dié con altri refrigerio,
Piu non la puo' di crimine accusare,
E lei a sua voglia si può far Chiavare.

DVBBIO II.

HAveva la Martuccia un giorno tolta
La medicina, e non potea cacare
Ond' ella havea dolore, e pena molta
E quasi tutta si sentia crepare.

Tal che temendo di restar sepolta,
Un grosso Cazzo in Cul si fé cacciare,
Guari' mà nel guarir gustò sapore,
E tenuta di dirlo al confessore ?

RISOLVZZIONE.

Tutti i canoni voglion ch' il peccato
Se non é voluntario, non si stima,
E che' l'huome non si possa dir damnato
Se non vende a satan se stesso prima,

Capitolo *de quaeunqne re* obligato.
Decima quinta questione prima,
Concludo ch' é peccato veniale,

E dirlo al Prete poco ò nulla vale.

DUBBIO III.

HAvea una Donna da bisogno astretta
Concessa la sua Potta à un giovin saggio
Il qual trovò la via non molto netta
Nè potté asciutto andar per quel viaggio.

Ond' é passò per un altra stradetta
Ché vicina le stava à piu bel aggir
Percio la possession egli ha turbatta,
E questa via deve essergli vietata.

RISOLUZZIONE.

La costumanza della terra mia
Scritta de servitute e in latino
Vuole à chi del passar non ha la via;
Sia costretto di dargliela il vicino;

Cosi ancor s'ella molto stretta sia
Per strano caso ò per voler divino;
Itaque dico che non fece male
Perche la via dee haver del vicinale.

DUBBIO IV.

LA Doralice à un medico promise
Dargli una Chiavatura à tutto pasto;
Se guarito le avesse il mal francese,
Ch' il fegato e il polmon le avea gia guasto;

Quel fé tutta la cura alle sue spese,
Ma' al fin lei si morì fra quel contrasto,
E' tenuta la figlia, come si crede,
Dargli la Chiavatura ch' egli chiede?

RISOLVZZIONE.

Messer Matteo deciso hà questo punto,
E vuol che tal promesse non sien vane,
Quand egli a cento trenta tre fu giunto
D'elle decisioni sovranne.

Dove vuol, che promissio del defunto,
Obligh quell herede che rimane,
Vnde tenetur filia ut volunt jura
Di darli la promessa Chiavatura,

DVBBIO V.

UN Moro havea bisogno d'un ducato,
E ad interesse lo volea pigliare,
E ad Isabella sua padrona andato,
Ch'à questo modo ne solea prestare;

L'hebbe, con patto in scritto ché cacciato
Le avesse in Cul fin che, l'avea a pagare,
Un Cazzo ch' egli havea fuor di misura;
Questa convention può dirsi usura?

RISOLVZZIONE.

Chi dell impresto suo vicere pegno,
Fa usura e dal dover par che si parta
Ma in questo caso ché sia usura, nego:
Per che con l'infedel non si fa la carta.

Il capitolo, *ab illo*, in questo *Allego*
Decima-quarta, *Questione quarta.*
Dove ch' il Papa far usura concede
Con quelli che non son di nostra fede.

DVBBIO

DVBBIO VI.

UN Prete alla punta del suo Cazzo
Haveva un panariccio da crepare
Gli fu insegnato da un cotal, ch'à guazzo
Nel caldo d'una Potta il fesse entrare.

Egli a Giulia gentil, non per solazzo
Lo mise in Potta, ed era sua comare,
Sol per non sentir più nel Cazzo affanni
Or qui' fece egli ingiuria a san Giovanni?

RISOLVZZIONE.

Se il capitolo primo voi notate,
Decima quinta, *questione sexta*
Vedrete al fin, che Dio la voluntate
E il pensier sol riguarda in questa

Vita, e che l'atto di necessitate
Per semplicezza far gl' uomini desta,
Si che' scusar si può quel Prete tale
Che' di duo errori elesse il manco male.

DVBBIO VII.

DUoi servi d'Isabella Milanese
Per isfugir question feron contratto
L'uno la Potta, e l'altro il Cul si prese,
E così fu tra lor più giorni fatto.

Una notte à costei venne l'marchese,
L'uno Chiavolla in Cul fuori del patto
L'altro potria accusarlo di ragione
Per l'usurpata sua jurisditione?

RISOLVZZIONE.

Gian Bartolo in quel titolo, *in quo modo*
Le servitu si perdono nel fine
Nella lege, *si locus* dà nel chiodo,
E vuole che se le strade son vicine,

Sia lecito passare in luogo sodo,
Purchè sia pare congrua è contine
Tal che non e tenuto, anzi fù saggio
Quel che nel tondo fece il suo viaggio.

DVBBIO VIII.

A Potta ritta volse, ò caso duro,
Lavinia bella un Hortolan Chiavare,
E per essersi acconcia in luogo oscuro
Spinse quand ella il pié venna a scansare.

E per trovarsi colla testa al muro,
Ruppesi il collo e venne in terra a dare;
Vtrum se debba aver di cio gastigo,
O' ver *sit puniendus de homicidio.*

RISOLVZZIONE,

Nella lege, si explagio lui si tiene
Paragrapho *cum pila* néi digesti
Et ad Legem Aquileiam pajon piene
E formali tai casi manifesti

Che se per caso e non per colpa aviene
Privo di vita alcun per altri resti,
Senza dubio *utrum* si dée concedere
Che non si possa in caso tal procedere.

DUBBIO IX.

UN Marcheggiano perfido che haveva
Giurato di non mai chiavar piu Donna,
Vidde Antonia fornaia che tenea
Più viso di calzar brache che gonna

E la chiavò comegli far solea,
Con la testa appogiata a una colonna
Vorrei saper, sara costui sicuro
Non esser accusato di perjuro?

RISOLUZZIONE,

Nel capitolo terzo in fin si sente
Questione secunda il dubbio oscuro
Mà alle venti-due cause chiaramente
Del canone, si mostra chiaro e puro.

E quel mi par giusto veramente
Esser non dée ripunto di perjuro.
Perche parvegli maschio, e non commesse
Perjuro alcuno, benche mal facesse.

DUBBIO X.

UN Gentilhuomo sol per far dispetto
A Giulia rossa, a se chiamo un villano
E d'un mantel vestito & d'un farsetto
E di danari assai gli empi' la mano.

Perche Giulia chiavasse, ei con affetto
L'opra fé ben, ma havendo un Cazzo strano
Di dolcezza edi dolor la fè morire
Utrum costui assassino si possa dire?

RISOLVZZIONE.

Alla lege cornelia de sicarii
Nel capitol, così 'l testo ragiona,
Che quelli non sian detti micidarii
Che ammazzano col Cazzo una persona;

Casi meri fortuiti, straordinarii,
Onde quel che col Cazzo morte dona
Non commette homicidio, el meschino
In consequenza non e assassino.

DVBBIO XI.

UN che havea poco Cazzo e manco lena
Piglia Lucrezia meldola per moglie,
Ella di non far figli sente pena
Da che la corte eredità sue spoglie.

Da un giovinetto di gagliarda schiena
Si fa chiavar conforme alle sue voglie,
E fanne un figlio, di morir à risco.
Vtrum se quivi habbia sù azzione il fisco?

RISOLVZZIONE.

Non havra nullo il fisco in questo affare
Lege *miles* paragrapho *defunto*
Digesto d'adulteriis, eve pare
Sottil mente si tratti questo punto

Qual vuol che se la moglie Cavalcare
D'al marito, e dà piu si fà in un punto
Quel che ne nasce si presume pria
Del marito figliuol che d'altri sia,

DVBBIO

DUBBIO XII.

ERa gravida Donna Berniciglia ,
E vidde un Cazzo della sua finestra ,
Con la testa si grossa che sommiglia
Ad un grosso bolzon d'una balestra.

Lei che voglia n'havea, lo prese a briglia
Tutta golosa con la man destra,
E se lo pose in Bocca con gran furia
Peccò costei di gola o di lussuria ?

RISOLUZZIONE.

Ne in l'un ne in l'altro aver costei Peccato
Giudico , se con Bartol , non m'inganno ,
Nel titol delle somme dello stato
Imperiale ; ove non può nè affanno

Ne pena haver chi ha' l ventre ingravidato,
Accio che il parto non ne senta danno,
Similimente a costei non dee vietarsi
Cosa, ch' al ventre venga utile a f arsi.

DUBBIO XIII.

UN Cocchiere Lombardo haveva in casa
Una cognata detta Dorothea ;
Questa, una notte, il di lui Cazzo annasa ,
E finge che la madre gli dolea ,

Ma quello doppo averla persuasa
Chera di nulla , il Cazzo le porgea,
Dicendo cognatella ponci questo ,
Utrum haud costei commise incesto ?

RISOLUZZIONE,

A venti-tre propria, Questione ottava
Nel Capitol *accedit* gia fu detto
Ch'*in delictis* s'attende se sia prava
L'intentione, o sia per buon rispetto;

Onde costui che la cognata Chiava
Sol' per guarirla, e non per altro effetto
Se miri al fin il caso come uom deve
Non sarà incesto, ma peccato lieve.

DUBBIO XIV.

PEr far Messer Patassio al figlio honore
Gli die Porzia Porcella sua vicina
Per moglie, il qual non hebbe mai vigore
Di poner *suum gladium in Vagina*:

Onde per non restarne in dishonore,
Da se il buon vechio ruppe la putina,
Poi mostro' la camiscia agli parenti
Utrum puo dirsi stupro dalle genti?

RISOLUZZIONE,

Una persona sola in unione
Il padre e il figlio son considerati,
E ne i digesti de legatione
Lege *sciendum quarta* delegati,

Che l'un per l'altro oprar possa, dispone
Se cosa alcuno i far son obligati
Onde stupro non fù, s'egli aprì l'alvo
Per veder ne l'honor del figlio salvo.

DUBBIO XV.

STava Zannetta Musica cantando
Alla finestra ad aspettar guadagno,
Ecco ch' un pescator vien caminando
Ch'aveva un Cazzo spaventoso e magno,

Scagliossi in groppa contraponteggiando
Ambi gustaro dal capo al calcagno
Poi nulla diegli, andò à far il su officio
Può ager lei di prestito servitio?

RISOLUZZIONE.

Nil est s'ella ha servito colla Potta
E lui col Cazzo oprando hà sodisfatto,
E se restò con lui stando di sotta
Tutta mal concia egli di sopra ha fatto,

Onde *lex Naturalis sancta & docta*
Innominato chiama un tal contratto
Ibi prescriptis verbis né d' gesti
Paragrapho s'io feci tu facesti.

DUBBIO XVI.

IL marito di Giulia del cancello
Havea bisogno di certi quatrini
La moglie vende un certo locarello
Ch'avea per dieci scudi a duo fachini,

Confina il luogo con ser Antonello
Quel mastro che confisca i Malandrini,
E de congruo domanda egli ogni cosa
Havé ragion per qualche testo o glosa?

RISOLVZZIONE.

Messer si che può tutto domandare
Se per l'anno non ha fatto tardanza ,
Perchè la moglie in questo caso pare
Una statua che adorna quella stanza ,

E *approbamus* cosi scrisse il chiare
De jure congruo in nostra costumanza
Tal che se vuol ser Antoni el se scioglie
Pero appretii la cosa con la moglie.

DVBBIO XVII.

FU gia lasciata Prudenzia Ciambella
D'al marito lo spazio di molti anni,
Ella perche pativa di renella ,
E nel pisciar sentiva grandi affanni ,

In questo mentre fece star con ella
Un ch'il rimedio avea sotto gli panni ,
Vuol la moglie il merito hora ché giunto
Vtrum obsit prescriptio in un tal punto.

RISOLVZZIONE,

S'è stato absente per anni quaranta
Che più non l'habbia, son d'opinione ,
E cosi vuol la legge giusta , & santa,
E de *triginta annorum prescriptione* ;

El medemo Matteò *de afflictis* canta
Nella decima terza decisione ,
Costei esser prescritta , pero quello
Vada a trovarne un altra nel bordello.

DUBBIO XVIII.

LAura Vitiſca ladra, à tutti nota,
Amò fuor di miſura un bel ſtudente,
Coſtei fa a molti ſtar la borſa vota
Nel Chiavarla, rubando deſtramente,

E a quel perche la ſchiena ben gli ſcuota
Da tutto il tolto, mà ſecretamente;
Hor debbeſi chiàmar quel ladro e triſto?
E quant ebbe da lei fu mal acquiſtato?

RISOLUZZIONE.

Nel paragrapho *quia caro* ſi vede
De Bonorum raptoribus ſtatuta,
Che ſe alcun fura quel cheſſer ſuo crede,
Ne ribaldo, ne ladro ſi reputa.

Nella ſeſta queſtion pur ſi concede
Senza dubbio verun, ſenza diſputa,
Eſt juris mei, onde n'attende il frutto,
Ed ha con lui di buon acquiſto il tutto.

DUBBIO XIX.

UN Pedante mezz'orbo non vedea
Legger la lezzione alli ſcolari,
E perche da diverſi inteſo havea
Ch' il Cul rende la viſta egli occhi chiari,

Andò a trouvar un di giovanna Aſtrea,
Gli diede un libro e tre giuli in danari,
In Cul gli meſſe il Cazzo e'n Potta il dito,
Utrum poſſa chiamarſi ſodomito?

RISOLVZZIONE.

Nel decreto alla prima diſtinzione,
Di coteſta materia, ovè la chiave,
Al titol detto *de Conſecratione*,
Nel capitolo *ſicut*, degno, e grave,

Dove quaſi per tutto ſi diſpone
Che la neceſſità legge non ave,
Tal ch' il pover pedante fu coſtretto
Per la viſta paſſar per luogo ſtretto:

DVBBIO XX

UN Bottegar donnaClaudia un di auvezza
In Cul Chiauò ,ma fù nel di' di Paſca,
La qual quando nel fin per la dolcezza
Lo vidde indebolito come accaſca,

Perche non le avea uſata gentilezza
Per il paſſato gli rubò la taſca
Con tutti i ſuoi danar per ſodisfarſi
Vtrum coſtei di furto può accuſarſi?

RISOLVZZIONE.

De conditione in debiti noi avemo
Ne digeſti la legge *ſi non ſorte*
Nel paragrapho cento al verſo *nemo*
Che ritener ſenza favor di corte,

Robba del noſtro debitor potremo,
Purche util più del debito non porte
Tal che ella *non tenetur*, ſe i quatrini
Tolti, non eran piu di ſei Carlini.

DVBBIO XXI.

ANtonia Saponara ſtando in letto ,
Nel tempo che lo ſpirito ſi parte ,
Venne un ſuo innamorato Giovinetto ,
E ben Chiavolla in l'una e l'altra parte ,

Ond' ella una Collana chavea al petto
Gli laſciò per legato ſcritto in carte ,
Vtrum ſendo il legato per traſtullo,
Si poſſa dir che'l teſtamento e nullo ?

RISOLVZZIONE.

Meſſer Matteo nella deciſione
Seſſanta nove ,dice che il Conſorte
Quando doloſe fa donatione
Alla moglie ,che ſta vicino a morte ,

Nel teſtamento poi non ha ragione
Ond'io *conſideratis* bene acorte
Conſiderandis , dico , che quel tale
Non gli é marito, e'l teſtamento vale.

D.VBBIO XXII.

ISabella di Luna un giornò havea
Per la notte ad un Giovane promeſſo ,
Poi ſta con l'altro , e a quel che non potea
Diſſe che ritornaſſe il giorno appreſſo :

Quel venne , e come l'altro far ſolea
La Chiavo ben nell' uno e l'altro ſeſſo ,
Poi gli laſciò di rame una catena
Tenetur ne ille de falſi pena?

RISOLVZZIONE,

Nella lege *si ambo*, decima, Ulpiano
Nel titolo *de compensatione*,
Vuol che *Dolus cum dolo* a salva mano
Uso con quello fuor d'ogni ragione,

Puo compensarsi con discrezzione,
Onde se col mancargli in atto strano
Ricevendo da lui si bone notti
Nunquam tenetur falsi dice il Scotti.

DVBBIO XXIII.

HAvea locato Giulia di Martino
Un Frate, per Chiavarla un tanto al mese,
In otto Giorni fu stracco il meschino
Per il soverchio scuoter dell' arnese,

E lascio in luogo suo Fra Venturino,
Per dar fin a tant' opré, a tant' imprese,
Vtrum per questa sostitutione,
Dée perder il salario il Frattacione?

RISOLVZZIONE,

Vuole ser Ulpianno nella sua lege
In artifices de solutione,
Dove chiaro si pondera e si legge,
Ch'ivi si tratta de industria personæ,

Ma il giusto inpedimento lo correge,
Per l'altra legge *de Pollicitatione*,
Che come il testo già comprende il tutto,
Non deve il Fratacion perder il frutto.

DVBBIO

DVBBIO XXIV.

PEr dar Hortensia gusto ad un suo amante,
Et del suo corpo il piu suave loco,
Il Cul gli dié, ma con promessa avante
Che vi habbio a por del suo gran Cazzo un poco

Quello non pote star cosi costante
Alle primiere furie di quel giuoco
E tutto in Cul gliel pose, *Vtrum* Hortensia,
Accusarlo potrà di violentia?

RISOLVZZIONE.

In lege prima, de *justicia & jure*
Jus naturæ Paragrapho, vuol Baldo,
Che *primi motus hominis naturæ*,
Non sono in suo poter, quand egli é caldo

Il primo furor fa ch'egli non curi
D'esser tenuto Peccator ribaldo,
Onde spinto costui da primi moti
Accusar non si puo de gli altri ignoti.

DVBBIO XXV.

COn un Romito un giorno per ventura
Scontrossi una Badessa simpliciotta
Il qual gli domando con mente pura,
Che di gratia gli desse una pagnotta,

Ed ella alzati i panni alla cintura,
Gli mostrò la sua bianca e bella Potta,
E disse non havergli altro che dare,
Vtrum tal Charità dovea accettare?

RISOLVZZIONE.

Perche la Carità si fà in casella,
Il Romito non devé ricusare
La bianca Potta, delicata e bella,
Che la Badessa gli volea donare,

Ma con volto ridente dir con ella,
La Charità non voglio gia abbusare,
E per monstrar d'haver la havuta grata,
Saltargli a dosso e darle una Chiavata.

DVBBIO XXVI.

FRate Cipolla gran predicatore,
Vedendo gli altri Frati Bugerare,
Trovato un Fraticel, si mise in cuore
Voler un tal secreto anch ei provare;

Ma ben presto alla prima fece errore,
Spigendo il Cazzo in su senza bagnare,
Onde fé di quel Culo un mel granato,
Vtrum se per provar fece peccato?

RISOLVZZIONE,

I gran Sommisti tengon tutti quanti,
E con quelli i Casuisti di Conscienza,
Che de peccati se ne trovin tanti
Che bisogno non han di penitenza,

Perche dove il voler non si fa innanti,
S'attribuisce tutto a negligenza,
Onde senza voler fé il fratte tutto
Non fù peccato gia Fottere il putto.

DUBBIO XXVII.

SUor Marta la lussuria havea nel sesso,
E volendo la carne macerare,
Prese un Cazzo di vetro d'un sommesso,
E con la Potta cominciò a scherzare,

Ma spinta d'al furore a un colpo istesso,
Volendo tutto dentro farlò entrare,
Se ruppe con la Potta l Cul, ch'e peggio,
Utrum se per far ben, fè sacrilegio?

RISOLUZZIONE.

Di Medicina il Principe Galeno
Dice che nelle interne infiammationi,
Si devon col trar sangue ridur meno
Ne patiente le molestationi,

Onde se per morzar la rabbia a pieno,
Che sturbar lo potea d'alle orationi,
Suor Marta si frugò l'Culo e la Potta,
Sacrilega non fu, ma pia allotta.

DUBBIO XXVIII.

COnfessando una vedova un Teatino
Nella carne sentia gran tentatione,
E per far star il Cazzo a capo chino
Lo prese ad ambe man con divotione,

E tanto di su e giù scosse il meschino,
Che sputò la Bambagia del giubbone,
E mandò la lussuria in precipitio,
Utrnm se questo fu gastigo o vitio?

RISOLVZZIONE.

Perche bisogna quanto piu si puote
Gli scandolosi evitar de sensi vani,
Il Teatin che piu soffrir non puote
Per scandali schiffar questò profani

I desideri e voluntà corrotte,
Si volse a raffrenar d'ambe le mani
La tentation ch'il molestava assai,
Onde vitio non fù trarsi da guai.

DVBBIO XXIX.

Fottendo un Frate a gambe in spalla a un tratto
Con un palmo di Cazzo una Badessa,
Dal gran piacer in Paradiso astratto,
Non cognosceva il tondo dalla fessa,

Onde spinto da furia, come un matto
Nel tondo havendo sua Lancia messo,
Dice, o! che dolce di peccar cagione,
Vtrum se il Cazzo suo fu Buggerone?

RISOLVZZIONE.

D'infamia non si dee, dice Jasone,
Ne d'altro *justa legem inculpare*,
Un mente catto che non ha ragione,
Ne di coglionerie puossi accusare,

Onde il Cazzo nel frate Buggerone
In conto alcuno si potrà chiamare,
Quia stando fuor di se sol per trastulo
Caccio 'l Cazzon a la Badessa in Culo.

DVBBIO XXX.

MEntre con divotion stava parlando
Suor Cherubina con fra Galeazzo
Per disgratia la madre salutando,
Lasciò un peto del Cul con gran sciamazzo,

Il frate a quel saluto die rimando
Egli rispose in fretta, qualche Cazzo!
La Monaca turbossi e l'hebbe a male
Vtrum se questo fù caso Papale?

RISOLVZZIONE.

Dice la lege Paragrapho *Quando*,
Titolo *De verborum prolatione*,
Che *quando verbum dictum est* scherzando
Sia che si vuol *non fert* punitione:

Addit uno la lege, il Cazzo entrando
Nel forame del Cul sine intentione,
Nunquam questo sarà peccato tale,
Che richiedesse assolution Papale.

DVBBIO XXXI.

LAura Monaca fù da un Genovese
Richiesta di Chiavarla a Potta ad dietro,
E d'andar per la via dritta promese,
E di lasciar il primo buco a dietro,

Poi dentro, il Cazzo proprio in Cul gli meso,
E spinse, ond' ella biastemò san Pietro:
Vtrum, deve punirsi di Biastema,
E restar deve della lingua scema?

RISOLVZZIONE.

La prima distintion di penitenza,
Nel Capitolo *potest*, ne da inditio
Che chi si trova nel altrui potenza,
E Dio rinega per alcun supplitio,

Non merta pena, e quella violenza
Fa che non se gli imputi a malefitio,
Onde costei non si può gia punire
Di Biastema, per doglia da morire.

DVBBIO XXXII.

FOtteva fra Martin suor Liberale
In Potta, nel Chiaver sendosi auvisto;
Che ne potea nascer Antichristo,
Volse finir in Cul, fé bené, o malé?

RISOLVZZIONE.

Molto ben fece il padre fra Martino,
Per sciffar d'Antichristo la venuta,
Finir in Cul la sua nobil Fottuta,
Che comminciata in Potta havea 'l meschino.

DVBBIO XXXIII.

FOtteva a ritta Potta suor Lucia
Un Gesuita, a tal mestier non usa,
E nel cacciar lo dentro fallò l Buso
Fù sacriligio? o ver fù Sodomia?

RISOLVZZIONE,

Il pover ignorante Gesuita
Che sol per ignoranza fallò 'l buso,

Sacrilego non fù, ma escluso
Si dée tener, ne men fu Sodomita.

DVBBIO XXXIV.

SUor Marta nell'andar ruppe il boccale;
La Badessa gridò? Cazzo ti Fotta,
Ella s'el fe' cacciar subito in Potta
Vtrum per obbedir e fece male?

RISOLVZZIONE.

Meglio non potea far Suor Marta dotta
Ch'a commandi prestar obbedienza
Della Badessa, che per penitenza
Vn Cazzo gli ordinò dentro a la Potta.

DVBBIO XXXV.

DE Gesuiti il Padre sagristano
Per raffrenar la sua lussuria tanta;
Cacciò il Cazzo e i Coglion nell'aqua santa
Fù caso meritorio o pur profano?

RISOLVZZIONE.

Il Padre Sagristan meritò molto
Se per fuggir una lussuria tanta,
Cacciò il Cazzo e i coglion nell acqua santa;
Per restar da quel mal libero e sicolto.

DVBBIO XXXVI.

DEstossi la Badessa con grand furia,
Sognando di mangiar latte e gioncate,
Trovossi in bocca il Cazzo dell'Abbate,
Fù peccato di gola o di lussuria?

RISOLVZZIONE.

Non fu gola ò lussuria é risoluto,
Perche questo fu caso accidentario
Ben se l'avesse havuto in tafanario,
O in Potta dubitar s'havria potuto.

DVBBIO XXXVII.

PEr torsi il mal di madre Suor Prudenza
Che le impedia sue sante orationi,
Si fè chiavar da duo Fratti Chiottoni,
Meritava di ciò far penitenza?

RISOLVZZIONE.

Si sol per poter dir le sue orationi,
Benche si feche Fotter Suor Prudenza,
Di cio non dovra farne pen'tenza,
Che niuna s'en da alle divotioni.

DVBBIO XXXVIII.

UN Giorno stando Giulia su una scala
Prese in la bocca il Cazzo a suo Bertone,
E in un instante gli dié un morsicone,
Vtrum fece costei peccato di gola?

RISOLVZZIONE.

Perochè con espressa voluntà
Madonna Giulia morsicò quel Cazzo,
Al suo Berton; ne meno per solazzo,
Peccato gia di cola ella non ha.

DUBBIO XXXIX.

NOn potendo cacare un disperato,
Perch' altro non potea, si fé cacciare
Un Cazzo in Culo, e si fé Buggerare,
Utrum per non morir fece peccato?

RISOLUZZIONE.

La morte voluntaria é prohibita,
Si che ben fece a farsi Buggerare,
Il Poverin che stava per crepare,
E molto meritò a campar la vita.

DUBBIO XL.

LIvia voleva saper che cosa e Amore,
E per questo si fé chiavar alquanto,
Nacque in questa materia un Dubbio santo,
S'ella sol per provar commesse errore?

RISOLUZZIONE.

Non e peccato quel che per provar
Si fa, ne men si tiene che lussuria
Sia, onde non dee si metter in furia,
Costei che 'l Cazzo volse spermentar.

DUBBIO XLI.

SUl Cazzo che rizzato avea fra Carlo,
Giu dal balcon cascò Suor Marguerita,
Gli ruppe il Culo, e gli salvò la vita,
Dovea perciò dolersi ò ringratiarlo?

RISOLVZZIONE.

Se nel precipitar Suor Marguerita
Non hava il Cul sul Cazzo di Fra Carlo,
Certo morià, onde ringratiarlo
Dee, che col Cazzo suo gli die la vita.

DVBBIO XLII.

SUor Tarsia al cesso andò credendo' l voto
Trovar; ma vi trovo Fra Galeazzo,
S'infilzò la meschina nel suo Cazzo,
Ruppe ei per ciò di castitate il voto?

RISOLVZZIONE.

Perche Suor Tarsia gia non per peccato
Ma non volendo dié ne le culate
Ella non però, di castitate
Ruppe il suo voto, e questo e dichiarato.

DVBBIO XLIII.

UN che del Papa havea licentia havuta,
D'assolver d'ogni caso all hora all hora,
Fotté ben bene Suor Leonara,
Poi l'assolve: *num sit* bene assoluta?

RISOLVZZIONE,

Non solo per haverla ben Fottuta,
Ma se l' havesse ancora Buggerata,
Con la licenza che gli é stata data,
Se l'assolvea saria ben assoluta.

DUBBIO XLIV.

SUl Cazzo di Fra Biondo ardito e ſcaltro
Dimenandoſi ben Suor Cleosé,
Ruppe i coglioni a quello, c'l Culo a ſe,
Utrum, deve dolerſi l'un de l'altro?

RISOLUZZIONE.

Comune ad amendue fù la rottura,
Del Culo all' una, e a l'altro de coglioni,
E di querele o di lamentationi,
L'uno de l'altro non dée haver paura.

DUBBIO XLV.

FRa Aſtolpho per mandar la foia via,
Il Cazzo al Cul de fraticin fregava,
Onde per terre il ſeme gli caſcava,
Utrum peccaſſe in re de ſodomia?

RISOLUZZIONE,

Fra aſtolpho non ſi può dir ſodomito
Perche non dentro al Cul mà ſuol di fuori
Il ſuo Cazzo fregando intorno a gli ori
Non deve gia per queſto eſſer punito.

DUBBIO XLVI.

NE' grand caldi di Luglio Frate Alberto,
Per ſcivar l'otio, e tutti gli altri vitii,
Menava il Cazzo a tutti i ſuoi novitii,
Fù queſta opra profana, o pur di merto?

RISOLVZZIONE,

Perche nel otio regna tentatione,
Per quel che menò l Cazzo a quei gran putti,
Fé bené, e se gli havesse ancor Fottuti,
Saria stata piu heroica l'attione.

DVBBIO XLVII.

UN frate Zoccolante per ventura
Fottendo a Potta dietro una Badessa,
Gliel cacciò in Cul credendo fosse in fessa,
Ditemi se peccò contro Natura?

RISOLVZZIONE.

Nulla é peccato se non volontario,
Percio il frate Fottendo la Badessa,
Contro natura n'ha commessa
Se il cacciò in Cul volendo in tafanario.

DVBBIO XLVIII.

D'Haver in Cul Fottuto un Giudeo cane,
S'accuso Pippo con gran contritione,
Negolli il confessor l'assolutione,
Vtrum se il peccato ancor rimane?

RISOLVZZIONE.

Bartolo si risolse in contra al tristo
Capite sesto e i decretali ancora,
Perche sfondato non l'avesse allora,
Per vendicare la morte di Cristo.

HISTORIETTA

HISTORIETTA.

HAvea un Cardinal con molta brama
A veder la Girandola menato
Livia, che d'haver poco durato
Lagnavaſi, riſpoſe infuriato,
Tanto duraſſe il Fottere Madama.

HISTORIETTA.

S'havea un Monſignor Porporato
Meſſo di ſotto una bella Puttina,
Richieſel ſe marito la meſchina
Haveſſe, ſi, riſpoſe al gran Prelato;
Torna la carta diſſe allhor Petronio,
Convien portar riſpetto al matrimonio.

HISTORIETTA.

In mezzo a due fratelli un Cardinale
Col viſo ſmorto e la beretta roſſa
D'un Cazzo c'habbi la bambagia ſcoſſa
Viſo fù detto d'al fratel carnale,
Gli é vero ripiglio, ed hai ragione
Per ſtar preſſo a te che ſei coglione.

CHANSON

Sur l'Air *De l'Opera de Pirame & Thisbé.*

PAris eſt au Roi
Mon Con eſt à moi
Je prétens m'en ſervir
Selon mon déſir,
Du qu'en dira-t'on
Mocquons-nous Janneton,
Le monde veut jaſer,
Laiſſons le gloſer.

Je m'en jouë
Je l'avouë
Mon cœur aime à s'enflamer,
Quoi-qu'on diſe
C'eſt ſotiſe
De ne pas aimer
Quand on ſçait charmer.
Paris eſt au Roi, &c.

Nous avons des Amans,
On en eût de tout tems,
Ne crois pas que nous ſoyons les ſeules
Nos Ayeules
Biſſayeules,
Toutes le faiſoient,
Et toutes diſoient,
Paris eſt, &c.

En Docteur, ami,
Dis-moi ton avis,
Sur le cas que voici
Je ſuis en ſouci:

Trois fois j'ai Foutu
La femme à Blaise en Cu
Son mary, qu'en dit-tu,
En est-il Cocu ?
Le Jesuiste
Sodomiste
Assure qu'il ne l'est pas:
La Sorbonne,
En raisonne
Et ce plaisant cas
Y fait grand fracas.
En Docteur, ami, &c.

C'est par le Mirliton
Qu'on est Cocu dit'on
C'est pourquoi nous lisons dans Brantome
Qu'au Royaume
De Sodome
Jamais les Cocus
Ne furent connus.
En Docteur, ami, &c.

Bande-tu Colin
Voyons ton Engin
Es-tu dans le dessein
De me Foutre en plein,
J'ai le Con petit
Mais sois sûr que ton Vit
Quoi-qu'il soit des plus longs
N'ira pas au fond.
A ton âge
Quel dommage
De n'avoir point de desirs:
Sous ma cotte
Prend ma Motte
Et tout à loisir
Fous, quel plaisir! Bande-tu Colin, &c.

Tes transports sont trop lents
Pousse, pousse il est tems
Foutu chien
Je vais te chanter poüille
Si ta Coüille
Ne me moüille
Je te coupe net
Ton Foutu paquet.
Bande-tu Colin, &c.

Tu te Fous je crois
Des gens par ma foi
Faut-il un tour de main
Pour me mettre en train,
Ça dépêche toi
Déculote moi
Prend mon Vit & voyons
S'il ira au fond.

Je veux Foutre
D'outre en outre,
Percer ton Bougre de corps,
Jamais Carme
Ni Gendarme
Dans son chaud transport
Ne Foutit si fort.
Tu te Fous je crois, &c.

Remuë donc le Feffier,
Oublie-tu ton métier.
D'une main patine moi les Coüilles
Mon Andoüille
Se brandoüille
D'une autre façon,
Foutre de ton Con.
Tu te Fous je crois, &c.

AUTRE.

AVTRE

SVR L'AIR *Réveillé vous belle Endormie.*

Mes Coüillons quand le Vit me dresse,
Gros comme un Membre de Mulet:
Plaisent aux doigts de ma Maitresse,
Plus que deux grains de Chapelet.

ELECTION DU GENERAL DES CORDELIERS.

CONTE,

Deja la renommée avoit passé les Mers
Pour aller annoncer a cent Peuples dive.
Que le saint Général de la gent Cordeliere,
Gisoit contre son gré dans une triste Bierre,
Déja pour lui donner un digne successeur,
De chaque monastere on députe la fleur,
Tolede étoit l'endroit choisi pour l'Assemblée
En ce lieu se trouva la trouppe deputée,
Qui s'étant réunie en chapitre bien clos,
Par un moine éloquent fit tenir ce propos.
O vous dignes suppôts d'un grand & puissant ord.
Sur qui la gueuserie a jamais n'a pu mordre,
Quoi que vous n'ayes tous pour bien & revenû,
Que le guain casüel, & du Vit & du Cul;
Vous qui de touttes parts, venez icy vous rendre,
Au saint generalat qui pouves tous pretendre,

Et pour y parvenir faites de votre mieux,
Envain vous aves crû que la brigue en ces lieux;
Put vous faire monter a cette grande place,
Mes peres a personne on ne fait ici grace,
Plus docte plus sçavant, fussies vous mille fois
Que ne le fut jadis nôtre grand saint François
Si vous n'aves un Vit d'une bonne mesure,
Vous pouves de ce rang vous même vous exclure:
Cest le Vit seul icy qui fait un general,
Soyez traitre, fripon, ignorant & brutal,
Pourvu qu'un Vit parfait toujours vous obeisse
Pour vôtre élection tout est icy propice,
Peres, préparez vous voicy le temps fatal,
De vos gregues tirez le sceptre monacal,
De vos rudes engins montrez la reverence,
Et voyons qui de nous aura la préference?
Pour moi voicy le mien qui bande bien, je crois
Que le Generalat morbleu j'emporterois,
Sans un chancre maudit qui lui ronge la tête
Mais peut-être qu'encor j'auray du Vit de reste,
J'en ay plus d'un pied, dix huit poulces de Roy,
Il est gros & carré, & roide sur ma foy,
A ces mots aussitôt il leve sa jaquette,
Et tire avec effort de sa sainte braguette,
Un long & large Vit arrogant & brutal,
Bien dur & bien bandant, un vray Vit de cheval
Le Pere mesureur en vient aulner le manche,
Trouve pres de deux pieds même la tête franche,
Chaque capitulant murmure de ce Vit,
Et comme le greffier cette mesure ecrit,
Un moine audacieux au chapitre vient dire,
Que contre ce long Vit il a dessein d'inscrire,
Pretendant que grosseur suffisante il n'a pas,
Et que le bout trop court est mangé par les Rats,
Il tire en même temps dessous sa Robe brune,
Un de ces nobles Vits qui font faire fortune,
A peine le peut-il empoigner de la main,

Il eſt gros, il eſt long, & ſurtout il eſt ſain,
Ceſt un Vit celui cy, dit-il tout en colere,
Et non celui que vient de nous montrer ce pere;
Il eſt dur comme fer, au premier mouvement,
Et Fout tous les matins ſes dix coups réglément,
Le chapitre ſourit d'une telle bravade,
Et prend ces beaux diſcours pour pure gaſconnade
Mais le Moine enragé de ce mepris nouveau,
Frape de ce gros Vit vingt fois ſur le bureau,
Cette effort vigoureux fait trembler le chapitre
Il renverſe les bancs & caſſe mainte vître,
Mais crainte que plus loin n'alla l'emportement,
Dans ces termes benins parla le Preſident.
Révérend, ceſt aſſes renfermé ce tonnerre,
Juſtice on vous fera, ne frappez plus la terre,
Vôtre Vit a ſon tour doit etre meſuré,
Et s'il eſt le plus beau, doit etre preferé,
Le pere meſureur cependant s'achemine,
Vers les bancs ou chacun ſon Priape patine,
Pour lui donner bien-tôt la parfaite grandeur,
Le greffier en ecrit la groſſeur, la longeur,
Quel Vit ſans le branler a paru le plus roide
Celui qui du poignet emprunte longtemps l'aide
Et dont le mufle fier montre moins de fureur,
Quand tout eſt achevé le pere meſureur
Le regiſtre en ſa main chaque moine examine
Mais pour l'élection nul ne ſe détermine,
Les peres briſemotte, & Dom Jean l'effondreur
Ont leurs engins égaux en groſſeur, en longeur
Egalement bandants ils onts des reins de diable,
Leurs Coüillons ſont egaux, enfin tout eſt ſemblable
Il faut que l'un des deux ſoit nôtre Général,
Mais comment faire un choix où tout paroît egal
Peres pour vous tirer de cette incertitude,
Mettons les tous les deux a quelque épreuve rude
Faiſons venir icy, leurs dit le Préſident,
Des filles des garçons, & que dans ce moment,

Sur l'un & l'autre sexe, exerçant leur courage;
On sache qui des deux, prend mieux un pucelage,
Connoissons aujourdhui la force d'un Engin,
Exerçons les dabord avec le feminin.
Bientôt aprés ces mots, se presente a la salle,
Conduitte par un frere, une jeune Vestale
De l'age de quinze ans, plus belle que le jour;
Chacun, en la voyant se sent brûler d'amour:
Le Frere la fait seoir, dessus une couchette,
Et malgré ses efforts, sur le dos il la jette,
La Belle veut crier, il la fait souvenir
Qu'il faut tout endurer pour au Ciel parvenir;
Elle baisse les yeux, & dans cette pensée,
Elle est à ce qu'on veut tout à fait résignée:
Le Président fait signe, à Dom Jean l'éfondreur,
De monter à l'assaut, & grimper sur la Sœur;
Il l'embrasse aussi-tôt, la patine & la baise,
Il lui met dans la main un Vit plus chaud que braize,
Il déchire sa guimpe, & fait voir à l'instant,
A tous ses Compagnons, deux petits Tetons blancs
Et descendant plus bas, en lui levant la cotte,
Il fait paroître au jour une charmante Motte,
Une cuisse plus ronde, & le plus petit Con
Qui jamais ait paru dans la sainte Sion.
A ces charmants appas son Vit rompt la gourmette,
S'échappe furieux de sa sainte braguette,
Le Perre l'éfondreur saute sur la Nonain,
Pousse plus de cent coups, mais helas! c'est en vain,
Ce jeune petit Con est un Con de poupée,
Et Sans un Vit de fer on n'y peut faire entrée:
Bien-tôt au désespoir se trouve l'Effondreur,
En vain rappelle t'il sa force & sa vigueur,
Il sent ployer son Vit, il ne peut passer outre,
Il laisse ce beau Con tout barbouillé de Foutre:
Il gémit, & s'assit sur le plus prochain banc,
De rage il mord son Vit & le met tout en sang.

Le

Le Pere Brisemotte a son tour sur la Scêne
Veut montrer a chacun qu'il a meilleure haleine ,
Il essuye a l'instant le beau Con de la sœur
Et dans trois coups de Cul, lui cause une douleur
Qui lui fait faire un cri, dont tremble chaque Pere,
Le Moine sans pitié enfonce son affaire ,
Et la poussant encor avec plus de vigeur ,
Il fait craquer les reins de la mignone sœur ,
Elle double ses cris , le Pere Brisemotte
Au lieu de l'écouter pousse nouvelle botte ,
La belle l'égratigne , & le pince , & le mord ,
Malgré tant de travaux il entre dans le fort ,
Change en soupirs ardens les cris de sa conquête ,
Régale le dedans d'une si belle fête ,
Que le Cul de la None en saute de fureur ,
Le Paillard darde au fond sa benigne liqueur ,
On voit pâmer la sœur la paupierre fermée,
Lors le Paillard r'enconne & la belle éveillée
Redouble son ardeur , & dans trois coups de Cúl ,
Un Foutre tout nouveau dans son Con est reçû
Ah ! ah ! dit l'Effondreur, vous me voulez braver ,
Je fournirois trois coups morbleu sans déconner .
En effet il repousse & presqu'en un moment ,
Il retire son Vit du Con encor bandant ,
Prest de recommencer, allons, reprit le Pere,
Essuyez moi ce Con, Froteur du monastere ,
Je ne suis pas au bout , quoy dit le Président ,
Vous avez bien fini , tout le monde est content ,
Vous avez sur nous tous aujourdhuy l'avantage ,
Et le chapitre entier vous donne son suffrage :
Le mien n'est pas pour lui , répondit un frapart ,
Et au Généralat je prétends avoir part ,
Sur quatre comme lui , j'emporterois la gloire ,
Mon Vit est plus petit , Pere je le veux croire ,
Mais pour Foutre morbleu je lui dame le pion ,
Je veux vous le montrer sur ce jeune Garçon ,
En même temps il saûte au Cul du petit frere ,

Dont il fait voir ſoudain aux Peres le deriérre,
Et ſans perdre de temps, même ſans rien moüiller
Encule en un inſtant le petit écolier ,
Apres avoir montré a toute l'aſſemblée ,
Un Vit gros & long , mais a tête affilée ,
Qui malgré les clameurs du pauvre patient ,
Le foure dans ſon Cul impitoyablement ,
Chacun frape des mains a ce charmant ſpectacle ,
Et ſoutient que ce coup tient beaucoup du miracle,
Quand le Bougre charmé de l'applaudiſſement ,
Leur dit ſans déculer qu'il Foutroit tout un an ;
On l'arrête ſoudain, car toute la journée ,
Il eut tenû ſous lui la maſette enfilée ,
Le Préſident ſe leve & raſſemble les voix,
Tout eſt pour lui céder , le chapitre en fait choix
Lorſqu'un étourdi ſe ſaiſit de la porte ,
Et dit qu'il ne veux pas qu'aucun Cordelier ſorte
Et que puis qu'il ſuffit pour pouvoir être élû ,
De chevaucher,longtemps ſoit en Con,ſoit en Cul
Qu'il pretend faire voir qu'il n'eſt pas moins habile,
Appelant de leurs choix au plus prochain Concile
L'aſſiſtance en ſourit , mais le Moine en couroux
Sort & ferme ſur lui la porte à deux verroux ,
Et leurs annonce après, au trou de la ſerrure ,
Qu'il veux les Foutre tous ; le chapitre en murmure
Au lendemain matin , on met l'éléction ,
Mais le Bougre faché de cette intention,
Peſtant, jurant , criant , il fait ſi bien en ſorte,
Que l'on ne peut ſortir qu'un à un de la porte ,
Pied ferme & Vit en main , il attend au guichet :
Les Peres ſe voyant tous pris au trébuchet ,
Délibererent enfin, & la ſainte Aſſemblée ,
Se voyant au paſſage, à coup ſûr enfilée
Veut bien qu'à ce Mâtin on préſente le Cul ,
Tout autant de ſorti , tout autant de Foutu ,
Pas un n'en eſt éxempt , pas même la vieilleſſe ;
Le Bougre encullé tout, d'une même viteſſe,

Chaque Moine convient qu'on n'a rien vû d'égal,
Et qu'on ne peut choisir un plus grand Général.

EPIGRAMME.

LOrsque je tiens le plus grand Verre,
Vous me grondez belle Silvie,
Si vous aviez un choix à faire,
Dans un trés-grand nombre de Vits ?
Vous, qui faites la rencherie,
Prendriez vous le plus petit ?

AUTRE.

UN jour, au pieds d'un Aveugle en priére,
Au coin d'un bois, Jean du matin pressé
Mit bas Alix gentille chambriere,
Et l'exploita dans le fond d'un fossé,
L'Aveugle écoute, & d'un ton plus baissé,
Va marmotant l'*Ave* de Nôtre-Dame ;
Ah ! je me meurs, dit Alix qui se pâme,
Moi, reprit Jean, ah ! je suis trépassé :
L'aveugle dit, Dieu veuille avoir vôtre Ame,
Requiescat in pace.

LA ROBE DU CAPUCIN.

CONTE.

LE plus sçavant Esculape,
Des accidens divers ou s'expose Priape,

L'autre jour par un Capucin
Fut choisi pour medecin,
D'un mal dont il faisoit mistere :
Monsieur, lui disoit le bon Pere,
D'un ton piteux, d'un air contrit,
Vous voyez quel est nôtre habit,
Dur & pesant, sujet a la poussiere,
Plus mortifiant qu'une haire,
Et nonobstant cet embaras,
A la frugalité de nos maigres repas
Que prescrit une Régle austère,
Un mouvement involontaire
M'a provoqué l'érection,
Et m'a fait par la friction,
D'une laine dure & grossiere
Certaine excoriation,
Dont je ressens une douleur amere,
Et que je vous avoüe avec confusion,
L'Esculape bercé de fadaises pareilles.
Ça, dit-il, mon pere voyons,
Vous nous contez merveilles,
Mais en telles ocasions,
J'en crois mes yeux, & non mes oreilles,
Aussi-tôt le Moine fripon,
Lui fit voir un oiseau qui portoit sur la tête,
Les rouges fleurons d'une crête,
Qui ne germent jamais sur celle d'un chapon,
Ah ! par ma foy le tour est drôle,
S'écria le Docteur en voyant le poupon,
Pere qui vous a fait ce don,
Vray gibier de pharmacopole,
Cest ma robe, Monsieur, il nest que trop certain
Quittez la donc sur ma parole,
Car cest une Putain,
Qui vous donnera la vérole.

EPIGRAMME.

EPIGRAMME

UNe fille d'un doux maintien ,
Vendoit un jour des Citrons doux ,
Un Cavalier lui dit : combien,
La fille me les vendrez vous ,
Cinq sols Monsieur , cinq sols morbleu ,
Cinq coups de Vit ,
Ils sont a vous Monsieur ,
Mais je ne fais point de crédit,

LE BUCHERON

CONTE.

UN Bucheron fendant du bois ,
Ne se donnoit point de relâche ,
Et disoit han , à chaque fois
Qu'il donnoit un grand coup de hache ;
Sa femme craignant quelque entorse ,
Dit , à quoy bon , han , si souvent ,
Han , dit-il augmente la force ,
Et le coup entre plus avant :
La nuit le bon-homme joyeux ,
En voulant rire avec sa femme ,
Mon mari , dit la bonne dame ,
Dis han ! il entrera mieux ,
Ah ! que non dit-il sans attendre ,
Ce seroit han , & temps perdû ,
Mon dessein nest pas de le fendre ,
Car que tu ne l'as que trop fendû.

LA MOÏSADE.

VOtre impertinente leçon,
Ne détruit point mon Phirronisme,
Ce n'est point par un vain sophisme,
Que vous surprendrez ma raison,
L'esprit veut des preuves plus claires,
Que les lieux communs d'un Curé,
Ce fratras obscure de misteres,
Qu'on débite au Peuple effaré,
Auec le sens commun n'est pas bien mesuré,
La raison n'y peut rien connoitre,
Et quand on les croit, il faut être,
Bien aveugle, ou bien éclairé,
Envain je cherche & j'envisage,
Les preuves d'une Déïté,
J'en connois l'éxcellence & la solidité,
J'adore en frémissant cette Divinité,
Dont mon esprit se forme une si belle image,
Mais quand je cherche davantage,
Je ne trouve qu'obscurité,
La verité cachée en un epais nüage,
A mon esprit confus n'offre point de clarté,
Rien ne fixe mon doute & ma perplexité.
Envain de tout côté, je cherche quelqu'usage,
Qui du bon sens ne soit point écarté,
De mille préjugez chaque peuple entêté,
Me tient un different langage,
Et la raison prudente & sage,
Ne découvre qu'erreur & qu'ambiguité
Papistes, Siamois, tout le monde raisonne,
L'un dit noir, l'autre blanc, on ne s'acorde point
Chacun dit sa croyance bonne,
Et qui croire du Talapoin,

Ou bien du Docteur de Sorbonne,
Aucun : Mais je demande un Juge sur ce point,
Qui soit Juge sevère, & n'épouse personne,
Ce sera le bon sens, qui leur dit en deux mots :
Vous êtes tous les deux bien fourbes ou bien sots ;
Le vulgaire en aveugle, à l'erreur s'abandonne,
Et la plus froide fiction,
Marquée au coin sacré de la Religion,
Des sots admirateurs dont la Terre foisonne,
Frappe l'imagination ;
Les visions mélancoliques,
Des Peuples arrogans soûmettent la fierté,
Et produisent bien mieux cette docilité,
Qui dans les sages Républiques,
Entretient la tranquilité.
Ces Hommes vains & fanatiques,
Reçoivent sans difficulté,
Les fables les plus chimeriques,
Le petit mot d'éternité
Les rend benins & pacifiques,
Et l'on réduit ainsi le Peuple hébété,
A baiser les liens dont il est garoté.
Moïse le premier par semblables pratiques,
Sçut fixer des Hebreux l'esprit inquiété,
Et surprit leur credulité,
En rangeant ses loix politiques,
Sous l'étendard de la Divinité,
Il feignit d'avoir eû sur un mont écarté,
Des visions béatifiques,
Il fit entendre a ces hommes rustiques,
Que Dieu dans son eclat & dans sa majesté,
A ces yeux ebloüis s'étoit manifesté,
Il leurs montra les Tables authentiques,
Qui contenoint sa volonté
Appuya par des tons pathetiques,
Un conte si bien inventé,
Tout le monde fut enchanté

De ces fadaises magnifiques,
Le mensonge subtil passant pour vérité,
De ce Législateur fonda l'autorité,
Et donna cours aux créances publiques,
Dont le Peuple fut infecté.

EPIGRAMME.

UN vieux Paillard qu'à Rome on acusoit
De pratiquer l'Amour antiphysique,
Vît à Paris un Prêtre qu'on cuisoit
Pour même cas, dans la Place publique:
Helas! dit-il, le pauvre Catholique,
Que n'est-il né Romain, ou Ferrarois,
Pour un Ecu, la taxe Apostolique,
L'auroit absoud du moins quatre ou cinq fois.

AUTRE.

CErtain Ministre instruisant la jeunesse,
D'une Nonain qui venoit d'abjurer.
Approchez moi le Vase de liesse,
Dit-il, Nature est prête d'opperer;
Venez ma Sœur, venez sans différer,
Faire un Elû dans la foi Protestante,
Pour me prouver votre conversion.
Las! non pas un, dit-elle, mais cinquante:
Lors le Ministre, O! fille de Sion
S'écria-t-il, que la Graçe est puissante.

EPIGRAMME.

BElise allant faire un voyage,
Où je devois accompagner ses pas,
Me dit, faisons un bon repas,
Mangeons un succulent potage,
J'aime ce qui tient dans le corps,
Prenez du Foutre, dis-je alors,
Il reste neuf mois dans le ventre,
Encor sort-il plus gros qu'il n'entre.

LE CORDIER.

PErmettez que je vous recorde,
Que dans nôtre place d'Aumont,
De bout en bout des Cordiers font
Du matin au soir de la corde,
Quand on veut passer par dessus,
Il faut sauter en diligence,
Ou bien attendre avec prudence,
Que la roüe ne tourne plus:
Une Dame des plus jolies,
Parût hyer des plus hardies,
Et donna par vivacité,
Un trait de sa témerité,
En califourchonnant la corde,
Le roüet sans misericorde,
Fit que la corde entortilla,
La frange de son falbala,
Aussitôt il n'est pas étrange,
Qu'elle ayt gagné de frange en frange,
Et vous concevez que cela,
Ourdissoit un joly mélange,

La scêne n'en resta pas là,
Ne croyez pas que je la brode,
J'y reviens par un épisode.
Au temps jadis lorsque les Dieux,
S'employerent à qui mieux mieux,
A parfaire la gente femelle,
Chacun deux voulut lui donner;
Il plût à la mere Cibelle
D'une double langue l'orner,
L'une servoit ainsi qu'à l'Homme
A discourir & l'on sçait comme
Elle mit à profit ce don,
Mais l'autre au contraire dit-on,
Ne parloit que dans les extases,
Et ne disoit que ces deux phrases :
Courage, allons, de la vigueur,
Ou bien, attens moi donc mon cœur.
Bien-tôt les femmes abuserent
De cette langue & trop parlerent,
Ne pouvant devant & apres,
S'empecher de conter leurs faits,
Et touttes les belles merveilles,
Qui s'operoient dans le contour,
On sçavoit les secrets d'amour,
Car les pavez ont des oreilles,
Il ariva donc qu'un beau jour
Les Dieux pour punir l'indiscrette
La firent à jamais müette
En la dédomageant d'ailleurs.
J'ai lû dans quelques vieux Auteurs
Que cette parole interditte
Par métempsicose subitte
Fut donnée à certain Berger
Que l'on étoit près de changer
Par ce que le sot n'osoit dire
L'excès de son tendre martire
Ce qui rebutoit son Iris.

On nomma ce berger Cloris ;
Mais je tiens ce récit pour fable ;
Croyant qu'il est plus vray-semblable
Que l'autre langue profita,
Du don de parler qu'on ôta
A la babillarde recluse,
C'est ce qui peut servir d'excuse
Au parlotage feminin :
Mais reprenons icy la fin
De nôtre histoire commencée ;
La Dame imprudemment passée
Que la corde en ondes tressoit,
Envain d'échapper s'empressoit,
Elle crioit comme un beau diable,
Les uns plaignoient la miserable
Et son tiraillement affreux,
D'autres femmes d'un air joyeux
S'entredisoient sans trop la plaindre
J'y serois un jour sans rien craindre :
Voicy quelque chose de plus
La recluse de cy-dessus
S'incorporant dans la ficelle,
Se mit a tourner avec elle
Et fit la corde en un éclair
Blanche, noir & couleur de chair ;
Jugez de l'état déplorable
Ou le beau Sexe s'est trouvé,
Si le cas me fut arrivé
Le Cordier auroit fait un Cable.

EPIGRAMME.

C'Est un grand péché me dis-tu
Que de Foutre un Garçon en Cu ;
Ma foy tu n'y vois goute,
Par où veus-tu donc qu'on le Foute.

L'ECUSSONNADE.

CONTE.

GRand-merci, mon ami Morphée,
D'avoir sçû mêtre entre mes bras,
Plus adroitement qu'une Fée,
Iris avec tous ses appas :
Jamais Venus ne fût blus belle ;
Combien de Roses & de Lys,
Que les Amours avoient ceüillis,
Pour répandre à l'envie sur elle ;
Je l'ai vûe en dépit des Dieux
Plus tremblante qu'une Victime,
Arrêter sur moi ses beaux yeux
Mêlez d'innocence & de crime ;
A pas comptez, à petit bruit,
Avec l'Aurore elle est venuë
Se glisser craintive en mon Lit,
Je n'ose dire presque nuë.
Je crois Lindor, m'a-t-elle dit,
Que ma sagesse t'est connüe,
Je ne cherche que ton esprit,
Si tu manquois de retenüe,
Tu me ferois un grand dépit.
Aussi-tôt la pauvre ingenüe,
De mes draps comme d'une nüe
Très modestement se couvrit.
Que j'aimerois, commença-t-elle,
A parler de tout, comme toi,
Dans tes entretiens j'apperçois
Une façon toûjours nouvelle,
C'est un certain je ne sçai quoi,
Qui dans le Discours étincelle,
Et qui comme article de foi

Feroit

Feroit croire une bagatelle ,
C'eſt la ton Art apprens le moi ,
Ah ! tres volontiers ma mignone ,
Lui répondiſ-je fort content ,
Cet Art la nature le donne ,
Mais je puis t'en donner autant ,
Prête moi ta langue un inſtant ,
Pour que la mienne l'écuſſonne ,
On ne parle bien que s'entant
Sur la langue d'une perſonne ,
Qu'on croit parler éloquemment ,
Elle me crût tout bonnement ,
La chere petitte moutonne ,
En effet je la gréffay tant ,
Que la voila qui s'abandonne
A cet inconnu mouvement ,
Mais la parole lui manquant ,
Une œuillade vive m'ordonne ,
D'enfoncer l'ente plus avant ,
Elle s'étend , elle friſſonne ,
Et m'embraſſe ſi tendrement
Que ſans pouvoir conter comment ,
L'amour ſurvient qui me couronne ,
Des mirthes d'un heureux amant.
Tu nous vis Reine de Cithere ,
Satisfaite de tous les deux ,
Tu préſidois au grand miſtere ,
Ou nous brulions des plus beaux feux ,
T'en ſouvient-il quand ma bergere ,
Au fort des élans amoureux ,
Me dit d'un air dévotieux ,
Arrête un moment il éclaire ,
T'en ſouvient-il encore mieux
Quand . . . . mais helas ! quelle Chimere ,
Eveillé j'ouvre de grands yeux ,
Qu'a fait Lindor victorieux ,
Il n'a rien fait que de l'eau claire ,

Et ſon eſprit viſionnaire,
N'a feint qu'un rêve officieux,
Qui de la vérité differe,
Comme la Terre fait des Cieux.

EPIGRAMME

UN Cordelier frais, gaillard & diſpos,
Apres diné attendant le Service,
Entretenoit trois autres de propos,
Et leur contoit qu'une jeune Novice,
L'avoit prié de fourbir ſon devant,
Puis il leur dit ſon diſcours pourſuivant,
Freres tres chers qu'euſſiez vous voulu faire,
Les deux ont dit qu'ils euſſent pris la haire,
Et qu'ls auroient ſoudain quitté ce lieu
Mais le dernier, dit qu'il l'auroit Foutue
Lors le *Frater*, c'eſt bien dit, Vertudieu!
Elle le fut ou le Diable me tue.

EPIGRAMME

DEux Bernardins de diverſes Provinces,
De leurs couvents faiſoient deſcription,
Chez nous dit l'un, Moines vivent en Princes,
Cave & cuiſine ont a diſcretion,
Item Nonains auec permiſſion
De s'en ſervir quatre fois la journée
Quatre parbleu, c'eſt pitance bornée,
Répondit l'autre, on nous le permet huit,
Trois au matin & cinq l'apreſdinée
Et ſi j'enrage encor toute la nuit.

CHANSON.

SUR L'AIR

AIMABLE VAINQUEUR.

LIzette ton Con,
Ne dit jamais non,
Il gobbe a merveille,
Dès qu'il s'éveille,
Le Vit le plus long,
Dès qu'une Coüille,
De près le chatoüille,
Il Fout tout de bon,

Son fin mouvement
Fait qne chacun l'aime,
Sa vigueur extrême,
Ravit en Foutant,

Tu fais bander,
Tu fais décharger,
Tu ravis mon Ame,
Déja je me pâme,
Et je m'apperçois,
Que sous les Cieux,
Il n'est point de femme,
Qui chevauche mieux.

EPIGRAMME.

UN Théatin exploitoit Sœur Colette ;
Mal a son aise au travers d'un Parloir,
Ah ! quel travail, s'écria la Nonette,
Mieux sur un Lit ferions un tel devoir,
Tres chere Sœur, reprit le Pere Noir,
Une telle pensée est de l'Esprit immonde,
Sommes nous faits pour nos aises avoir,
En ce bas lieu comme les gens du Monde.

AUTRE.

UN jeune Gars disoit sa ratelée,
A certain Carme, & s'accusoit à Dieu,
D'avoir donné trente fois l'accolée
A son amie en même temps & lieu,
Trente fois, dit le Carme, Vertudieu !
Oüi, dit le Gars, par la vertu secrette,
D'une Racine : Ami, dit le Billette,
A tous péchez Dieu fait rémission,
Or donne moi ta joyeuse recette,
Je te promets mon absolution.

AUTRE.

UN Ministre, bon Compere,
Foutoit une Fille en un Pré,
Un saint Curé le voyoit faire,
Bandant comme Asne débâté.

AUTRE.

AUTRE.

UN Medecin s'accusoit d'avoir fait,
De sa Vénus un petit Ganimede,
Le Confesseur lui dit, ah Bouc infect,
Tison D'enfer, quel Démon te possede;
Pourquoy trouvant un innocent remede,
Contre la Chair te damner pour si peu,
L'autre répond qu'il a lû que ce jeu
Rend l'œil plus clair, les visieres plus nettes,
Hé ! gros Butord, reprit le Moine en feu,
S'il étoit vray; porterois-je lunettes.

L'ENFANT DE NEIGE.

CONTE

D'Un fait pareil falloit il faire choix,
Dit un censeur ami du vrai-semblable,
il a raison, je l'ai lû toutes-fois,
Partant le tiens histoire véritable,
Eh pourquoi non ! tout siecle n'est semblable,
Toujours Nature eût bien les mêmes droits,
Toujours le Sexe eût foiblesse en partage,
Mais pour cacher aux Maris Cocuage,
On en sçait plus aujourd'huy qu'autrefois

Certain marchand de ces joyaux si rares
Qu'on va chercher aux climats Indiens,
Depuis longtems tenu mort par les siens,
Apres quinze ans revoioit ses Dieux Lares,
Si d'une part il a grossi ses biens,

Sa Femme n'a chômé dans son absence,
De trois Enfans qu'en partant il avoit,
Et qu'il revoit dans leurs adolescence,
Un grand plaisir nôtre Homme reçevoit;
Quand en montrant encor un a leur Pere,
Elle lui dit, Monsieur voici leur Frere,
Il est a vous, car c'est moi qui l'ai fait,
Comment cettui, dit-il, seroit-il nôtre,
Vous n'étiez grosse au tems de mon départ,
Si faut-il bien dit-elle qu'il soit vôtre,
Car autre humain à l'œuvre n'eut de part,
L'hiver d'apres que vous m'eûtes quittée,
Un certain soir me trouvant dégoutée,
La neige alors couvroit le potager,
J'allai cüeillir une feüille d'ozeille,
Par qui, dit-on, l'appétit se réveille,
Et me sembla quand vins a la manger,
Neige glacèe; enfin cette Salade
En moi valut conjugale accolade,
Car j'en devins enceinte dans le mois,
Oüais! dit l'Epoux, Homme tranquille & sage
Qui sur le champ du bon parti fit choix,
Nature est bien bizarre dans ses loix,
De mon pareil ce seroit un outrage,
Mais d'une ozeille irois-je me facher,
Puis aussi bien l'avez fait sans pécher,
Toujours du Ciel lignée est une graçe,
Acceptons-la, ce que Dieu veut se fasse.
Pas n'en cessa, l'aise de la Maison:
Mais réservant a s'en faire raison,
Je veus, dit-il, qu'il fasse aprentissage,
Pour succeder a mon commerce un jour
Et je l'enmenne à mon premier Voyage,
Si qu'il sera docteur a son retour,
Avide encor d'augmenter sa fortune,
Après avoir goûté quelque repos,
Nôtre marchand redemande a Neptune;

Nouveaux Trésors & cingle, sur les flots,
Au premier port de la plâge Afriquaine,
L'Enfant d'ozeille etant robuste & grand,
A certain Turc, Marchand de chair humaine;
Il le vendit à beaux deniers comptans,
Puis suit sa route, & ses besognes faites,
Troquant, vendant, rechangeant ses emplettes;
Revient encor dans son Pays natal,
Ayant de plus doublé son capital,
Combien du sexe est fausse l'envelope,
Il fut fêté de sa chaste Moitié:
Tant, qu'eussiez dit d'une autre Pénélope;
Pour son Epoux confite en amitié:
Mais de son Fils n'entendant de nouvelles;
Et nôtre Enfant, Monsieur? ce lui dit-elle,
Ah! il vous faut en dire l'accident:
En approchant des côtes de l'Afrique,
Où nous étions au de-là du Tropique,
Certes c'est la que Phebus est ardent,
Du pauvre Enfant j'ai vû le sort tragique,
Bien fut-il vrai que la neige le fit,
Car en un rien le Soleil le fondit.

Si la belle eut dans la derniere absence,
Quelqu'autre Enfant, l'Histoire n'en dit rien;
Mais en tel cas croyez vous qu'elle sçût bien,
A son Epoux n'en faire confidence.

EPIGRAMME

UN Moine ayant [c'étoit un Sous-prieur]
D'une Nonain vérifié le Sexe,
Las d'encenser le Temple anterieur,
Voulût aussi visiter son annexe,
O vanité! dit la Nonne perplexe,

Qu'en son état l'homme se connoit mal ;
Que vers le bien la route est circonflexe ,
Vn Sous-prieur trancher du Cardinal.

CHANSON

SUR L'AIR,

Ma raison s'en va bon train.

J'Apperçois ma Janneton ,
Faisant la barbe à son Con ,
Avec un Rasoir,
Devant un Miroir,
Ah ! la jolie posture ;
Je lui ay dit , que fais tu là ?
J'embellis ma Nature , lan la ,
J'embellis la Nature.

Et quand vous l'aurez rasé ,
Donnez m'en du plus frisé ,
Pour faire un Habit ,
A mon pauvre Vit,
Ah ! la jolie fourure ;
Cupidon sera le Tailleur,
Il en sçait la mesure , mon cœur ,
Il en sçait la mesure.

EPIGRAMME

DU Célibat un ſage a-t-il fait choix,
Pour éviter l'embaras du ménage,
En ſon chemin il trouve mainte fois,
Dévôts nommants ſon choix libertinage,
Bien ce tira de ce pas un matois.
Ces jours paſſez une Prude encor d'age,
Exorcizoit un Garçon de trente ans,
Mariez vous, diſoit-elle, il eſt temps,
Non pour moi, dit-il d'un air modeſte,
Pas ne voudrois tromper un bel enfant
Comment tromper? eſt-ce accident funeſte,
Ou bien Nature en vous qui le déffend?
Non, mais je ſuis foible dans telle épreuve,
Hé bien, prenez veuve ſur le retour,
Qui, moi Madame, abuſer une veuve,
Las, qu'auroit-elle; auplus ſept fois par jour.

EPIGRAMME

VEut-on que je prenne une femme,
J'y veux trouver enſemble, & jeuneſſe & beauté,
L'eſprit bien fait, une belle Ame,
Délicateſſe, auec ſimplicité,
Cœur ſenſible ſans jalouſie,
Complaiſance, ſincerité,
Vivacité, ſans fantaiſie,
Sageſſe, agrément, & ſanté,
Enfin, pour la rendre parfaite,
A toutes les vertus, joignez tous les appas;

Voila celle que je souhaite,
Trop heureux cependant de ne la trouver pas.

AMANT DESSUS, AMANT DESSOUS

CONTE

JAdis au tems de Philippe le Bon,
De tous plaisirs sa Cour étoit l'azile,
D'un Magistrat de la Cité de Lille,
Jeunes Seigneurs fréquentoient la Maison,
Bien est-il vrai que son épouse gente,
La jeune Alix en étoit la raison,
Autre n'étoit autant quelle obligeante,
De soupirants elle avoit a foison,
Quoi que l'Epoux fût homme difficile,
Si le menoit sa femme par le nez,
Et s'en faisoient maints bons contes en ville,
C'est des jaloux le sort d'être bernez,
Ainsi fut-il a bon droit le Bon-homme,
Comme je vais vous le conter en somme.
Madame Alix de ces femmes étoit,
Comme on en voit sans faire long voyage,
De deux Amants elle agréoit l'hommage,
A divers tems l'un, puis l'autre écoutoit,
Comme au Palais pendant la matinée,
Dame Themis son grave Epoux retient,
Par elle fut, l'heure a l'un deux donnée,
Un certain jour a huit heures il vient,
Encor au Lit la trouvant atournée,
On peut juger qu'il ne resta debout,
Bien plus grand Clerc en ce point qu'Himenée,
Amour régla cérémonie & tout.
Mais connoit-il ni regle, ni mesure,

Alix oublie en si douce avanture ;
Que le temps fuit, qu'onze heures ont sonné ;
Et c'est le temps qu'à l'autre elle a donné ;
Elle l'oüit qui frappoit à la porte.
Ah ! c'en est fait, ce dit-elle au premier,
C'est mon Epoux : s'il vous voit, je suis morte ;
Vîte, montez en haut dans ce Grenier ;
Lui d'y monter, au survenant elle ouvre,
Qui bien se doit croire le seul tenant ;
Tant est reçû de visage avenant,
Quand par un trou, qu'en son Grenier découvre,
Celui d'en haut, avec surprise il voit,
Au lieu d'Epoux une autre Amant qu'elle aime,
Ou tout du moins qu'elle traite de même,
Voyant le fait, à grand peine il le croit :
Mais qu'elle fut de tous trois la surprise,
Lorsque l'Epoux heurte : & voici la crise,
Il faut ouvrir, où mettre le second ?
Bien que le Sexe en moïens soit fécond ;
Un seul s'offrit, sous le Lit on le cache,
Puis ouvre enfin à l'Epoux attendant ;
Dequoi d'abord en entrant il se fâche,
Puis son soupçon s'accroît en regardant,
Meubles foulez par l'enfant de Cythere,
Voiez ce Lit ? eh ! par quel accident,
Ces Draps froissez ? Alix à sa colere,
Oppose un air dédaigneux & hautain,
Vous méritiez, dit-elle une Catin,
Sur tels soupçons qui daignât vous répondre,
Lors y perdant, le Juge son Latin,
Et ne trouvant assez pour la confondre,
Elle triomphe, & le poussoit a bout,
Il dit enfin excédé par sa Femme,
Parlant de Dieu qu'a son aide il reclame,
Un jour celui de la haut payra tout;
A ce discours l'Homme au grenier s'écrie,
Hé ? pourqnoi donc moi tout seul je vous prie,

Celui d'en bas doit-il pas sa moitié,
Reconnoissant la voix qui l'interpelle;
Celui d'en bas parut dans la rüelle:
Sortons, dit-il, ami tout est payé,
Nôtre présence ici n'est nécessaire.
Adonc sortit le couple favori,
Qui laissa-là la Femme & le Mari;
Vuider le cas, ce n'étoit leur affaire.

ULISSE & CIRCE.

FABLE.

L'Un & l'autre charmez dans leur Isle enchantée,
La Fille du Soleil & son Amant un jour,
De leur félicité rendoient grace à l'Amour;
Lorsque par deux Oiseaux, leur vûe est arrêtée;
Ulisse les observe, [objets interressants !]
Un trouble se répand dans son Ame atendrie;
Il regarde Circé, la même rêverie,
Tenoit enchantez tous ses sens.
Eh! quoi, dit-il, leur flame ainsi favorisée,
N'excite point en eux d'inutiles désirs?
Ils n'éprouvent jamais dans de si doux plaisirs,
La triste œconomie aux Mortels imposée.
Il est vrai, les Moineaux s'aiment bien tendrement,
Reprit la jeune Enchanteresse!
Ne peut-on s'élever jusqu'à leur tendresse;
Mon Art ne fut jamais employé vainement:
Que tardons nous? l'Amour sera d'intelligence;
Oüi, c'est toi, Dieu charmant qui nous ouvre les yeux,
Nous n'allons acquerir ces dons délicieux,

Que

Que pour mieux ſentir ta puiſſance.
A ces mots ces Amans par l'eſpoir animez
En Moineaux tout a coup ſe trouvent transformez,
Des aquilons alors l'influence bannie,
Cédoit aux doux Zèphirs, la Terre rajeunie,
Bientôt, il n'eſt Palmiers, Mirthes, Cedres, Roſeaux
Où cent fois ces heureux Oiſeaux,
Ne ſe ſoient aſſurez de leur métamorphoſe,
Quel exemple, combien de ſpectacles charmans,
Aux Nimphes de Circé chaque jour il expoſe,
Elles content tous les momens,
De ce changement admirable,
Jamais l'Art des Enchantements,
Ne leur parut ſi reſpectable,
Mais ce Printems ſi cher, paſſa rapidement,
Et dans ces mêmes lieux, témoins de leur yvreſſe,
On les voit, ces Oiſeaux ſéparez ſans triſteſſe,
Ou rejoints ſans empreſſement,
Tous deux ſe retraçans leur commune avanture,
En formant les Moineaux, diſoient-ils, la nature
De leur bonheur s'occupoit foiblement,
Il n'eſt qu'un ſeul plaiſir, un ſeul nous rend ſenſibles
Le Printems nous l'inſpire, ô Deſtins inflexibles!
Il s'envôle auec le Printems,
Et dans cette abſence fatale,
Nous n'avons point un cœur pour remplir l'intervale,
Par ces troubles ſecrets, par ces raviſſemens,
Qui font le bonheur des Amans,
Quel don nous échapoit avec la forme humaine;
Reprenons, reprenons ce Cœur,
Source des biens, parfaits, favorable enchanteur,
Qui mêle un certain charme a la plus triſte peine,
Qui ménageant nôtre eſpoir, nos déſirs,
Au comble du bonheur par dégrez nous améne
Et ces dégrez ſont autant de plaiſirs,
Le Heros & l'Enchantereſſe,

O2

Reprennent à l'instant leur forme & leur tendresse,
Détrompez des faux biens qu'ils avoient éprouvez,
Pour transmettre aux Amans un si puissant exemple
Au veritable amour ils élevent un Temple,
Et sur l'Autel ces mots furent gravez :
« Au destin des Moineaux ne portez point envie,
« Mortels un Cœur sensible est le suprême bien,
« Aimez, vous le pouvez tout le tems de la vie,
« Aimez bien tendrement, tout le reste n'est rien.

LE RAJEUNISSEMENT INUTIL.

CONTE

L'Aimable Déité que l'Orient adore,
Qui préside au matin, que suivent les Zéphirs
Le croiroit-on ? la jeune Aurore,
Du tendre amour longtems ignora les plaisirs,
Mais sur la Terre enfin du milieu de la nüe,
Par un Mortel charmant, ses regards attirez,
Allument dans son Cœur une flâme inconnüe;
Momens perdus, combien vous fûtes réparez ?
Toute entiere al'Amour, quelle douleur profonde,
Lors qu'au matin il falloit un moment,
Remonter dans son Char pour annoncer au monde
Des beaux jours qui n'étoient offerts qu'à son Amant
O jours délicieux ! plaisirs inexprimables,
Ne pouviez vous être durables.
Tython etoit mortel, helas ! & ses beaux ans,
N'étoient point affranchis des outrages du tems
Il falut y ceder, la pesante Vieillesse,
Dans les bras de l'Aurore ose enfin le saisir,
Injustice du sort d'où vient que ce plaisir,

N'éternise pas ta jeunesse,
Et quoy l'age a glacé ce que j'aime le mieux,
Disoit l'Aurore aux pleurs abandonnée,
Quel remede a ses maux elle s'envole aux Cieux,
O Jupiter flechy la destinée,
Pour mon amant je t'implore aujourdhuy,
Eh quel amant ? je possedois en luy,
Tout ce qui flate un cœur, de la Parque cruelle,
Fais qu'il soit toujours respecté,
Dans une jeunesse éternelle,
Eh qui doit mieux conduire a l'immortalité,
Que d'être charmant & fidele ?
Ma fille je sens vos douleurs,
Dit le maître des Dieux, les beaux yeux de l'Aurore,
Ne doivent verser que ces pleurs
Enfans du doux plaisir, & l'ornement de Flore,
Rendez le calme à vos esprits,
Le Printems de Tython va revenir encore,
Je le fais immortel, mais sçachez à quel prix,
Le destin a parlé, telle est la loi sévère,
Déesse, chaque fois que Tython obtiendra,
De votre amour la preuve la plus chère,
D'un lustre tout d'un coup cet Amant vieillira,
Ainsi de lustre en lustre abrégeant,
Sa jeunesse s'éclipsera,
Tython est immortel, grand Dieu je vous rends grace,
S'écria-t-elle embrassant ses Genoux,
Ce que j'aime vivra, mon sort est assez doux,
Elle dit, & des airs son char franchit l'espace,
Son cœur cede au destin, non sans quelques regrets
Quoy d'éternels refus vont être desormais,
De l'amour que je sens le plus fidele gage,
Tu dois mon cher Tython m'en aimer davantage
Tes beaux jours seront mes bienfaits,
Je sçauray malgré toy conserver mon ouvrage,

Elle le croit ainsi, je ne sçais quel presage;
Me fait trembler pour le succès.
O vous! dont les crayons voluptueux & sages,
Des misteres secrets, des plus tendres amours,
Traçent modestement les plus vives Images,
C'est a vôtre art Divin, Muse, que j'ay recours,
Tython va recouvrer l'éclat de ses beaux jours,
Il aime, il est aimé, quels transports vont renaître
O Muse, helas dans un instant peut-etre,
J'auray besoin de tout vôtre seçours,
Déja le Char porté d'une vitesse extrême,
A ramené l'Aurore auprés de ce qu'elle aime,
A ces premiers regards changement fortuné,
Des ans qui l'accabloient il n'a plus la foiblesse,
Que dis-je, cet Amant a quinze-ans ramené,
Brûle de nouveaux feux, transporté d'allégresse,
Reprend ces agrêmens que l'age avoit ternis?
Quel retour, quel moment pour deux cœurs bien unis,
Il tombe a ses genoux, vainement la Déesse,
Sur le sort qui l'atend voudroit le prevenir,
Un Oracle..... écoutez.... elle ne peut finir,
Par cent baisers il l'interrompt sans cesse,
Eh comment résister longtems,
Quand le cœur est d'intelligence,
L'Amour, le tendre Amour emporte la balance,
Tython obtient un lustre & ce trouve à vingt-ans,
Peut-être qu'a present vous daignerez m'entendre,
Dit enfin la Déesse, empressement trop tendre,
N'y songeons plus, alors du sévere destin,
Elle lui déclara l'Oracle trop certain,
Dieux s'écria Tython! quelle loi rigoureuse,
Quoi vainement je me verrois aimé,
De l'objet le plus beau que l'amour ait formé,
Non, je consens plutôt qu'une vieillesse affreuse...
Tython que dites vous, vous me faites trembler.
Quoi d'un si triste Hyver la langueur douloureuse,
Affoibliroit

Affoibliroit cette flâme amoureuse,
Dont votre cœur recommence a bruler,
Qand les sombres chagrins viendroient vous accabler
Je pourrois m'imputer..... non j'y suis résoluë,
L'Amour nous laisse encor ses plus sensibles biens,
Nous passerons les jours dans ces doux entretiens,
Où l'Ame avec transport se montre toute nüe,
Nous aurons ces soupirs, ces aveux, ces sermens,
Tant de fois répétez, & toujours plus charmants
Assez heureux de plaire, exempts d'inquietude,
Nous nous verrons toujours, nous ne ferons qu'aimer,
Eh quel bien vaut la certitude,
D'inspirer tout l'amour dont on se sent charmer
Ainsi, mais vainement, parla la jeune Aurore
Le dangereux Amour avec malignité
Aux yeux de son Amant, la rend plus belle encore
Et déja dans son Cœur Tython a concerté,
L'ingenieux secret de fléchir la Déesse,
Vous m'aimerez toujours, dit-il, votre tendresse,
Remplira ma félicité,
Mais quand vous ne craignez pour moi, que la vieillesse,
Mon Cœur plus délicat, prévoit de plus grands maux,
Car enfin si le sort qui me rend la jeunesse,
M'en avoit donné les déffauts,
S'il me forçoit d'être volage,
Vôtre beauté vous répond de mon Cœur
Mais je n'ay que vingt-ans, à ce dangereux âge,
De la constance, helas! connoit-on le bonheur,
Assurons, croyez moi, le sort de nôtre flâme,
Je le sens bien, un lustre a mon âge ajouté,
Sufira Pour bannir a jamais de mon Ame,

Ces gouts capricieux, cette légereté,
Que la jeunesse embrasse avec tant d'imprudence,
Eh quoi voudriez vous charmante Déité,
Faute d'un peu de prévoyance,
Exposer ma fidélité,
O divine raison que ta voix est puissante,
La Déesse se rend, & comment résister,
Déja son Ame impatiente,
De ces conseils brûle de profiter,
Que leur pouvoir est doux, l'amoureuse Déesse;
Ne cherche, ne ressent que cette tendre yvresse;
Qui la rend toute a son Amant,
Quel bonheur! de combler les vœux de ce qu'on aime,
Quand on croit par ce bonheur même,
Se l'attacher plus fortement,
Que j'aime avoir Tython, avec combien de zele,
Il se livre au plaisir qui le rendra fidele,
D'un amour délicat dignes emportemens,
Dans l'espoir d'acquerir une foi plus constante,
Il profite si bien de ses heureux momens,
Que de vingt-ans il passe jusqu'a trente,
Eh bien tendres amans, vous voila rassurez,
Vos Cœurs sont pour jamais l'un a lautre l'ivrez,
Vos vœux sont-ils remplis, helas peuvent ils l'etre
D'un bonheur qu'on n'a point gouté,
On se prive aisément, mais en est-on le maître
Lors qu'on en a senti toute la volupté,
Bientôt les craintes disparroissent,
Les desirs plus ardens renaissent,
Apres mille combats a céder quelques fois,
La seule pitié l'authorise,
Cest par excès d'amour qu'a l'ombre de ces Bois;
La Déesse se rend, ici c'est par surprise,
l'Amour couvrant leurs yeux de Voiles séduisans
Semble eloigner leur destinée,
Tython ainsi dans la même journée,

Se retrouve a quatrevingts-ans ;
La Déesse est en pleurs, séchez, dit-il vos larmes
Jai vû de mon printems s'évanoüir les charmes,
J'en regrette la perte & ne m'en repens pas,
Ce que j'eus de beaux jours, dumoins charmante
Aurore,
Je les ay passé dans vos bras,
Rendez les moi grands Dieux pour les reperdre
encore,
Ainsi vieillit Tython, quelle injustice helas!
D'acquerir ainsi la vieillesse,
Eh comment quand on plait contraindre ses désirs
Otez en de si doux plaisirs,
Je donne pour rien la jeunesse.

CHANSON,

SUR L'AIR,

D'UN MENUET ANGLOIS.

Bon-jour ma Sœur,
Je suis un grand Moine
Plein de vigueur;
Mon patrimoine,
C'est dêtre toujours prêt;
Je suis un Carme,
Qui fait vacarme,
Dans les Couvents
Je porte l'alarme,
On ne voit point de Gendarme
Qui soit plus vif
Plus expéditif,

Dans une intrigue
Les Cordeliers
Sont des écoliers,
A la fatigue
Leurs grands Celiers
Sont fort journaliers.
Pour bien causer du desordre
Et donner du fil a retordre
Dans aucun ordre.
Ma foy,
Nul ne l'emporte sur moi
Quand dans mes Bras.
Je tiens une None,
Je la façonne
Mieux que personne,
Tu le verras,
Ah friponne
Tes yeux lascifs
Sont bien expressifs,
Dans ce Parloir
Malgré la cloture
Cherchons ce soir,
Une posture,
Pour nous faire l'amour,
On dit matine,
Ma Sœur Christine,
On va se donner la discipline,
Tous les deux a la sourdine
Mettons sans bruit,
Ce temps a profit,
Mais quel obstacle.
Que ces barreaux,
Sont étroits & hauts,
Sans un Miracle,
Que ferons nous,
Par ces petits trous,
Envain pour braver la grille,

En cent replis,
Ton Corps se tortille,
Helas ma fille,
Jamais,
Tu n'approche d'assez prés,
Que vois-je ? O! Ciel,
Quel trait plein de flamme,
Ton œil s'enflamme,
Ton Cœur se pâme,
Je suis heureux,
Ah! ton Ame,
Perce a travers,
La Grille & les fers.

EPIGRAMME

Lorsque les deux Anges blondins,
Aux Sodomites apparurent,
Deux de ces maudits citadins,
Aussitôt apres eux coururent
Les Anges eurent beau voler,
Les autres pour les Enculer,
Si fort a leurs dos se lierent,
Qu'emportez au Ciel tout brandis,
En déchargeant ils s'écrierent,
Ah! nous sommes en Paradis.

AUTRE.

Un beau Chartreux Napolitain,
Fut pris Foutant son Prieur Dom Jerôme
On le conduit au Métropolitain,
Ça vôtre nom, dit l'Eveque, Dom Côme,

Vôtre âge, il est de vingt-huit ans,
Moine de quand, dès mon plus jeune temps,
Dans le Couvent qu'êtes vous œconome ?
Ah! dit l'Eveque, entre ses dents,
Bien payerois un pareil Majordome.

CHANSON,

SUR L'AIR,

MARGOT SUR LA BRUNE.

Margot sur la brune,
En attendant fortune,
Margot sur la brune,
Vit passer Pere Anroux,
Bon soir mon Frere,
Bon soir ma chere,
De cette affaire,
Parlerons nous,
Entrez, entrez tout est à vous.

Montez lui dit-elle,
Quoi monter sans chandelle,
Montez lui dit-elle,
Vous faites l'Ecolier,
Monter me gêne,
C'est trop de peine,
Allons ma Reine,
Cet escalier,
Vaut un lit pour un Cordelier.

Margot jeune & vive ;
Fût d'abord au qui vive ;
Margot jeune & vive ,
Fut preſte au qui va là ;
Dieu quelle montre ?
Quelle rencontre !
Armons nous contre ,
Ce Monſtre là ,
Que ferai-je de tout cela.

Grand Dieu quel martire ,
A peine je reſpire ,
Grand Dieu quel martire ;
Ah j'ai le Diable au corps ,
Allons Mignonne ,
Pouſſe Pouponne ,
Quoi tù t'étonne ,
Met le dehors ,
Ah chien j'y fais de vains efforts,

Vainement tu crie ,
Dit le Moine en furie ,
Vainement tu crie ,
Prens garde a ce coup là ,
Le Moine pouſſe ,
Margot repouſſe ,
On ſe trémouſſe ,
Bref tant-y-à ,
Que du Monſtre l'on triompha.

Aux cris de la Fille ,

Une Vieille en guenille,
Aux cris de la Fille,
Accourut & trouva,
Fille par terre,
Moine qui ſerre,
Eſt-ce une guerre,
Que je vois là,
Non c'eſt un Duo d'Opera.

AUTRE.

UN jour par ſurpriſe,
Madame la Marquiſe,
Un jour par ſurpriſe,
Je vous pris les Tetons,
Vous vous fachâtes,
Vous rechignâtes,
Vous me grondâtes,
Qu'euſſe été donc,
Si je vous avois pris le Con.

EPITAPHE.

LIſis eſt mort la bouteille a la main,
Le proverbe eſt bien incertain,
Qui dit, que chacun meurt comme il vit d'ordinaire,
Nous voyons en lui le contraire,
Car s'il fût mort comme il avoit vécu,
Il ſeroit mort le Vit au Cul.

LES DEUX SERVANTES.

CONTE

DAns un logis fameux dont J'ignore l'enseigne
Servoient Isabeau & Nanon,
N'attendez pas ici que je vous les dépeigne,
C'est beaucoup d'avoir dit leur nom.
Suffit qu'elles étoient de mise,
Le bec bien afilé, l'œil à la friandise,
Et telles qu'il faut être enfin
Pour attirer l'eau au Moulin,
Nanon surtout: mais c'étoit grand domage,
Nanon n'avoit encor tâté du badinage,
Et soit par ignorance, ou par simplicité,
Elle ne mettoit pas à profit sa beauté,
Comme sa Compagne agguerrie:
J'en suis surpris! Simplicité
N'habite guerre hotellerie,
Un soir aprés quelques menus devis,
Ou chacune contoit ses peines, ses profits,
Isabeau dit, Nanon une chose m'étonne,
Nous sommes de moitié, de tout ce qu'on nous donne,
Entre nous deux également,
Tout se partage ce me semble,
Et cependant tu regorge d'argent,
Tandis que je ne puis mettre deux sols ensemble
On te voit acheter des vaches & des moutons,
De linge ton armoire est pleine,
Mes habits prés des tiens ne sont que des haillons
Tu les porte comme une Reine,
Pleins d'affiquets, plus de petits atours,
Plus d'enjolivements pour faire des conquêtes,

Tes Cotillons de tous les jours ;
Sont plus beaux que les miens des fêtes ;
Dis moi ce que tu fais ? helas pauvre ignorente,
Un Etranger arrive, appelle une servante,
Lui répond Isabeau, parlant a demi bas,
Je vais voir ce qu'il veut, le drole sur mon sein,
Vous débute d'abord par promener sa main,
Le jeu lui plaît, enfin on parle du cas,
Et puis l'affaire se conclut,
Sur un lit ou sur une chaise,
En deux ou trois Paters au plus,
Trente sols, un Ecu se gagnent fort à l'aise ;
Il n'y faut pas tant de façon,
Ah ! si l'on m'employoit autant que je souhaite,
En moins d'un an, je te répons,
Que ma fortune seroit faite :
Pour te tirer de ta disette,
Tu n'est pas laide, si tu le peus,
Sers toi de la même recepte,
Nous serons de moitié avec toy si tu veux,
Ouy, reprit Nanon, j'aprehende une chose,
L'on dit qu'a ce metier une fille s'expose,
Si j'allois devenir...tu ne deviendras rien
Lui répondit sa Camarade habile.
Pour sauver le malheur qui rend fille fertile,
Et dont jusqu'à-présent, je me trouve fort bien
Quand sur la fin de la carriere,
Le galand transporté du plaisir qu'il ressent,
Roule ses yeux languissament,
Et livre a la douceur son Ame toutte entiere,
Il faut prendre son tems,
Et d'un coup apropos,
Détourner le bidet, & lui donner campos ;
Attendre jusqu'au bout ce seroit imprudence ;
Et le secret consiste a sortir de la dance,
Quand elle aproche de sa fin,

Souvient t'en bien Nanon ; crainte que je l'oublie
Je veux répondit-elle, commencer dès demain.
Sa volonté fut bientôt accomplie,
A la premiere occasion,
Nanon joüa fort bien son rôle,
Tout ce qu'on fait d'affection,
On le fait bien sur ma parole,
La belle en moins de rien se mit sur le bon bout ;
Et le moyen qu'elle ne s'y fut pas mise,
Tous les jours nouvelle reprise,
Quelque fois neuf a dix, & jamais point du tout
Ce moyen d'acquerir étoit fort de son gout,
Elle y retourna tant qu'en fin elle y fut prise,
Triste de ce malheur nouveau,
Elle s'en va vers Isabeau,
Lui conter sa disgrace,
Sotte, dit Isabeau, que n'étois-je à ta place,
Un pareil accident ne me fut arrivé,
Tu n'as donc pas bien observé,
Ce que je t'avois dit de faire,
Helas lui répondit nôtre future Mere,
Tout alloit bien dans le commencement,
J'observois avec soin les moindres mouvements ;
Mais sur le déclin du mistere,
Un désorde soudain s'empara de mes sens,
Je ne sçais quoi qui me mit en déroute.
J'eus beau me souvenir de tes enseignemens,
Quand il rouloit les yeux je n'y voyois plus goute.

EPIGRAMME

UN Quiétiste ardent comme un tizon,
Mettant au soir son Rossignol en Cage,
Le Corps en Rut, l'esprit en oraison,
Tres saintement dépechoit son ouvrage,

Et redoublant maint & maint culetage ;
L'esprit au Ciel sans relâche attaché ,
Dieu soit , Dieu soit , dit le saint personnage ;
Dieu soit loué , je l'ay fait sans peché.

AUTRE.

UNe Dame blâmoit sa servante accusée ,
D'avoir fait en joüant ce qu'on fait dela l'eau
Viens ça nomme le moy pauvre fille abusée ,
L'insolent qui chez moy , ose faire un bordeau ;
C'est vôtre maréchal Madame , ah ! la rusée ,
Combien de fois à-t-il r'amanché son marteau ;
Il me le fit six coups en filant ma fusée ,
Et puis vouloit encor lever mon devanteau ,
Six coups ce dit la Dame , ah voyez l'impudente ,
C'est bien a cette gueuse a le faire six coups ,
je m'y passerois bien , moi qui suis Presidente ,
Et qui devrois avoir la moitié plus que vous.

AUTRE.

DAmon quand son ardeur le presse ,
Se sert de son poignet dispos
Et dit que les Cons & les Fesses ,
Ne sont faits que pour les Manchots.

AUTRE.

CE qui tenta nôtre premiere Mere ,
Ce ne fut point , poire , pomme , ny fruit ,
Et le Serpent n'auroit pas sçû lui plaire ,
S'il n'avoit pris la figure d'un Vit.

EPIGRAMME

EPIGRAMME.

L'Amy Pascal aprés cinq ans de soins,
Et menus frais pour certaine Comere,
Un jour enfin demanda son salaire,
Et le galant ne requeroit pas moins,
Que payé fut, au tarif de Cythere,
Je n'en puis mais, dit la belle à Pascal,
Non que pour nul, je sois ingrate & fiere,
Mais le chemin est tout à ton rival,
Pour l'autre voye est à toi toute entiere,
Lors dit l'ami, passons, il m'est egal,
Que Pascal soit devant, ou Pascal soit derriere.

NABUCHODONOSOR.

CONTE

JEune fillette est un friand morceau,
Quand simple esprit caché sous fine peau
Conserve encor la premiere innocence,
D'Eve & d'Adam, le cas lors que j'y pense,
En ce temps cy me paroit fort nouveau,
Une sur tout ayant visage beau,
Dans un Couvent étoit dès son enfance,
Où volontiers on faisoit abstinence,
D'un capuchon, bien mieux que d'un chapeau,
Pas un n'entroit cependant à la grille,
Et n'avoit vû la tant simplette fille,
Que gens à froc mal propres à donner,
Cet entre-gent qui nous fait raisonner,
Mais ce n'étoit pas autrement merveille,

Si la pauvrette en cet âge tout d'Or
Doutoit de tout, & ne sçavoit encor,
Si l'on faisoit les enfants par l'oreille :
Une Poupée êtoit sa passion,
Quelques fuseaux son occupation,
L'unique jeu qui chatouille son âme,
Estoit le Haire, ou bien le Trou-madame :
Sur tout sur elle assez propre elle êtoit,
Et découvrant milles beautés naissantes,
Avec grand soin ses puces épluchoit
Soir & matin, & ses mains innocentes
N'avoient encor sur elle pris aucun droit :
Or elle êtoit d'humeur douce & craintive,
Quant au Sermon, elle êtoit attentive,
Si bien qu'un jour, mauvais Prédicateur,
Se débatoit, criant contre le vice,
Et dépeignant sa haine & sa malice,
Disoit que lors que l'on avoit péché,
L'homme changeoit de nature & de forme,
Et qu'aussi-tôt qu'on avoit trébuché,
Ce beau Corps devenoit tout difforme,
Témoin le Roy Nabuçodonosor,
Qui vint velû comme une grosse bête,
Depuis les pieds, dit-il, jusqu'à la tête,
Cent beaux discours encor il ajoutoit,
Pour faire peur à toute pecheresse,
La pauvre enfant tout bas faisoit promesse
D'en profiter, la prédication,
Sur son esprit fit grande impression,
A peine eut-elle apris ces belles choses,
Que le printemps qui fait naitre les Roses,
En fit pousser sur elle deux boutons,
Que le vulgaire appelle deux Tetons,
Tetons naissans qui commençoient à poindre,
Mais d'elle encor toutefois ignorez,
Beaux, blancs, blonds, frais, durs, & bien
séparez,

Et qui n'étoient prêts à se joindre,
Or un matin qu'elle admiroit venir,
Ces deux enfants d'une figure ronde,
Et ne sçavoit de quoy s'entretenir,
Cherchant en vain qui les mettoit au monde;
Elle aperçût qu'une puce couroit,
Sur ses Tétons, & la vouloit prendre,
La puce agile alors vint à déscendre,
La jeune fille en tous lieux regardoit,
Fort attentive où la puce sautoit,
Sa main par tout se promene & se joüe;
Mais fort surprise elle fut à l'instant,
Alors qu'ainsi tâtant & retâtant,
Elle aperçut qu'un mol duvet se noüe,
Dans cet endroit qui tant est recherché de tous;
Elle éxamine à fond sa conscience,
Elle croit qu'aprés avoir fait quelque offense,
Le Ciel vouloit justemeut la punir,
Que grosse bête elle va devenir,
Ne croyant pas qu'on eut sans être bête,
Cheveux naissans autre part qu'à la tête,
Ainsi l'éffroi la prend de toutes parts,
Et détournant ses innocens regards,
Las! elle crut n'avoir plus d'innocence.
Elle en faisoit de mainte doléance,
Et tout en pleurs regardoit quelque fois,
Si jeune poil ne couvroit point ses doigts,
S'imaginant qu'à l'éxemple du chat,
Elle coureroit bien-tôt à quatre patte,
Elle se croit à deux lieuës de l'enfer,
Helas! qu'alors la pauvrette se blâme,
Et quelle péché ose se reprocher?
Pas un petit mouvement de la chair,
N'avoit encor aiguillonné son Ame,
Elle s'habille avec grande frayeur,
Et ne trouvant le Pere Confesseur,
Elle s'enva trouver la Mere Abbesse,

Et toute en pleurs à ses pieds se confesse,
En luy disant, j'ay perdu le tresor
De l'innocence, & puis baissant la tête,
Lui dit, Madame helas! je deviens bête
Comme le Roy Nabuchodonosor:
Le cas surprit la Réverende Mere,
La jeune fille en soupirant tout bas,
Lui raconta non sans larmes le cas,
L'Abbesse fit un grand éclat de rire,
Croyant par-là la tirer de soucy,
Sans expliquer ce qu'elle n'osoit dire,
Mais son dessein n'ayant pas réussi,
Et remarquant la fillette confuse,
Il faut enfin que je la desabuse,
La pauvre enfant, elle me fait pitié,
Levant sa robe un peu plus de moitié,
La None vit chose qui l'émerveille,
En rencontrant avanture pareille,
Lui dit, helas un semblable malheur,
Me fait pour vous avoir la même peur,
Et vous & moi nous sommes pecheresses;
Il fut besoin d'appeller les maîtresses,
Tant pour finir sa crainte, en lui montrant,
Que chaque sœur en avoit tout autant,
Tant pour l'honneur de cette digne Abesse,
Chacune veut passer pour pecheresse,
La simple Agnès se consola d'abord,
Voyant par tout Nabucodonosor.

EPIGRAMME.

HEureux! qui bien loin de la guerre,
Trouve jolie Catin, bon flaccon,
Qui boit dans un grand verre,
Et Fout dedans un petit Con.

AUTRE.

AUTRE.

UN François avec un Romain,
Partageoient la bonne fortune,
La fille qui leur fût commune,
Eut aussi-tôt le ventre plein,
Lors, chacun d'eux la voyant grosse,
Jure par le Dieu triomphant,
Qu'il n'a point de part à l'enfant,
De crainte d'en avoir l'endosse :
Mais aprés un si long combat,
Ne pouvant vuider leur débat,
Enfin l'étranger dit à l'autre,
Un point nous accordera bien,
S'il sort par derriere il est mien,
S'il sort par devant, il est vôtre.

AUTRE.

VENUS manioit prés de Mars,
Son Casque, son Glaive, ses Dards,
Armes de défense, & d'attaque,
En voici : lui cria soudain,
Le pétulant Dieu de Lampsaque,
De plus propres pour votre main.

AUTRE.

UN jeune Rustre à l'Avocat Chopin,
Faisoit un jour cette belle harangue,

Jai sçû Monsieur, qu'étiez un grand latin,
Et qu'à plaider vous aviez bonne langue,
Or desirant avoir enfant d'esprit,
Bien humblement du meilleur de mon Ame,
Prier vous viens d'en faire un à ma femme,
Le bon Chopin à ce discours sourit,
Les enfans miens sont tous de francs niais,
Enda Monsieur, répond l'Homme champêtre,
Ce n'est donc pas vous qui les avez faits.

L'AMOUR CONSOLE' PAR LA RAISON.

CANTATE.

SUR L'AIR Le Perfide Renaud me fuit

MOn amant s'enfuit à grands pas,
Le licol du perfide est resté dans mes bras.

Sur un Air de Baptistin. Calmez aimables &c.

Charmant Anon que j'ai vû naître,
J'ai pris soin de tes jeunes ans,
Ingrat, je t'apris a connoître,
Tous le pouvoir de tes charmes naissans.

SUR UN AIR DE LA COMEDIE,

L'Amour a son Astrologie &c.

Cher Martin sans ton inconstance,
Nous allions ramener encor,
Cette tendre & douce innocence,
Des amans durant l'age dor.
Charmant Anon que j'ai vu n'aitre &c.

SUR L'AIR

Je vous aimay sans vous déplaire &c.

Que ma tendresse est imprudente,
Ah j'aurois dû prévoir qu'une Anesse insolente
De mes bras viendroit t'arracher,
Au bout de l'univers je devois te cacher,
Sans autre ambition que d'aimer & de plaire.
Quand l'amour remplit nos momens,
Aux plus sauvages lieux une tendre bergere,
Avec l'Anon chéri passe des jours charmans.

SUR UN AIR DE LA COMEDIE ITALIENE.

Et non, non, non, je n'en veux pas davantage, &c.

Nimphes sans délicatesse,
Vous vous parez chaque jour,
Pour que vôtre beauté blesse,
Tous les Bergers d'alentour,
Moi je ne desire en partage,
Que de fixer un jeune Anon,
Eh non, non, non,
Je n'en veux pas d'avantage.

SUR UN AIR DE SAGIONY.

Un Amant de contre-bande, &c.

Mon cher Amant reviens, termine mes allarmes
Je ferai grace à ta légereté,
Reviens charmant Anon, montre-toi: eh! quels charmes,
Effacent mieux une infidelité.

Nimphes sans délicatesse, &c.

SUR L'AIR qui vous plaira.

Je sens que mon dépit m'égare ,
Allons chercher ailleurs l'inocence & la paix ,
Il faut que l'Auvergne répare ,
Le crime du Mirébalais.

Il faut résister à l'ivresse
Qui nous séduit dans la jeune saison ,
Je pris un Baudet par foiblesse ,
Aimons un Mulet par raison.

Je sens que mon dépit m'égare. &c

Sur un Air de la Cantate d'Ariane :
Beautez dont on trahit les charmes, &c.

Beautez si par son inconstance ,
Un Berger trahit vôtre ardeur ,
Gardez un modeste silence ,
Dans nos prez venez pour vangeance ,
D'un Anon faire un doux Vainqueur ,
Vous oublirez bien-tôt l'offence ,
Dans les bras du Heros Vangeur.

Sur un Air de l'Opera de Pirithoüs, à ce que je croi.
La paisible indifference, &c.

Si trompant vôtre prudence ,
l'Anon vous manque de foi ,
Laissez le avec indulgence ,
Passer sous une autre loi ,
Un Mulet du voisinage ;
Plus fidel a vos desirs ,
Répare avec avantage ,
Vôtre gloire & vos plaisirs.
Beautez si par son inconstance. &c

LA

LA RAGE D'AMOUR.

CONTE.

A Cupidon la belle & jeune Aminte,
Malgré l'Hymen sacrifioit toûjours,
Son pauvre Epoux toûjours étoit en crainte,
Qu'elle ne fit de nouvelles amours,
Il ne pouvoit en siller la paupiere,
Veilles, soucis, l'eurent tôt emporté,
Lui mort, Aminte en pleine liberté,
A son humeur donna belle carriere,
On en jasa, son Curé crût devoir,
L'en avertir, vous vous perdez Madame,
Changez de vie, ou c'est fait de vôtre Ame,
Helas Monsieur, je voudrois le pouvoir,
Lui répondit la trop fringante veuve,
Mais plaignez moi tel est mon ascendant,
Que je ne puis avoir l'esprit contant,
Si chaque mois je n'ay Pratique neuve,
Cela me vient d'un accident fatal;
A quatorze ans d'un chien je fus morduë,
Chien enragé; pour prévenir le mal,
L'avis commun fût qu'il me falloit nuë
Plonger en Mer; nüe on me dépoüilla,
Honteuse alors de me voir sans chemise,
Incontinent je portai la main là
Où vous sçavez, sans jamais quitter prise
On me plongea; mais qu'est-il arrivé,
C'est que mon Corps, O pudeur trop funeste!
Partout ailleurs du mal fut préservé,
Hors cet endroit, où la Rage me reste.

EPIGRAMME

UN Fat vouloit qu'un Peintre en faisant son portrait,
Copiât saint Jean trait pour trait,
Quoy que lui même fut un tres laid personage:
Mais à peine fut-il au milieu de l'ouvrage,
Que le Peintre rempli d'un trop juste couroux
Lui dit Monsieur je ne puis passer outre,
Car de songer à faire un saint de vous,
C'est de saint Jean vouloir faire un Jean-Foutre

AUTRE.

UNe certaine Demoiselle,
Pour se mocquer d'un medecin,
Lui demanda d'un ton Malin,
Pourquoi faisant grand bruit, la Femme pisse-t-elle,
La raison en est fort j'olie,
Lui dit le medecin rusé,
C'est que vôtre sexe est percé,
Beaucoup plus proche de la Lie,

AUTRE.

DIeu vous gard la Pucelle ainsi comme je pense;
Et vous Monsieur le borgne, ainsi comme je vois
Ce sont mes ennemis qui m'ont fait cette offense,
Et ce sont mes amis, qui me l'ont fait a moi.

INSCRIPTION

MISE SUR UN PIED D'ESTAL QUI PORTOIT UN PRIAPPE DE MARBRE BLANC VEINE' DANS L'ISLE DE CALIPSO POUR L'USAGE DE SES NYMPHES.

D'Un ſujet par l'art inventé ,
La reſource n'eſt qu'un vain ſonge ,
Nymphes je m'y connois à cette authorité .
La plus petite verité
Vaut cent fois le plus beau menſonge,

EPIGRAMME.

LAſſé du jeu que pratiquoit Socrate ,
Un Moliniſte auprès d'une Béate ,
Par maint effort excitoit au plaiſir ,
Nature lente à ſuivre ſon deſir ,
Tant froide étoit qu'encor ſeroit giſante ,
Sans le ſecours d'une main complaiſante ,
Ceci , dit alors , le Caffar tranſporté ,
Ouvre à mes yeux le ſecret de la grace ,
La Suffiſante auroit parbleu raté ,
Si dans ta main n'eut été l'Efficace.

EPIGRAMME

UN petit Maître après mauvaise chançe,
Sortoit du jeu sa tabatiere en main,
Un gueux passoit, qui vint a lui soudain,
Lui demander, l'aumone avec instance,
Des deux cotez grande ètoit l'indigence,
Il ne me reste ami, dit le joueur,
Que du tabac, en veus tu, serviteur,
Répond le Gueux qui nêtoit pas novice,
Nul besoin n'ay d'éternuer, Seigneur,
Chacun me dit assez Dieu vous benisse.

AUTRE.

CAhier voulût loger les Putains en franchise,
Canoniser pour Saints les Verolez perclus,
Nôtre Eglise le prit quand vous n'envouliez plus,
Catholique il poursuit encor son entreprise,
La Paillarde le voit Martyr pour les Bordeaux,
L'Avocat des Putains, Sindic des Maquereaux,
Elle ouvre ses genoux, l'accole très humaine,
Honteux, banni, puant, verolé, ladre vert,
Huguenots confessez que l'Eglise Romaine,
Tient son giron paillard, à tous venans ouvert.

EPI-

EPIGRAMME.

BRulé du feu de la concupiſçence,
Frere Thibault va trouver ſon Gardien,
Jeûne mon Fils, lui dit ſa Réverence,
Thibault jeûna, le jeûne n'y fit rien,
Lors de rechef Thibault ſe plaint, eh bien,
Joignez au jeûne, & Diſcipline & Haire,
Dit le Vieillard, mais las ? le pauvre Frere
Sentit ſa Chair encor plus regimber,
Vertu de Froc, ſuccombez y donc Frere,
Tant que d'un an n'y puiſſiez retomber.

LE MAL D'AVENTURE.

CONTE.

ALiſon ſe mouroit d'un mal
Au bout du doigt, mal d'avanture :
Vas trouver frere Paſcal,
Lui dit ſa ſœur, plus n'endure,
Il a fait mainte & mainte Cure,
Ses remédes ſont excellents,
Il en a pour le mal de dents,
Pour l'écorchure & pour l'enflure,
Vas donc ſans attendre plus tard,
Le mal s'acroit, quand on recule,
Et donne lui le bon-jour de ma part,
Elle va frapper à la cellule,
Du Réverend Pere Frapart,
Bon-jour mon Frere, Dieu vous gard,
Dit-elle, ma ſœur vous ſalüe,
Et moi qui ſuis icy venüe,

Lasse enfin de trop soufrir ,
Mais ma Sœur vient de me promettre ,
Que vous voudrez bien me guerir ,
D'un doigt qui me fait mourir ,
Non je ne sçais plus ou le mettre ,
Mettez , dit Pascal , votre doigt
Les matins en certain endroit
Que vous scavez : helas ! que sçais-je ?
Dittes le moi frere Pascal
Tôt , car mon doigt me fait grand mal ,
Oh ! l'innocente Creature ,
Avez vous la tête si dure ,
Certain endroit que vous sçavez ,
Est l'endroit par ou vous pissez ,
Et bien m'entendés vous Alise ,
Mon Frere excusez ma betise ,
Répond Alix baissant les yeux
Suffit , je feray de mon mieux ,
Grand merci de vôtre recette ,
J'y cours car le mal est pressé :
Venés me voir Alisonnette ,
Quand vôtre mal aura perçé ,
Dit le frere , n'y manquez pas.
Alisonnette entre deux draps ,
Soir & matin a la renverse ,
Suivant l'orde du bon Pascal ,
Applique le remede au mal.
Enfin l'abcès mure & percé ,
Alison guerie va soudain ,
Rendre grace a son medecin ,
Et du remede specifique ,
Lui montre l'étonnant succès ,
Pascal d'un ton mélancolique ,
Lui repart , un pareil abçès
Depuis quatre jours me tourmente ,
Vous seriez ingratte & méchante ,
Si vous me refusiez ce bien

Que vous avez par mon moyen,
Alise, ay besoin de vôtre ayde,
Pouriez vous bien me voir mourir,
Après que je vous ay guerie.
Non dit Alix, non sur ma vie,
Je ferois un trop grand péché,
Il ne me sera pas reproché
Tel crime: allons donc je vous prie
Guerissez vous frere Pascal,
Approchez vîte vôtre mal.
A ces doux mots Pascal la jette,
Sans marchander sur sa couchette,
L'étend bravement sur le dos,
Et la renverse, ah Dieu qu'il est gros,
Dit Alix, quel doigt, & de grace,
Arretez, je le sens qui passe,
Ma chere Alix attens un peu,
Je me meurs soufre que j'acheve,
Ah! replique Alix toutte en feu,
Vous voila gueris l'abçès créve.

EPIGRAMME

Sur un Cocu.

NOus passions Lize & moi, auprés d'une Riviere,
D'ou, las de se baigner, Guillemin le Cocu,
Tout a coup vint a sortir nû,
Lize en fit trois pas en arriere,
Moi pour la rassurer? belle qu'avez vous vû,
Dis-je, d'une voix assez forte,
Cet Homme a beau montrer son Cu,
Il ne nous montrera jamais tout ce qu'il porte.

AUTRE.

UN Cordelier faisoit l'œuvre de Chair,
Et s'ébatoit en festoyant sa Mie ;
Son Compagnon lui dit, Frere tres cher
Pourtant faut-il aller chanter Complie
Lors le Frater dit, Pardieu je m'oublie,
Sus haut le Cul dépeschons nous Gogo,
Je reviendray si Dieu me prête vie,
Dès que j'auray chanté *Tantum ergo.*

AUTRE.

CErtain Abbé se manuélisoit
Tous les matins, songeant à sa voisine,
Son Confesseur l'interrogeant disoit,
Vertu de froc c'est donc beauté Divine?
Ah! dit l'Abbé, plus gente Cherubine
Ne se vit onc, c'est miracle d'Amour,
Blancheur de lys, Cuisses faites au tour,
Tetons, Dieu sçait, & crouppe de Chanoine,
Toujours j'y pense, & même encor icy,
Je fais le cas, par Dieu ce dit le Moine
Je le crois bien, car je le fais aussi.

LA CONFESSION LATINE,

EPIGRAMME

UN vieux Régent de Rhétorique
Promit à tous ses Ecoliers,
De les Confesser volontiers,
Pourvu qu'en Latin l'on s'explique:
Vnum mendacium feci,
Dit l'un en commençant son rôle :
Que dites vous là petit drôle ?
L'énorme faute que voici :
Vous serez puni d'importance :
Puellam vitiavi ter :
Aussitôt répond le *Pater*
Cela va mieux, c'est du Térence :
Cum sociis habui rem :
C'est le plus fréquent de mes vices :
Ah ! Cher enfant, qu'elles délices :
Hoc redolet Ciceronem.

AUTRE.

UN Jesuiste Allemand fit un Dictionnaire,
Moitié François, moitié langue vulgaire :
Depuis longtemps il tourmentoit son Chef,
Pour masquer certain mot qui commence par F,
Lors qu'enfin pour sortir d'affaire,
En latin seul, il l'exprima,
Est interjectio, dit le Révérend Pere,
Apud Gallos elegantissima.

EPIGRAMME

CLeon poussé d'humeur folâtre ,
Regardoit à son aise un jour ,
Les jambes plus blanches qu'Albâtre
De Lise , objet de son amour ,
Tantôt il s'attache à la gauche ;
Tantôt la droite le débauche ;
Je ne sçais plus , dit-il, laquelle regarder ,
Une égale beauté fait un combât entr-elles ;
Ah ! dit Lise , ami sans tarder ,
Mettez vous entre deux, pour finir leurs querelles.

CONTE.

RAbelais Curé de Meudon,
Mariant à Lucas Jacqueline Bredon ,
Il la prit à l'écart , & lui dit Jacqueline ,
Ce n'est pas avec moi qu'il faut faire la fine ,
A tû ton pucelage , ou bien ne l'a tu pas ?
Ouy Monsieur, je l'avons, Dieu marci lui dit-elle,
Tant mieux reprit-il si tu l'a ,
Quand on marie une pucelle ,
C'est aux Vierges avec raison ,
Qu'on doit adresser l'oraison ,
Que si tu ne l'a pas , il faut changer de stile ;
C'est à la Magdelaine à qui l'on a recours ,
Autrement tu mourrois au plus tard dans huit
jours ,
Vôtre Sarmon est inutile ,
Je n'avons rien du tout à craindre sur ce point
Dittes sans barguigner la priere des Vierges ,

Et je vous répons bian que je n'en mourrons point.
Pendant qu'on allumoit les cierges,
Pour ne rien donner au hazard,
Dans une rencontre pareille,
Jacqueline à son tour le tirant à l'écart,
Et lui chuchetant à l'oreille :
Quoy que j'ayonstoujours conservé nôtre honneur
Et que j'en soyons bian certaine,
N'importe, marmotez, lui dit-elle Monsienr,
Un tantet de la Magdelaine.

EPIGRAMME.

QUi fait l'Enfant dans l'amoureux combat ?
Disoit Agnès, à sa Dame prudente,
Est-ce celui qui sous l'autre s'abat,
Ou bien l'agent qui dessus instrumente ;
La Dame alors lui dit, pauvre innocente,
L'Enfant se fait par ceux qui sont dessous,
Dieu soit beni s'ecria la suivante,
J'en ay fait un à Monsieur vôtre Epoux,

AUTRE.

VEux tu, sans te charger du joug du mariage
Voir ce que les Maris éprouvent dans leurs Lit,
L'Horloge d'eau t'en montre une parfaite Image,
L'eau toujours diminüe, & le trou s'agrandit.

LA BIBLE DE CALVIN.

CONTE.

CALVIN du rang des Lectures sacrées,
Avoit ôté celle des Machabées :
Eût-il raison ? Pour en être éclairci,
Lisez le Conte que voici :
Un Prédicant, le long d'une Prairie,
Se promenoit tenant sa Bible en main ;
Vint une Fille, & sans cérémonie
Dans un lieu creux il la conduit soudain,
Et se prépare à passer son envie.
Le terrain étoit un peu bas,
Aussi bien que de la belle,
Ce qu'on ne nomme pas.
Eh bien ! dit-il à la Donzelle,
Mettons ce Livre il haussera,
Et la besogne mieux ira :
La Bible fut mise en œuvre,
Mais mieux n'en alloit la manœuvre,
Le Galant connut le deffaut,
Il falloit un Livre plus haut,
Un doigt de plus eût été son affaire ;
Lors en soi même il considere,
Qu'il eût eû ce doigt, si Calvin,
N'eut tronqué ce livre Divin,
Et chagrin d'être à même, & ne pouvoir rien faire,
Foutre de lui dit-il, se tirant a cartier,
Pourquoy ne pas laisser la Bible en son entier.

EPIGRAMME.

UN Cordelier, un Billette, un Gendarme
N'avoient qu'Alix pour unique atelier,
On tire au sort, le sort échût au Carme,
Puis au Frapart, & puis au Cavalier,
Gentil Soudart, dit lors le Cordelier,
Ja de longtemps tu n'auras ton aubeine,
Le Carme, & moi finirons la douzaine,
C'est la gageure, or ne sois point mâry,
En attendant faisons l'œuvre Romaine,
Et pour cela ne perdrai le pary.

AUTRE.

A Deux Genoux une gente Pucelle,
Se confessoit au pieds d'un Cordelier,
Et lui montroit a travers sa dentelle,
L'échantillon d'un Téton régulier,
Lors de la chair le Démon familier,
Se fit sentir, parquoy l'Homme d'Eglise,
Lui mit en main son joyeux Aiguillon,
Oh ! qu'est-ce cecy, dit la Fille surprise,
Prenez, prenez, lui dit le Penaillon,
C'est le Cordon de saint François d'assise.

PARODIE

SUR UN MENUET DE DU BOIS.

SUivons en tout
Nôtre goût
C'est le charme de la vie
Chez un Sage mortel
Chaque plaisir a son encens & son Autel

Suivons en tout
Nôtre goût
C'est le Charme de la vie
Icy la volupté
N'a rien qui ne soit respecté

Lycas tu cheris un tendron
Embrasse ta Silvie
Pour toy mon cher Damon
Voila ton Gyton
Et toy ta Chevre & toy ton Dindon
Ce qui plaît est bon.

Suivons en tout
Nôtre goût
C'est le charme de la vie
Chez un sage mortel
Chaque plaisir a son encens & son Autel

Suivons en tout
Nôtre goût
C'est le charme de la vie
Icy la volupté
N'a rien qui ne soit respecté.

EPIGRAMME.

PEre Léonard en Enculant un Frere,
Lui demandoit ne vous fais-je point mal,
Non, lui dit-il, mon trés Révérend Pere;
Mais que dira le Pere Général?
Alors Pere Léonard, secoüant
Le Frater hardiment,
Lui dit qui ne fait mal,
Ne pêche nullement.

COMPLAINTE.

ENfin apres six mois de peines & de soupirs;
Climene a consenti à mes pressans desirs,
D'un moment tendre & doux, j'ay saisi l'avantage
Mais helas! qui l'eut crû cette Prude sauvage,
Qui tant & tant de fois à rebuté mes feux,
A plus Foutu de coups que je n'ay de cheveux,
Son Con vaste & son Cul n'ont qu'une même fente
Mon Vit en fût saisi d'horreur & d'épouvente,
Et parcourant enfin cet abîme profond,
Foutoit en même temps & le Cul & le Con,
Vous qui cherchez icy l'honneur d'un pucelage,
Amans ne jugez point d'un Con par le visage,
Ces dêvotes beautez qui vont baissant les yeux,
Sont celles tres souvent qui chevauchent le mieux,
Fille qui d'air benin vous affronte & vous duppe,
A pour un malheureux cent fois levé la jupe,
Et qui feint de prier, & ferme son vôlet,
Pour un Godemichy quitte son chapelet,

Quand un Berger par fois d'un discours téméraire,
Presse trop vivement une jeune Bergere,
Et qu'il voit sur son front peinte la rougeur,
C'est le Foutre qui monte, & non pas la pudeur.

EPIGRAMME.

UN Capucin a Barbe ronde,
Voulant se détacher du Con,
Par une humilité profonde,
Pour éviter tentation,
Tous les matins avant la messe,
Mettoit son Vit entre deux Fesses.

AUTRE.

QU'importe que tu sois Papiste,
Calviniste, ou Lutherien,
Mahometan, Anabatiste,
Ou de la Secte de ton chien,
Boit, Fout, mange & n'offense personne,
Et ta croyance sera bonne.

AUTRE.

UN jour la Bergere Claudine,
Disoit à Lycas, son Berger,
Si tu me fais voir dix poulces de Pine,
Je sçauray bien ou les loger,

EPIGRAMME.

TOutes êtes, ferez, ou fûtes,
De fait ou de volonté Putes,
Et qui tres bien vous chercheroit,
Putes toutes vous trouveroit.

AUTRE.

UN gros Prieur de luxure écumant,
Sur un chalit piquoit son Haridelle,
Et s'échaufoit jurant & blasphêmant,
Comme un Payen, tant qu'enfin la Donzelle,
Pour Dieu mon fils ne jurez pas dit-elle,
Vous vous damnez ; corne de Belzebuth,
Dit le Pater, vous me la baillez belle,
Suis-je en ce lieu pour faire mon salut.

AUTRE.

DEs frayeurs de la mort un pecheur étonné
Etoit au desespoir de ses fautes dernieres,
Et dans son cerveau dévoyé,
Croyoit voir de l'enfer les bouillantes chaudieres,
Envain un Confesseur payé,
Vouloit calmer cette pauvre Ame ;
Enfin de ses cris lamentables,
Le Prêtre, aussi las qu'étourdi,
Lui dit mon fils Dieu veut être obéï,
Si c'est sa volonté que vous alliez au Diable,
Il faut bien prendre son parti.

CHANSON,

DAns le fond d'un jardin,
Certain jeune Blondin,
Attendoit une Sœur novice,
La Nonette aux yeux doux,
S'en vint au rendez-vous,
A minuit après le ſervice,
Il s'aproche & lui dit,
Profitons de la nuit,
Achevons de chanter l'Office;
Il la prit dans ſes bras,
Elle fit un faux pas
Un gazon leurs ſervit de courtine;
On dit que le matois,
La fit en tapinois,
Paſſer par l'étamine,
La Nonette ſourit & dit dèvotement,
Ah! vrayment,
Le retour vaut mieux que matine.

AUTRE.

RObin dit quand il eſt yvre,
Qu'il eſt plus contant qu'un Roi,
Alizon jure ſa foi,
Que ſans Foutre elle ne peut vivre,
jugez lequel a raiſon,
De Robin ou d'Alizon.

Robin aime le débauche,
Alizon aime le Vit,
Ainsi le jour & la nuit,
Si l'un boit l'autre chevauche,
Jugez lequel a raison,
De Robin ou d'Alizon.

AUTRE

MOnsieur le Prevôt des Marchands,
Vous vous Foutez Morbleu des Gens,
Que de dépences superflües,
A quoy bon tant de Massons ?
Pour nous faire élargir les Rües,
Faites nous rétressir les Cons.

Des Cons le rétressissement,
Ne me regarde nullement;
Ce fait là n'est pas de ma charge,
Vous vous plaignez mal-à-propos,
Si les Femmes ont le Con trop large,
Que n'avez vous les Vits plus gros.

EPIGRAMME

UN pauvre Bougre de Sergent,
Etoit pendu le Vit bandant,
Contre l'ordre de la N'ature.
Par la passoit un Esprit fort,
Le voyant en en cette posture,
Dit il s'en va Foutre la mort.

EPIGRAMME.

UN jour un fort jeune Novice,
Que Foutoit un tres Révérend,
Fut se plaindre au pere Maurice,
Qui lors, êtoit le Gardien du Couvent,
Maurice pour calmer l'affaire,
Branla le Vit au petit Frere.

AUTRE

PEndant un beau jour de l'êté,
Frere Albert ennemy du vice,
Pour éviter l'oisiveté,
Branloit le Vit d'un beau Novice,
Le Pere Gardien lui dit bas,
Pourquoy ne le Foutez vous pas?
Le Frere avec soumission,
Répondit a sa Révérence,
Je viens de Foutre un gros Con,
La bas auprès de la dépense,
Sitôt que mon Vit bandera,
Le Novice il Enculera.

LA JOURNE'E DE

FANCHON.

DIs moi Fanchon
Ton amy Simon
L'a-t-il gros & long
Ah! ah! mordieu Suzon
C'eſt un honête Garçon
J'ay meſuré l'Abbé Greluchon
Le pere Cordon
Et le frere Oignon
Chacun eſt fort bon
Mais Simon eſt je t'en répon
Meilleur Compagnon.

Des le matin
Tenant en chemin,
Son Vit à la main,
Il vient chez nous,
Il me Fout trois coups,
Le début eſt doux
Et pour peu que midy ſonne
Simon rebande, jure, & m'enconne,
Mais qu'and ce vient le ſoir
Foutre qu'il eſt bon à voir
D'un gros Vit dur,
A percer un Mur
Me le met dedans,
Quel plaiſir il prend
Mon enfant
Je Décharge encor, en te le contant.

LA RAFLE MIRACULEUSE

CONTE.

ASTarot & Guilain, l'un Diable, & l'autre Moine,
Disputoient un jour fortement,
Ce cas arrive rarement,
Car il n'est plus de saint Antoine,
Qu'un Démon tentoit vainement.
Le sujet du procés étoit une Macette,
Une Vieille Dariolette,
Gisante sur un méchant Lit,
Toute prête à rendre l'Esprit,
Le Diable prétendoit qu'on lui livra cette Ame
Digne, ce disoit-il, d'une éternelle flame,
Il alleguoit mille forfaits,
Pucelages, vendûs, revendûs, puis refaits,
Cent & cent Femmes débauchez,
Guilain répondit la dessus,
La vieille a dit son *In manus*,
Et meurt en bonne penitente,
Partant je la maintiens de tes griffes exempte,
Aprés avoir bien disputé,
Et lontemps en vain contesté,
Le Diable se fiant en son adresse extrême,
Raflons dit-il a qui l'aura,
La fortune en décidera,
Pourquoy tous les Plaideurs n'en font-ils pas de même?
Guillain dit, je le veux, tirons la primauté,

Chacun tira de ſon côté ,
Par malheur elle échût au Diable ;
Qui jette trois ſix ſur la table ,
Et dit d'un ton railleur, Guillain j'en ai beau-
coup ;
Malgré ſon *in manus* la Vieille ſera nôtre ,
Guillain lui répondit , il faut finir le coup ;
Peut-être qu'a ce jeu j'en ſçais autant qu'un autre
Il ramaſſe les Dez , les met dans le Cornet ,
Il tire , & fait rafle de ſept ,
Cette Rafle a dequoi ſurprendre ,
Mais rien n'eſt impoſſible aux Elûs du Seigneur ;
Dans le ſombre Manoir la Vieille alloit décendre
Sans un miracle en ſa faveur ,
Guillain l'obtint: le reſte eſt facile à comprendre :
Depuis ce tems Guillain fut fort priſé ,
Pendant le cours d'une aſſez longue vie ,
Après ſa mort il fût canoniſé ;
Et l'on donna ſon nom a l'Abbaye.
Là ſe voit un Tableau d'un Gôthique deſſein ,
Repréſentant le Diable appuyé ſur ſa main ,
Qui regarde trois ſept avec une lunette ,
En Habit Monacal on a peint ſaint Guilain ,
Et la vieille en ſale cornette.

EPIGRAMME.

EN plein Chapitre , un Moine à ſon retour ,
Compte rendoit des frais de ſon voyage ;
Tant pour le Coche , & tant pour le ſéjour ;
Tant pour le vin , & tant pour autre uſage ,
Puis quand ce vint au frais du Culetage ,
Le Papelard mit vingt livres tournois ,
Lors le Prieur lui dit, par ſaint François ,
C'eſt trop payé , trop payé dit le drole ,

Je l'ay tant fait, morbleu, que chaque fois
Ne coûte pas au Convent une obole.

AUTRE.

UN Charlatant subtil s'il en fût onc,
Se confessoit d'avoir fait la conquête,
D'un Léopard, & comment fis-tu donc,
Dit le Frater, parbleu je mis la Bête,
Dans une Tonne, & là je lui fit fête:
Tirant sa Queüe au travers du bondon
Homme de bien, dit le Frere Fredon,
Tu m'apprens là, chose peu profitable,
Car l'autre jour éxigeant pareil don,
Un simple Chat me fit un mal de Diable.

AUTRE.

UNe Novice accusoit un Curé,
à son Prélat, d'avoir ceüilly sa rose:
Avez vous là, lui dit l'Homme sacré,
Quelque témoin qui contre lui dépose,
Las, Monseigneur, la célulle étoit close,
Et ne voulus crier tant j'avois peur,
De réveiller Madame qui repose,
Toutes les nuits avec le Promoteur.

EPIGRAMME.

UN Compagnon que les Turcs avoient pris
A ſon retour merveilles récitoit,
Et deviſant des façons du pays;
Ses coups de gaules à deux Dames il contoit,
L'une des deux qui ſi piteux conte oyt,
Lui demanda que font ces Turcs aux Femmes
Helas! dit-il, ces malheureux infâmes,
Leurs font cela, tant qu'ils les font mourir,
Oh! plût à Dieu, dit l'autre de ſes Dames,
Que pour la foy puiſſions ainſi perir,

MADRIGAL.

AH! que le Foutre eſt agréable,
On deveroit en ſervir à table,
Du moins à la fin du repas,
Sans le Vin & ſans la Foutrie,
Ma foy je ne donnerois pas
Une Epingle de cette vie.

AUTRE.

OUy, de quelque maniere
Qu'un Vit entre en mon Con,
Il ne m'importe guerre;
Car Foutre eſt toujours bon.

LA SUIVANTE MODESTE

CONTE.

UN Jouvencel à Dame Présidente
Etoit venu faire un present ;
Elle vient de sortir, répondit la Suivante,
Et ne doit tarder qu'un moment :
N'importe , donnez lui, dit-il, à la Donzelle ;
Mais Monsieur de quelle part ? vôtre nom ?
Alors le Compagnon
Lui dit, pour vous servir, Vit je m'appelle,
Et puis s'en va, Babet rougit,
Songe à tourner ce nom maudit.
Pendant son embaras, revient la Presidente
Babet en rougissant, son paquet lui présente :
Elle connoissoit bien, & la chose, & le nom,
Mais pour le prononcer, neant, le peut on ?
De qui cecy vient-il ? dit la Maitresse,
Elle questionne, elle presse,
Babet ne répond point, son esprit en défaut
Ne lui fournissoit rien, à dire comme il faut.
Répond moi donc, impertinente,
Lui dit la Dame impatiente :
Madame je ne puis sans honte le nommer
Dit-elle, & vous auriez raison de m'en blâmer
Que plûtôt, j'amais je n'en touche
Que tel nom sorte de ma bouche :
Mais Babet quand on veut, on nomme & l'on dit tout
Il n'est que façon de se faire entendre,
Eh bien Madame, essayé de comprendre
Son nom est la partie, avec la quelle on Fout.

LES BELLES FESSES.

EPIGRAMME.

DU tems des Grecs, deux sœurs disoient
avoir
Le plus beau Cul que fille de leur sorte ;
La question fût de sçavoir,
Laquelle sur l'autre l'emporte ;
Sur ce débat un expert étant pris,
A la moins jeune il accorde le prix,
Puis l'épousant lui fait don de son Ame,
A son exemple un sien Frere est épris
De la Cadette, & la prend pour sa femme :
Tant fut enfin sur ce point procédé,
Que par les Sœurs un Temple fut fondé,
Au nom de Venus Belle-Fesse :
Je ne sçais pas à quelle occasion,
Mais ç'eût été pour moi le Temple de la Grece
Pour qui j'eusse eu plus de dévotion.

AUTRE.

ANNE, dit-on, médit de moi,
Et me souhaite en un huictain,
Tous les maux qu'elle craint pour elle,
Et qu'elle aura pour le certain :
Mais Anne me menace en vain,
De ce ne suis épouvanté,
Malédiction de Putain,
Est oraison pour la santé.

CHANSON

SUR L'AIR

REVEILLE' VOUS BELLE ENDORMIE

Demande.

QUelle fievre avez vous Paquette,
Qui vous rend le teint si défait ?
R. C'est le desir d'une Brayette,
Dont je ne puis avoir l'effet.

D. Ma foy vous êtes maigre & jaune
Je ne sçais ce que demandez ?
R. Un bon gros Vit long d'un cart d'aulne,
Prêtez le moi si vous l'avez.

D. Eh quoi vous n'êtes pas honteuse
De dire ainsi vôtre appétit ?
R. Homme goulu, Femme Fouteuse,
Ne demande rien de petit.

D. Si vous trouviez quelque Vit mince,
Refuseriez vous d'en user.
R. Quand ce seroit le Vit d'un Prince,
Je ne voudrois pas le toucher.

D. De quelque Valet l'acointance,
Seroit selon vôtre desir,
R. Oüi s'il Foutoit d'obéissance
Et Refoutoit pour le plaisir.

AUTRE.

ON Fout par tout le monde,
Sur la Terre & sur l'Onde,
Et même dans les Cieux,
Jupin Fout Ganimede,
Et Persée Andromede,
A la Barbe des Dieux.

Les Parques amoureuses,
Ces Déesses Fouteuses,
Aiment le Vit badin,
Et filent à leurs quenoüilles,
Du Poil de nos Coüilles.
Pour du chanvre & du lin.

Diane toute lasse,
Revenant de la chasse,
S'assit sur un Gazon,
Pendant qu'elle repose,
Elle avoit dans son Chose,
Le Vit d'Endimion.

Venus y Fout encore;
Céphale Fout l'Aurore;
Jupiter Fout Junon;
Vulcain branle sa Pique,
Avec son œil lubricque:
Que ne Foutons nous donc.

Caron dans sa Nacelle,
Fout toutes les Pucelles,
Qui descendent là bas;
Pluton Fout Proserpine;
Lucifer Fout Lucine:
Et nous ne Foutons pas.

EPIGRAMME.

APrès leur mort où vont les Pucelages,
En Paradis, ils tenteroient les saints,
Descendent ils sur les sombres rivages,
Ces bons morceaux ne sont pour les Mâtins,
En Purgatoire ? ils l'ont fait dès ce monde,
Dessus les Mers ? ils dessecheroient l'Onde,
Où vont-ils donc ? Limbes sont leur séjour,
Des Innocens ces lieux sont la patrie,
Quand Pucelage abandonne le jour,
Apeine il sçait ce que c'est que la vie.

AUTRE.

POur triompher de l'humaine Nature,
Le vieux serpent cauteleux & madré,
Trompa la femme ; & la femme parjure,
Fit parjurer l'Homme inconsideré :
Mais que nous a Moïse figuré ?
Par ce recit, le sens en est palpable :
De tout temps l'Homme à la Femme est livré
Et de tout temps la femme l'est au Diable.

AUTRE

VOyez un peu comme elle est fine,
De cacher son jeu sous sa mine,
Et faire croire pour certain,
A sa mere qu'elle est Pucelle,
C'est être bien fine Putain,
Que d'abuser sa Macquerelle.

EPIGRAMME.

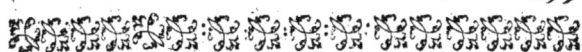

JE penserois n'être pas malheureux,
Si la Beauté dont je suis amoureux,
Pouvoit enfin se tenir satisfaite,
De mille Amans, avec un Favory :
Mais je vois bien que la coquette
Aime encor jusqu'à son Mary.

AUTRE.

QUoy, faire cas d'un plaisir qui ne dure ?
Ah ! renoncez à celui de Nature ;
Disoit un jour un Dévot très outré :
Le Gars, auquel fut ainsi remontré,
Lui répliqua, vous sçavez mal conclure ;
Bon pour celui qui pouroit se lasser,
Et s'abatroit d'une seule avanture :
Mais mon plaisir est de recommencer.

AUTRE

UN jeune Peintre étant dans une Eglise,
A contempler certains Tableaux connus,
Dit, je voudrois pour plus de mignardise,
Feminiser un peu ces Anges nuds ;
Lors une Vieille achevant ses *Agnus*,
Lui répliqua, tais-toi Jean-de-Nivelle,
Vois-tu pas bien que si mince Alumelle,
Ne peut jamais nous faire succomber ;
Mais, Vertu-choux, les Joyaux de femelle.
Plus sont petits, plus vous font regimber.

LES MISERES DE L'HOMME.

ODE.

QUe l'Homme eſt bien durant ſa vie,
Un parfait miroir de douleurs,
Dès qu'il reſpire, il pleure, il crie,
Et ſemble prévoir ſes malheurs.

Dans l'Enfance toûjours des pleurs,
Un Pédant porteur de triſteſſe,
Des Livres de toutes couleurs,
Des chatimens de toutes eſpeces.

L'ardente & fougeuſe jeuneſſe,
Le met encor en pire état ;
Des Créanciers, une Maîtreſſe,
Le tiraillent comme un forçât.

Dans l'Age mûr, autre combat ;
L'Ambition le ſollicite,
Richeſſes, honneurs, faux éclat,
Femme, famille tout l'agite.

Vieux, on le mépriſe, on l'évitte,
Mauvaiſe humeur, infirmité,
Toux, gravelle, goûte, pîtuite,
Aſſiegent ſa Caducité.

Pour comble de calamité,
Un Directeur s'en rend le Maître,
Il meurt enfin peu regretté :
C'étoit bien la peine de naître.

EPI-

EPIGRAMME.

UN Galant le fit & refit,
A une belle en s'ébattant,
Et puis après la satisfit,
D'un bel Ecu d'or tout contant:
Monsieur je n'en merite autant
Dit la fillette, c'est beaucoup,
Serrez, serrez, dit-il à coup,
Lors ce dit la fille aux Corps gent,
Faite le donc encore un coup,
Pour le surplus de vôtre argent.

AUTRE.

BLaise impatiemment attendant la journée,
Qu'à la grande Martine, on l'alloit marier:
Fût cinq ou six fois la prier,
De vouloir lui préter un pain sur la fournée;
Elle sourde à tous ses discours,
Avec emportement le rebuta toûjours.
Enfin le jour venû si desiré de Blaise,
Couchez l'un avec l'autre, & gisans à leur aise:
Martine, lui dit-il, entre nous, tu fis-bien
Quand je te pressois tant, de ne m'accorder rien,
Tout franc si jusques là tu t'étois échapée,
Je n'aurois de mes jours voulu te regarder:
Je n'avois garde aussi de te rien accorder,
J'avois, répondit-elle, été trop attrapée.

EPIGRAMME.

DAme Gertrude avoit un fils unique,
Beau, fait au tour, jeune, Epoux de Catin;
Plus jeune encor, que du soir au matin,
Tant caressa qu'il en devint étique;
De peur de pis, Gertrude sépara,
Le tendre couple; envain Catin pleura,
Malgré ses pleurs il falut que la belle,
Trois mios entiers coucha seule à l'écart.
Dans cette angoisse advint que de hasart,
A sa fenêtre un jour la Jouvencelle,
Contre le mur sous un toit fait exprés,
Vît des Serins qui dans une voliere,
Faisoient l'amour; Ah! dit-elle, pauvrets,
Que vos plaisirs, que vos jeux sontdoux;
Mais dépechez vous, j'entens ma belle mere.

AUTRE.

QU'on ne me parle plus de Con,
J'abhore cette parole infâme,
J'aime bien mieux un beau Garçon,
Dans mon lit qu'une belle femme,
La raison si vous l'ignorez,
Foutez en Cul vous l'aprendrez.

EPIGRAMME.

JEan baisoit dans un fossé,
La grande Fille de Macé;
Ce qui fût apperçû de Colas son Confrere,
Qui lui dit, dès le lendemain:
Gros Jean, hier je te vis faire,
Avec Margot, passant chemin;
Ce que faisoient par fois, & mon pere & ma mere:
Dis moi Voisin, fis-tu bien ton affaire,
Car près de toi je vis un terrible Rival,
Qui sur le fait d'amour n'eût jamais son égal:
Quel étoit ce Rival? je n'en vis point Compere;
Quoi tu ne vis pas l'Asne de nôtre ami Bidal?

AUTRE

DAns une Officialité,
Ces jours passez, une Soubrette,
Passablement bien faite,
Et d'une robuste santé;
Avec la bienscéance ayant fait plein divorce,
Dit qu'un vieux Medecin l'avoit prise par force;
Qu'il falloit ou le pendre, ou qu'il fut son Mary:
Et comment, dit le Juge, a-t-il pû vous y prendre?
Vous êtes vigoureuse il falloit vous deffendre,
L'avoir égratigné, devisagé, meurtry:
J'ai Monsieur, lui répondit-elle,
De la force, quand je querelle,
Mais je n'en ai point quand je ris.

EPIGRAMME.

AU pied d'un Moine à barbe vénérable,
Un Cavalier contoit son passe-temps ;
Le jour bon Vin, grande chere, longue Table ;
La nuit Tendrons, ou Veuves de vingt-ans :
Le Révérend levant de tems en tems,
Les yeux au Ciel, disoit Vierge Marie,
Quel chien de train ! quelle chienne de vie ;
Las ! j'en conviens, & ne suis en ce lieu,
Pour disputer, disoit le bon Apôtre,
Hé ! ce n'est pas la tienne de par-Dieu,
Dit le Frater, je parle de la nôtre.

AUTRE.

CErtains Houssars usans du droit de Guerre
Chez un Menuier entrerent sans pitié ;
Puis à ses yeux levant leur Cimetere,
Mirent à mal sa dolente Moitié,
Pourtant la sotte en signe d'amitié,
Du Croupion remüoit la charniere :
Dont son Mary, lui dit : Ah ! Bouccaniere,
Je suis Cocû, tu prens plaisir au cas,
Helas ! mon Fils, lui répond la Meuniere,
C'est pour sortir plus vîte d'embaras.

EPIGRAMME.

JE meurs si cette belle est contraire à mes vœux,
Disoit un grand Seigneur magnifique en paroles
Je lui donnerois cent pistoles,
Du plus petit de ses cheveux :
La Dame entendant bien quel cheveu vouloit l'Homme,
Vous m'en offrez dit-elle une passable somme ;
Mais la vente en détail révolte mes esprits,
Si le total vous duit & peut vous faire vivre
Sur le champ je vous le livre,
A tout me prendre au même prix.

EPITAPHE.

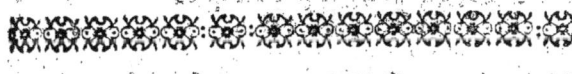

SOus ce vaste Tombeau gît l'impudique cendre,
D'une infâme Putain, si jamais il en fut ;
Pluton dans les Enfers la fit enfin descendre,
Pour la Foutre à son tour, & pour le mettre en Rut :
O toy Foutu passant, si quelque ardeur lubrique
Te pouvoit émouvoir, en ce petit moment,
Arreste icy, pour te branler la Pique,
Ou pisse tout au moins dessus le Monument.

LA LINOTTE

CONTE

VOus qui craignez un mal imaginaire,
Prenez Femme d'esprit ; la sotte d'ordinaire
Vous fait avec éclat confrere de Vulcain,
La Femme de bon sens vous coiffe avec mistére
Et vous donne un Panache ignoré du prochain.

J'aurois des preuves très amples,
Pour justifier le cas ;
Mais on rit de tels exemples
Et l'on n'en profite pas.

Richard ayant long-temps consulté sa prudence,
A Therese enfin s'étoit joint ;
Therese étoit jolie & simple au dernier point,
Agnès en auroit pris des leçons d'ignorance.

Une nuit que Therese auprès de son Epoux,
Remplissoit de l'Himen les devoirs les plus doux :
Comment mon cher Richard nommez, vous lui dit-elle,
En poussant un tendre soupir,
Helas ! ce qui me fait souvent tant de plaisir;
Ho, répondit Richard en riant à la belle
C'est ma Linotte, Oiseau sifflé par les amours,
Pour vous il voudroit bien pouvoir chanter toujours.
Therese à ces propos n'entendit pas finesse,
N'ayant vû qu'a Richard Oiseau de cette espece ;
Richard vivoit heureux, mais pouvoit-il durer

Ce bonheur qui charmoit son Ame ?
Richard pouvoit-il s'assurer
Sur l'ignorance d'une femme ?

Une affaire survint qui l'appelloit aux Champs.
Il fallut se quitter, que de regrets touchans,
La Linotte surtout ne fut pas oubliée,
Laissez là moi, lui dit Therese en l'embrassant,
Comme une autre vous même elle sera choyée,
Pendant que vous serez absent :

Non je vais la serrer que rien ne vous agitte,
Vous la retrouverez : A ces mots il la quitte
Therese de se désoler,
Et voisins de la consoler,
Dans ses chagrins Femme jolie,
Trouve bien des consolateurs.
Therese l'éprouva, la maison fut remplie,
Quatre à quatre arrivoient d'ennuyeux discoureurs,
Colin fit mieux, il sçavoit les usages,
Il avoit apporté la paix dans vingt ménages :
Que vois-je, dit-il d'un air doux,
Belle Therese qu'avez vous ?
Vous soupirez quelle est vôtre peine inconnüe ?
Helas ! repondit l'ingenüe,
Que cest avec raison que je meur s de chagrin ;
Richard avoir une Linotte aimable,
Il la sérrée & je la cherche en vain,
De grace modérez l'ennuy qui vous accable,
Interrompit le complaisant Colin,
Cherchons encor, l'offre fut acceptée,
Du haut en bas la maison visitée,
Et voila que chemin faisant,
Un Sein frais & bondissant
Fit joüer chez Colin un ressort simpatique,
Je ne sçais quoy parut sans l'aveu du lorgneur

Therese s'apperçût de cette méchanique :
Ah ! que vois-je quel bonheur ,
Colin vous me rendez la vie ,
Voila de mon Epoux la Linotte chérie ;
Colin profita de l'erreur.
Combien l'Oiseau chanta pendant cette journée !
De chansons en chansons la neuvieme achevée
Thérese s'endormit & Colin s'en alla.

Le lendemain , quand Richard arriva ,
Vous croyez l'avoir bien cachée
Lui dit Therese , hé quoi ? la Linotte , mon fils,
Vraiment Colin l'a bien trouvée ;
Remerciez-le au moins ; elle n'en vaut pas pis :
Comme il l'a fait chanter ! O ciel ! quelle nouvelle ,
Reprit l'Epoux avec fureur :
Mais Richard , dites moi d'ou vous vient ce courroux ?
Elle n'a rien perdu , Colin la rend plus belle ,
Et l'instruit , croyez moi , mille fois mieux que vous.
Therese par reconnoissance ,
De l'Oiseau retrouvé , lui peint tous les talens ,
Les fredons redoublez , les couplets differens :
Epoux voilà le prix de votre deffiance ,
La sotise & l'ignorance ,
De la fidélité sont de mauvais garands.

LE MANUEL SOLITAIRE.

POur amortir le feu de paillardise,
De cinq contre un, vive l'aimable jeu,
Des beaux esprits, Ecoliers, gens d'Eglise,
C'est le refrain avec eux en tout lieu;
Faisant chorus d'une voix de Chanoine,
Je vais chanter pour amortir le feu,
Qui sous un Froc consume plus d'un Moine,
De cinq contre un, vive l'aimable jeu.

Ce doux ébat nous est venu d'un Dieu,
Dieu bien-disant & pere de l'adresse,
Subtil matois qui préside au larçin,
Qui n'eut jamais Femme, enfans, ni maitresse,
Et qui partant n'eut jamais de chagrin,
A ces traits seul, on reconnoit Mercure,
Or pour complaire a son pere Jupin,
Ce Dieu jadis courtois de sa Nature,
Ainsi qu'on sçait, l'escortoit en ces lieux;
Quand pour la Terre il désertoit les Cieux,
Et que lassé des Beautez immortelles,
Il descendoit pour caresser nos belles.
Un certain jour venant *incognito*,
Entretenir la Nimphe Calipso;
Le Roi des Cieux, crainte que son Epouse,
Ne le surprit dans sa fureur jalouse,
Avoit prié le beau Fils de Maya,
D'être aux aguets: Ce Dieu qui s'ennuya,
Pour n'être oisif, de ce Jeu s'avisa;
Et goûtant fort ce passe-tems honête,
Jusques a vint fois se manuelisa,
Dix coups mettroient un mortels à *quia*,
Mais pour un Dieu la taxe est raisonable;
Bien-tôt Mercure à son frere Apollon,

De ce bel art donna maintes leçons ,
Phœbus trouva la maniere agreable ,
Et bien-tôt abandonna le Cul ;
Pour y vaquer , tant ce tracas lui plut ,
Puis voulut bien comme un Dieu charitable ,
Le révéler au Poete indigent ,
Afin qu'il put le faire sans argent ,
De puis le jour qu'il daigna m'en instruire ;
Il n'est objet dans l'amoureux Empire ;
Que mon Esprit à mes vœux complaisant ,
N'ait la vertu de me rendre présent ;
Pas ne connoît Maquereau plus habile ,
Valet plus prompt à servir mes desirs ,
Ce que la Cour , la Province , la Ville ,
Ont de Beautez prevenant mes soupirs ,
En un moment se presentent à ma vüe ,
Par son moyen : Comme un autre Paris ,
A la plus belle alors j'offre le prix ,
Et je ne faux de faire la revüe ,
Tous les matins de plus de dix recrües ,
Qui chaque jour va se rendre au Serail
De Cupidon ; la je vois toutte nüe ,
La plus modeste & qui n'a d'attirail ,
Que sa Chemise & qui bien s'évertüe ,
A m'étaller Fesse ronde charnüe ,
Tetons de lis & lévres de corail ,
Toison d'ébeine , étroit & beau Portail ,
Du gentil Temple , ou Priape en cachette ,
Feste venus : en Sultan je me traitte ,
Et de mon Lit je me fais un Serail ,
Si qu'a l'envie , jeune , Prude ; Coquette ,
Et blondes , & brunes , & Marquises , & Soubrette
Me font la cour , & me comblent de bien ,
Je suis heureux sans qu'il m'en coute rien ,
J'ai le plaisir sans ressentir la peine ,
Et quand je veux je courtise une Reine ,
Tout à la fois j'en puis bricoler cent ,

Faire passer tout le monde femelle ,
Par l'étamine en ce déduit plaisant,
Grace à mes doigts fléchir la plus rebelle ,
Et de ce Jeu le pouvoir est si grand ,
Que sans éffort j'exploite une Pucelle ,
Et qu'à mon gré fourbissant la Duclos ,
Entre ses Bras je brave la Vérolle ,
Et tous les dons que Nones de Paphos,
Font volontiers à la jeunesse folle ,
Qui leur cause honte mal-à-propos,
Un autre peut frequenter autre école ,
Mais quant à moi je donne ma parole ,
Que tant que Dieu me prêtera des mains ,
Je ne verrai Matrones , ni Putains.

L'ORIGINE DE LA PEDERASTIE.

CONTE

CHarmante Mere des Amours ,
Qui soutintes l'assaut d'une noble maniere
Inspirez moi des Vers pour chanter le secours ,
Dont un Dieu soulagea votre aimable derriere.

Un jour que Citherée avec Mars son Amant,
Sur un Lit de gazon dormoit négligemment ,
Et d'un songe amoureux goûtoit les plus doux charmes ,
Mars pour mieux reposer avoit mis bas ses Armes;

Il n'avoit pas cet air qui répand la terreur,
Lors qu'il veut signaler son bras & sa fureur,
Un cry des plus perçants vint fraper son oreille
Ce Dieu remply de trouble, en sursault se reveille,
S'arme d'un fer tranchant que sa main fait briller
Sans sçavoir quel danger à pû le reveiller,
Une Fourmy pourtant étoit son ennemie,
Pénétrant les habits de Venus endormie,
De la jambe a la Cuisse elle se promena,
Et marcha tant de fois, vint, alla, retourna,
Que trouvant une tendre & délicatte Fesse,
Elle osa déchirer la peau de la Déesse,
Voila le beau sujet de ses tristes Clameurs,
Qui sembloient exprimer les plus vives douleurs:
Le Soleil qui d'en haut dispense la lumiere,
Voit du Dieu des Combats la posture guerriere,
Et craignant pour Cypris ce transport furieux
Va d'une fausse allarme épouvanter les Dieux,
Jupiter vient, il est armé de son Tonnerre,
Mille autres a l'envy descendent sur la Terre,
La timide Fourmy fuyant à leur aspect,
Dans le celeste Cul se tapit sans respect,
Et redoublant encore sa morsure cruelle,
Ose braver les Dieux dans cette Citadelle,
Venus de son côté fait des cris plus perçans,
Mais pour la secourir les Dieux son impuissans,
Jupiter n'y sçauroit employer son Tonnerre,
Mars ne peut en ces lieux fraper du Cimeterre,
Priape vient enfin le Dieu de l'Hellespont:
J'ai, dit-il, un secret aussi charmant que prompt,
Tout gît à presenter comme il faut le Derriere
Tournez vous: Venus fit la grimace ordinaire,
Vous sçavez que le Sexe en cette occasion,
Montre par bienséance un peu d'émotion,
La presence des Dieux se joignoit à la crainte
Cependant de son mal se redouble l'atteinte,
On la laisse & chacun se retire à l'écart,

Je

Je m'abandonne à vous, dit-elle au Dieu Paillard
Il l'etreint la retourne, & la met sur le Ventre,
Découvre le malade, il frape, on ouvre, il entre
A ce cruel assaut VENUS fait un grand cry,
Son mal nouveau lui fait oublier la Fourmy,
Les efforts qu'elle fait acheminent l'ouvrage;
Une douce liqueur la baigne & la soulage,
Le Dieu se retirant quand il eust Déchargé,
Ramena l'Animal au filet attaché,
Mais Priape en revint la Tête ensanglantée,
C'est aussi la couleur qu'il à depuis portée,
La Fourmy pour marquer son extreme bonheur
Fit porter à sa Race une rouge couleur,
Quelque Auteur dit aussi que pour reconnoissance,
Venus fit a Priape une humble révérence,
Que lui fort satifait du voyage du Cul,
Jugeant qu'a la Déesse il n'avoit pas déplû,
S'offrit a redoubler ce qu'il firent sans doute,
Après le premier coup, tout y va rien ne coute,
On trouveroit encor plus d'un objet fleury,
Qui s'est de ce remede utilement servy.
Et qui le prend souvent en guise de clistere,
Sans avoir jamais eu de Fourmys au Derriere.

METAMORPHOSE

D'UN JESUISTE

EN CANON DE SERINGUE.

QU'AU Trou du Cul l'on prenne ses ébats
C'est un plaisir que femme n'aiment pas
Et c'est leurs faire une grande injustice,
De préferer au Trou par ou l'on pisse,

Celui qui ſert à de plus ſales cas.
Dame VENUS voyant de haut en bas,
Certain Jeſuite, amoureux de traças;
Qui tendrement careſſoit une Novice,

Au Trou du Cul,

Pour le punir & venger ſes apas,
Lui dit, Canon de Seringue ſera;
Si tant de plait ce puant exercice,
Va, deſormais tu n'aura d'autre office,
Et pour toujours tes ſervices rendras,

Au Trou du Cul.

SONET

EN BOUTS RIMEZ.

Un jour Dom Hapecon plus arrogant qu'un... *coq*
Las de ſentir ſon Vit, roide comme une... *quille*
Sortant de ſon couvent enfoncé dans ſon... *froc*
Courut chez la Dupré demander une....... *fille*

Le Bougre qui jamais neFoutit qu'en...... *eſcroc*
Pour qui neuf ou dix coups n'étoient qu'une.. *vetille*
Crût qu'il ne s'agiſoit que d'éſſuier le........ *choc*
Et tira ſon Engin de deſſous ſa..... *mandille*

Tout beau, dit la Putain, rengaine... *l'inſtrument*
Commence par payer l'eſtaffe & ..... *graſſement*
De Foutre on vit ici comme au Palais..... *d'épices*

Le Frater étonné de ce Foutu.......... *cartel*
Quitta faute d'argent ce pillier de........ *Bordel*
Et fut de deſeſpoir enculer deux......... *novices.*

EPIGRAMME.

A Son Mary Guillemette.
Par la fenêtre parloit,
Lorsque gros Jean sans lunette
Par derriere la Foutoit;
Voila comme,
Souvent l'homme,
Je ne sçais par quel effet,
Vois la tête,
De sa bête
Sans voir ce que le Cul fait.

AUTRE.

QU'on est fol de se mettre en dépense,
Pour goûter les plaisirs d'un moment;
Ces Putains me Foutent la gance,
Elles ont toûjours besoin de finance:
Sans vanité je vis plus sagement,
Je ne Fous ny les Cons ny les Culs,
Ce plaisir me paroit trop lubrique,
Je ne fais jamais de Cocus
J'aime mieux me branler la Pique,
Et garder une paire d'écus.

AVTRE.

On dit que demain,
Il faut que ma belle,
Passe pour Pucelle,
Près d'un vieux Jeannin,
Eut-il des lunettes,
Au bout de son Vit,
En suivant mes préceptes,
Il y sera pris.

AVTRE

Un Auteur Espagnol, qui n'est pas des plus sages,
Et dont j'ai lû quelques lambeaux,
Disoient que les Pucelages,
Ressembloient a des perdreaux,
Et les Oiseleurs conviennent,
Quelque part que l'on puisse aller,
Que dès que les plûmes leurs viennent,
On les voit tous s'envôler.

ENIGME.

Icy git une tendre Fleur,
La moisson des mortels fait l'unique bonheur,
La conquête en est meurtriere
Il en faut forçer la prison,
Il en faut gagner la Geoliere:
L'amour fait cette trahison.

LE

LE MARY
CHERCHANT UN
PUCELAGE.

IL est certaine Fleur plus délicatte encore,
Que celle qu'on voit naître au lever de l'Aurore,
Hymen prétend sur elle avoir un droit sacré,
Si son Autel n'en est paré,
Il croit sa fête profanée,
Mais au grand regret d'Hymenée,
Souvent à ce célebre jour,
Par la surprise de l'amour,
La fleur se trouve moissonnée,
Amour rit de la trahison,
Le fripon en secret joüit de sa malice,
Mais à qui s'adresser pour en avoir raison,
On ne trouve en ce cas ni pitié ni justice,
Pour moi j'opine que l'Hymen,
Sans un trop severe examen,
Reçoive la fleur telle quelle,
Le plus habile doit etre dupe en cela,
Voicy comme s'en démela,
Celui dont parle ma nouvelle.
Entre les Amoureux d'une jeune beauté,
Certain Homme de guerre obtint la preference
Il est mis par contract du moins en apparence,
Au degré le plus haut de la félicité,
Mais le bien le plus souhaité,

Se trouve rarement tel qu'on se le propose,
Au jardin de la volupté,
Ce que l'on croit bouton, souvent se trouve Rose.
De nôtre Epoux trop connoisseur,
L'ardeur en peu de tems changée,
Se tourne vers la jeune Sœur,
De son Epouse négligée,
De sa part bijou précieux,
Lui porte tous les jours quelque nouvel homma-
ge,
Il a soin de mettre en usage
Tout ce qui peut charmer les oreilles, les yeux,
Enfin tout ce qu'au plus habile,
Conseilloient les jeunes Amours,
Au tems ou l'art de plaire étoit plus difficile,
Qu'il ne le devient de nos jours:
Les parens de l'aimable fille,
Viennent à nôtre suborneur,
Representer le deshonneur,
Dont il allarme la famille;
Entre les biens qu'on m'a promis,
Dit-il, à nôtre Mariage,
On fait valoir un Pucelage,
Cet effet est encore à venir, mes amis;
Et je le poursuivrai de Cadette en Cadette,
Fut-il encore à la bavette.

LA

CHARUE

DU

CORDELIER.

CONTE.

UN bon Frater de la grande obſervance,
Dans un gros Bourg avoit prêché l'Avent,
Et s'en alloit avec bonne chevance,
Or il advint qu'un beau jour le galant,
Proche d'un Bois trouvant une Fillette,
Par ſi longtemps s'excrima ſur l'herbette,
Qu'il fut ſurpris par la nuit, bien & beau,
Force lui fut; (car que pouvoit-il faire?)
De s'en aller dans un petit Hameau
Non loin dela, par bonheur le bon Frere,
Diſons malheur, tomba chez un Manant,
Que depuis peu l'amoureux Sacrement,
Joignoit avec une jeune Bergere:
Le frocard dit en ton de ſuppliant,
D'un pauvre Moine ayez pitié Compere,
Et m'ébergez cette nuit ſeulement;
Je feray tout pour vous & la Commere,
Ouï-da, dit Pierre, à cette fin partant,
Que ma moitiée vous ſera lettre clauſe.
Bonté de Dieu! penſez vous que j'oſe,
Faire à mon dam ſi méchant tour chez vous?
Je vous connois, dit Pierre: Ah vertu-chou!
Nage toujours, mais mettons une clauſe,

Que le premier qui sottise dira,
Vingts bon Ecus à l'autre payera,
Et sur champ d'icy déguerpira ,
Parlez Frater, voulez vous la gageure?
Tres volontiers repart le Cordelier ,
Tenir sa langue est-ce chose si dure ?
Voyons pourtant qui se fera payer.
Lors de tâcher l'un l'autre à se seduire ;
De se tourner en plus d'une façon ,
Sans qu'onques l'un obligea l'autre à dire,
Mot qui tourna à sa confusion :
Pierre à la fin trouve une invention,
Car dans le cœur il la lui gardoit bonne ,
Il fait venir sa femme promptement ,
Tant son corsage étoit apetissant ;
C'a de par-Dieu , si cette Jouvencelle ,
Dit le Rustaut vous tomboit dans la main ,
Qu'en feriez vous ? Moi, dit le Franciscain ,
Qui dans le temps tenoit son Allumelle ,
Et plus qu'à soi songeoit à la Femelle ;
Je la Foutrois. J'ai gagné de bon jeu ,
Cria Pierrot , ho ! vivat payez vîte ,
Mais ce n'est pas tout , il faut chercher un gîte,
Ailleurs qu'ici car pour vous n'est ce lieu ,
Les vingts Ecus bien comptez sur la Table ,
Sur l'heure on mit dehors le pauvre diable ,
Qui va tout triste en deplorant son sort
Au coin d'un Bois dormir pour réconfort ,
Le lendemain assez loin du Village ,
Il rencontre ; voyez l'heureux hazard !
Un sien Confrere adroit & fin Renard ,
Qui pour raison s'étoit mis en Campagne :
Il lui conta son cas de bout en bout ,
L'autre répond , Frater est-ce la tout ?
Laissez moi faire , ho ! de par Dieu j'en jure ,
Si chez le Gars m'échoit même avanture ,
De mon métier je lui prépare un plat ,

Ainſi fut dit , enſuitte ils ſe quitterent ,
Et preſtement touts les deux s'en allerent ,
L'un au manoir du triomphant pied plat ,
L'autre au Couvent : Adonc l'eſcarbillat ,
Du Vilageois trouvant bien-tôt la porte ,
Dit d'une voix plaintive & déconforte ,
N'éconduiſez un pauvre Cordelier ,
Ami , qui n'a que ſon ſac pour eſcorte ,
Et vous demande un coin dans le Grenier.
Entrez , entrez , répondit avec joye
Le Campagnard ; car le matois contoit ,
De celui-ci faire encore ſa proye ,
Pour abreger, au point il alla droit ,
Et propoſa condition égallë ,
Fut convenu que celui la perderoit ,
Qui le premier ſottiſe lacheroit.
Les voilà donc qui ſe pouſſe la balle :
Mais vertement enfin le Vilageois ,
Pour mettre au ſac le fils de ſaint François ,
Ourdit la ruſe & fit venir ſa Mie ,
Si vous aviez Pere , à diſcretion ,
Dit le pitaut , femelle auſſi jolie ,
Qu'en feriez vous ? Rien dutout: Quoy rien? Non:
Ho ! vous riez , pourſuivit le pecore ,
Qu'en feriez vous ? j'en ferois ſur ma foy ,
Repart le Moine une belle charue ,
Une charue ? ho ! vous révez je croy ,
Ou prenez vous viſion ſi cornue ?
Onques n'y fut de convenance un brin ;
Si-fait , ſi-fait , ſeulement que Catin
Deſſus le dos ſe couche ici par terre ,
Dit le Frocard : Soit fait , répondit Pierre ,
Je ne vois pas que ceci nuiſe en rien :
Orſus Catin , courbez le bras, fort bien :
Le bras courbé , préſentez le corſage ,
Ouvrez les pieds , encor davantage.
Nous avançons l'affaire va des mieux :

Les pieds, Compere: Ho! ceci saute aux yeux,
De l'instrument figure les deux branches.
Un mot, Pater; ou mettez vous le Soc?
Le Soc, ici, le Frater vous le tire:
Saillant Catin: Ha! peste soit du Froc,
Dit le Rustaut, l'œil éteincelant d'yre,
Tout devant moi vous Foutez ma Moitiée:
Or je vous tiens, repart la Mante grise;
Par S. François! je veux être payez:
Car le premier vous avez dit sotise.

LA NONNE
ET LES DRAPS DU
PREMONTRÉ

CONTE.

POur un sien Directeur, Prémontré, c'est tout dire,
Une chaste Nonain blanchissoit tous les mois,
Et pour Dieu n'auroit fait œuvre de ses dix doigts.
Sur un Caleçon immodeste,
A la Nonain, Satan fit voir un jour,
Que pour elle, Frapart étoit rempli d'amour;
Qu'à son intention .... Silence sur le reste,
Sans peine on le devinera.
La Nonette à par soi délibera,
S'il falloit mettre au blanchissage,
Des doigts du Directeur un si précieux gage:
Le bon Ange allarmé du progrès de Satan,
Sur cette illustre Pénitente,

Pour soutenir sa vertu chancellante ;
Lui fit éxaminer les Draps du Réverend :
Foin du Fripon, dit-elle en les considerant,
Il Fout sans doute sa Servante.

COTTON BOURRE ET LAINE

CONTE.

UN Cordelier au déduit fort adroit,
Voulant instruire une jeune Novice,
Mit en usage un plaisant artifice ;
L'ayant conduit en un réduit secret,
Il la jetta dabord sur la couchette,
Lui presenta son pétulant Bidet,
Et découvrant d'une main indiscrete,
Les innocens appas de sœur Collette,
Sous une Fesse adroittement il met,
De laine un petit coussinet,
Sous l'autre aussi nôtre bon Pere foure,
Coussin de cotton, puis apres,
Fut le croupion dûement garny de boure,
Le tout afin que le dévot Profès,
Put d'un seul mot pendant l'Office
De chaque endroit tirer service,
Quand messer froc tirant son flageollet,
A la Nonette eut promis indulgence,

Si du cas elle se tiroit,
En brave Sœur: Il s'écrie en cadance,
Cotton, Fesse gauche d'aller,
Laine, autre fesse de vôler;
Bourre, croupion d'entrer en dance;
Au desir de la Reverence,
Qui non content de la docilité,
Et de l'agilité,
De la Nonain, met son obéissance,
A toutte epreuve, excite la pauvrette,
Bourre, Laine, Cotton, dit le Moine en fureur,
Cotton, cotton ma chere Sœur,
J'y suis, répond la Sœur doucette,
Laine, Bourre, Cotton: Bourre, ha! quelle vigueur,
Tant qu'à la fin ce glorieux exercice,
Finit pour un moment,
Au grand contentement,
Du Cordelier & de la jeune Novice.

EPIGRAMME.

UN bon Mary des meilleurs que l'on fasse
Venu de loin plûtôt qu'il ne devoit,
Sa Femme voit, dormant de bonne grace,
Qui ses reins frais sur la plûme couvoit,
Il y prend goût, du masque se pourvoit,
Il juche, & joüe, elle le trouve doux;
Quand le bon Jean eût tiré ses grands coups,
Et qu'est-ce que ceci; Mon Mari, ce dit-elle,
Je pensois que ce fut autre que vous.

PERETTE

PERETTE ET COLIN

CONTE.

PErette étant dessus l'herbette,
Colin leva sa chemisette,
Et vit je ne sçais quoy de noir,
Ha! dit-il ma douce Perette,
Je te prie laisse moi tout voir.
Si tu l'avois vû j'en suis sure,
Tu ferois cela tout à l'heure,
Non, dit-il, je te le promets,
Vrayement dit-elle je t'assure,
Tu ne le verras donc jamais,
Colin reconnoissant sa faute,
S'écria d'une voix si haute,
Hébien donc je te le feray,
Lors dit-elle en levant sa Cotte,
Pour cela je te le montreray.

LES SOULIERS DE MARGOT

CONTE

Margot feignoit d'être de fête,
Afin de tromper son jaloux,
Et fit tant par humble requête,
Quelle eut des souliers de velours,
Mais tandis qu'il va par la ville,
Elle fait venir son Valet,
Qui vous l'empoigne & vous l'enfille,
Ainsi qu'un grain de chapelet,
Des jambes son col elle accolle,
Cependant qu'au branle du Cul,
Ses pieds passoient la cabriolle,
Voicy revenir son Cocu;
Alors il cria de la porte,
Voyant ce nouveau passetemps,
Si tu vas toujours de la sorte,
Mes souliers dureront longtemps.

LE

REGIME D'ASTRÉE.

CONTE.

ASTRE'E un jour s'enquit d'un docte Medecin,
Quelle heure étoit à l'Amour plus propice :
Le matin, lui dit-il, cet ébat est plus sain,
Mais le soir, à mon sens, vaut mieux pour le délice.
Je reçois votre autorité,
Repartit la folâtre Astrée,
Pour le plaisir, je prendrai la soirée,
Et le matin, pour la santé.

LE JUGE ET LES *TE'MOINS.*

CONTE.

UN vieux Juge informant d'un viol fait sur les lieux,
Interrogeoit sur ce, fillette a porte clause,

Sotte d'esprit, mais fraiche comme une Rose;
C'étoit morceau friand : aussi déja des yeux,
Le Ribaut la convoitte, & pour l'abuser mieux,
Tout ce qu'à l'accusé la belle avoit vû faire,
Le gaillard lui faisoit : caressoit la Commere,
Prenoit ses blancs Tetins, levoit son Tablier.
Ça, lui dit-il, he bien ! fit-il point autre chose ?
Hé ! ouï, dit-elle, il mit.... Mettons donc, & pour cause,
Un Juge comme moi ne doit rien oublier.
Jean qui devoit aprés déposer sur l'affaire,
Par la fente de l'huis s'appercût du mistere,
Et lors pour déloger ne se fit point prier;
Et les autres Témoins eurent beau lui crier,
Et pour Dieu ! Jean reviens. A d'autres, dit-il, Diantre !
Le Diable m'emporte si j'entre :
On y Chevauche les Témoins.

PROMETHE'E.

EPIGRAMME.

QUand Promethée eût les Hommes formez,
Je veux, dit-il, vous rendre aux Dieux pareils,
Pourquoi serez tels que Priape armez,
De Braquemard entre les deux orteils.
Il les forgea tous beaux & bien vermeils;
Les uns petits & les autres plus grands,
Suivant la taille & les corps differens :
Mais sur le point que chaque carabine
S'alloit poser sur son vrai parapet,
Survint Baccus, dont la liqueur mutine,
De Promethée échauffa le toupet :

Dont

Dont à la fin le bon fils de Japhet ,
Tout de travers acheva la besogne ,
Et dela vient dont c'est grande vergogne ,
Qu'aux corps humain tant soyent ils aparens ,
Harnois d'amour furent mal assortis ,
Ayant donné les plus petits aux grands ,
Et les plus grands a nous autres petits.

LES SEPT BEATITUDES.

STANCES.

Heureux qui sans ambition ,
A l'ombre assis sous la fougere ,
D'une amoureuse passion ,
Viedaze au Con de sa Bergere.

Heureux qui n'a mal a propos ,
Aucune affaire qui le brouille ,
Et qui peut dans un plein repos ,
Au Soleil s'éplucher la Couille.

Heureux qui n'a d'autre soucy ,
Que celui du pot & du verre ,
Et qui peut dans ce siecle-çy
Se Foutre de toutte la Terre.

Heureux qui ne prétendant rien ,
Attend en paix son dernier terme ,
Et peut receüillir pour tout bien ,
D'un jeune Con le premier sperme.

Heureux qui bien loin de la Cour,
Où le chagrin est en son centre,
Peut à son aise tous les jours,
Se bailler du Vit par le ventre.

Heureux qui dans les plaisirs,
Soi-même toûjours se possede,
Et qui réglant tous ses desirs,
Sort d'un Con avec un Vit roide.

Heureux qui content du sort,
Et satisfait dans sa cabane,
Attendant doucement la mort,
Boit comme un trou, Fout comme un Asne.

L'AVANTURE DE L'HÔTELLERIE.

CONTE.

Une Dame allant dans une métairie,
Passoit souvent par certain Bourg,
Logeant toûjours en même Hôtellerie,
Couchant en même Lit. Or il advint qu'un jour
Comme elle arrivoit, son Hôtesse
Lui dit: J'ai bien de la tristesse
De ne pouvoir pas cette nuit,
Vous coucher dans le même Lit.
Pourquoi? lui dit la Dame un peu surprise.
Parce que votre Chambre est prise,

Dit l'Hôtesse : Couchez dans celle d'à
côté,
Elle est propre, elle est bien commode
Les Meubles en sont à la mode.
Non, dit l'autre, gardez toute votre beauté ;
Je veux ma Chambre d'ordinaire.
Mais, dit l'Hôtesse, comment faire ?
Si c'étoit un Marchand, ou bien un Messa-
ger,
Je le ferois bien déloger :
Mais c'est un Seigneur. Il n'importe,
Répond la Dame brusquement ;
Cela dit, elle se transporte
Jusques dans l'autre Appartement,
Et dit au Cavalier : Allons sans compliment,
Monsieur il faut changer de gîte ;
Cette Chambre est à moi, délogez au plus vîte.
A vous ? dit ce Seigneur, je ne crois pas cela ;
La Chambre d'une Hôtellerie
Est au premier venu : Madame m'y voilà,
Très-humble Serviteur à votre Seigneurie.
La Dame dit, j'y coucherai :
Et le Seigneur, j'y dormirai.
Nanon apportez ma Toilette.
Picard apportez mon Bonet ;
Déchaussez moi : vîte, est-ce fait ?
Nanon faites la Couverture.
Picard allez la faire aussi.
Et tandis que le Gars avec la Créature,
Préparoient toutes les choses ainsi,
On auroit vû le Maître & la Maîtresse,
Faire paroître leur adresse,
A se déchausser le plus diligemment.
La Dame dans la ruelle,
S'emparer du Lit promptement,
Le Cavalier aussi prompt qu'elle,
S'empara bien-tôt du devant,

LE PRIX ADJUGÉ AU TAUREAU.

EPIGRAMME.

JUPITER amoureux d'Europe,
Sous plusieurs formes envelope
Sa coquette divinité ;
Et pour toucher le cœur de sa jeune beauté,
Il en entreprend la conquête,
Comme un Dieu, comme un Homme, & puis comme une Bête ;
Le Dieu réussit mal auprès de ses appas ;
L'Homme pour la tenter eût d'inutiles flammes.
Mais que ceci soit dit à la gloire des Dames,
Jn Taureau ne la manqua pas.

LE MULETIER.

EPIGRAMME.

FOutre un seul coup sans y faire retour,
C'est proprement d'un Malade le tour,
Deux bonnes fois à son aise le faire,
C'est d'homme sain suffisant ordinaire ;
L'homme galant va même jusqu'à trois ;
Le Moine à quatre & cinq aucunes fois ;

Six

Six ou ſept fois ce n'eſt pas le metier,
D'homme d'honneur, c'eſt pour le Muletier.

EPIGRAMME.

JEanne cageolant ma franchiſe
Diſcourt des humeurs d'un chacun,
Et tranchant de la bien appriſe,
Fait deux morceaux d'une ceriſe,
Mais d'un Vit elle n'en fait qu'un.

STANCES.

BEauté ſans pair & ſans ſeconde,
Suivant l'abus où vit le monde,
Quand l'autre jour rempli d'ardeur
Je vous preſſois de courtoiſie,
Vous repaiſſiez ma fantaiſie
Des contes vains de votre honneur.

Pauvrette à vous même contraire
C'étoit là bien loin de m'attraire,
Et par un appetit glouton,
Au jeûne où votre Con-ſe treuve,
Vouloir faire une vive épreuve,
Si je ſuis belier ou mouton.

Vous euſſiez eû de la ſemence
D'un Vit dont la grandeur immenſe
N'eût jamais de comparaiſon;
Et qui ſçait en quel poſture

Il faut chatouiller la nature
Aux femmes de bonne maison.

Vous avez beau faire la froide,
Vous sçavez qu'il est grand & roide,
Et qu'il n'est femme d'aujourd'huy,
Ni dévote si peu crédule,
Que la paillardise n'accule,
Quand elle entend parler de luy.

Les plus belliqueuses provinces,
Jurent par le glaives des Princes,
A qui le ciel les asservit;
Et dedans les Maisons publiques,
Les Putains les plus impudiques,
Ne font serment que par mon Vit.

N'étoit que vous êtes guettée,
Vous vous seriez déja jettée
Sur quelque Vit bien assorty;
Comme un chat poussé de famine,
Quand personne n'est en cuisine,
Se jette dessus le roty.

Sans le soupçon & la colére
De ce mary, qui vous éclaire
D'un œil deffiant & malin,
Belle à qui mon Ame est soûmise,
Je sçaurois si votre Chemise
Est faite de chanvre ou de lin.

Cette jalousie importune,
Me fait plaindre de ma fortune,
Et couler mes jours sans douceur;
C'est lui qui nos plaisirs differe,
M'empêchant de vous pouvoir faire
Ce que Jupin fait à sa Sœur.

Mais non, c'eſt vôtre humeur craintive,
Qui vous détient ſi fort captive,
Que vous n'oſez pas vous mouvoir :
Vai-je chez vous, le cœur vous tremble,
Et dès auſſi-tôt il vous ſemble,
Que tout prend des yeux pour me voir.

Quoy qu'un jaloux vous mette en garde,
Il ne faut pas qu'il vous retarde
De courir aprés vos plaiſirs,
Quand l'amour dans un cœur habite,
Eſt-il obſtacle que n'évite,
Le mouvement de ſes deſirs?

Vous craignez que ce frénétique,
S'il ſçavoit la douce pratique,
Et nos ſecrettes privautez,
Lâchant à ſes fureurs la bride,
Ne fit par un double homicide
Finir ma vie & vôtre beautez,

Il eſt de nature ſi bonne
Qu'il n'a jamais occis perſonne,
Et croy-je d'avoir entendu,
De ceux qui ſouvent le pratiquent,
Qu'il pardonne aux poux qui le piquent
De crainte d'en être mordu,

S'il nous trouvoit dans votre couche,
Flanc deſſus flanc & bouche à bouche,
Foutre tous deux à qui mieux mieux,
Il eſt ſi benin que j'eſtime,
Qu'il laiſſeroit de notre crime
La vangeance au vouloir des Dieux.

Puis du ciel il fait trop de compte,
Pour déſirer qu'une mort prompte;

Sans repentir & ſans remords,
De nos beaux jours coupât les trames,
Si bien que pour ſauver nos Ames,
Il pardonneroit à nos corps.

Tandis que la barbe dorée
De vôtre Con eſt adorée,
Avec beaucoup de paſſion,
Recevez poulets & meſſages,
Et ſuivant l'avis des plus ſages,
Chevauchez ſans diſcretion.

L'inſenſible cours des années,
Par qui les choſes ſont bornées,
Vous ravira tous vos appas;
Vous ferez horreur à vous même,
Et votre face ſeiche & blême,
Sera l'image du trépas.

Par tout on vous fera la moüe,
Vos Tetins moins priſez que boüe,
Vous tomberont ſur les genoux;
Vous pûrez pire que morüe,
Et ſi vous marchez dans la rüe
Les enfans crieront après vous.

Votre Con de jeune Pucelle,
Qui tient maintenant en cervelle
Tous les Fouteurs de l'univers,
Réduit ſous une ſépulture,
N'aura pas meilleure avanture
Que d'être chevauché des vers.

Qui perd le temps fait trop de perte,
Foutez Foutez à porte ouverte,
Et ſi votre Epoux ſe déplait
De voir ſur ſon front cornes naître,

Dites

Dites luy qu'on ne peut pas être,
Aussi sobre à Foutre qu'il est.

Si vous Foutez avec le monde,
Des malheurs dont le siécle abonde,
Leger vous sera le fardeau,
Et quand vous cesserez de vivre
Vous serez élevée en cuivre,
Au plus digne endroit du bordeau.

Bannissez donc toute vergogne,
Et mettez vos reins en besogne,
Sans faire cas des médisans :
Heureux qui malgré toute envie,
Sçait cueillir les fruits de la vie,
Selon la saison de ses ans.

EPIGRAMME.

TOn chose, ce me dis-tu,
A si petite ouverture,
Qu'un Vit moindre qu'un fêtu,
Y seroit à la torture,
Je me ris de ce discours,
L'homme sous qui tous les jours
Tu donnes tant de secousses,
Doit auec toy m'accorder
Qu'un gros Vit de quinze pouces,
Te Fout sans t'incommoder.

ACROSTICHES.

LOrs que la belle avoit la pâle maladie
Elle fut consulter les oracles divers,
Voir quel remede étoit pour garantir sa vie;
Il luy fut répondu, belle fille ma Mie,
Ton remede est écrit à côté de ces vers.

Fille qui languissez dans les pâles couleurs,
Obéïssez au Dieu qui regne sur les cœurs,
Vous souffrez chaque jour des peines infernales
Tout ce mal ne provient que d'extrêmes chaleurs
Eprouvez ce secret pour guerir vos douleurs
Suivez de ces six vers les lettres capitales.

LE puissant Dieu d'Amour habite dedans moi;
En tous lieux on le voit adorer mon empire
Chaque Amant comme lui se soumet à ma loi,
On ne voit point de cœur exempt quand il soupire
Ni de me convoiter, ni d'être inquiet en soi.

LE Souverain qui nous fit l'un pour l'autre,
Envain n'auroit fait un œuvre si beau.
Voyant combien, tant d'un côté que d'autre,
Il importoit en son labeur nouveau
Tout son plaisir fut de nous rendre utiles,
Et ne veut point que soïons infertiles,
Tout le fait voir dans son commandement,

La terre las ; sans nôtre ministère ,
En peu de tems deviendroit veuve mere,
Conte ce n'eſt ; nous parlons rondement ,
Or ſi voulez ſçavoir qui pouvons être ,
Ne liſez cy , que les premieres lettres.

EPIGRAMME.

HIer la langue me fourcha
Deviſant avec Antoinette ,
Je dis Foutre ; & cette finette
Me fit la mine & ſe fâcha ,
Je déchûs de tout mon crédit ,
Et vis à ſa couleur vermeille
Qu'elle aimoit ce que j'avois dit ,
Mais en autre part qu'en l'oreille,

L'INDIGENT

EPIGRAMME.

POur un homme fort indigent ,
Cent écus , la ſomme eſt trop grande ,
Tu montres que tu eſt d'argent ,
Comme de Foutre trop gourmande ,
Mais vieille changeons de deſſein ,
Tombons d'accord , mets là la main ,
Donne moy cette même ſomme ,
Et quand nous aurons chevauché ,
Encor diras-tu qu'il n'eſt homme
Qui te Foute à ſi bon marché.

LE CONSISTOIRE DES FEMMES

SONNET

UN Roy dans les Grecques Histoires
Sçachant des siens la trahison,
Veut pour en tirer la raison
Qu'on leurs couppe les Genitoires.

Leurs femmes font des consioires,
Chacun quitte sa maison,
Pour dire en temps & en saison,
Au Roy ces paroles notoires,

Sire, s'il est vray qu'on punisse,
Nos maris fais que leurs supplices,
Soit à quelqu'autre compensé,

Afin qu'exerçant ta clémence,
Nos Cons qui n'ont point offencé,
N'en fasse point la penitence,

EPIGRAMME.

QUe Lize chante comme un ange,
Cela est trop peu de loüange,
Dites plutôt pour dire tout,
Lize chante comme elle Fout.

SALUT

SALUT AU CON

SONNET

JE te ſalue, ô vermeillette fente,
Qui vivement entre ces flancs reluis,
Je te ſalue, ô bien heuré pertuis,
Qui rends ma vie heureuſement contente,

C'eſt toy qui fais que plus ne me tourmente,
L'Archer volant qui cauſe mes ennuis,
Ayant Foutu ſeulement quatres nuits,
Je ſens ſa force en moy déja plus lente,

O petit trou, trou mignard, trou velu,
D'un poil follet mollement crépelu,
Qui à ton gré domptes les plus rebelles,

Tous les galans doivent pour t'honorer
A deux genoux te venir adorer,
Tenant au au poing leurs flambantes chandelles.

CHANSON
EN
DIALOGUE
ENTRE
COLETTE
ET
ROBIN

COLETTE.

DAns ma chambrette cette nuit
Mon Amant s'est glissé sans bruit ;
Tout droit sous une poutre ,
Qu'entens-je ? qui va la ? j'ay peur :
Robin, Ne craignez rien mon petit cœur
C'est moy qui viens vous Foutre.

R, Damon vous a vû aujourdhuy ;
C. Je t'aime cent fois plus que lui ,
Car il m'exede il m'outre :
Quand il me rit , qu'il m'applaudit ,
En tapinois mon cœur luy dit
Ah le vilain Jean-Foutre.

C. Tous les jours dans ses billets doux
Il me dit je me meurs pour vous
Et ne passe pas outre :
Quand on ecrit à ses amours

On dit on répette toujours
Quand pourai-je vous Foutre.

C. Depuis l'aveu de vôtre ardeur ;
Je vous ay destiné mon cœur
Et je vous dis en outre ,
Que je hais un timide Amant ,
Dittes moy naturellement ,
Si vous pouvez me Foutre.

R. Madame je vous le promets
Et sans mentir quand je le mets ,
Il est comme une poutre ;
C. Vrayment il n'est pas trop menu :
Madame s'il estoit connu ,
Chacun voudroit s'en Foutre.

R. Mets toy sur ce lit de repos
Il est trop bas mets sous ton dos
Ce gros manchon de loutre ;
Nous sommes bien je suis dedans ,
C. Nenny R. sifait C. , ouy je le sens
Dieux comme je vais Foutre.

C. Mon cher , redouble tes efforts ;
R. Vous avez donc le Diable au corps
Je perce d'outre en outre ;
C. N'importe pousse ne crains rien
Il est dehors à double chien ,
Est-ce ainsi qu'il faut Foutre.

C. Pour te remettre en bon chemin
As tu besoin dun coup de main ,
R. Je ne puis passer outre.
C. Monsieur vous recommencerez.
R. Madame vous m'excuserez
C. Vas donc te faire Foutre.

LE FOUTEUR ET LA PRUDE.

SONNET EN DIALOGUE.

Le Fouteur.

CA ça pour le dessert troussez moy vôtre cotte,
Vite, chemise & tout, qu'il n'y demeure rien
Qui me puisse empêcher de reconnoître bien;
Du plus haut du nombril jusqu'au bas de la motte.

Voyons ce traquenard qui se picque sans botte
Et me laissez à part tout ce grave maintien;
Suis-je pas vôtre cœur, êtes vous pas le mien
C'est bien avecque moy qu'il faut faire la sotte

La P. Mon cœur, il est bien vray; mais vous en prenez trop,
Remettez vous au pas & quittez ce galop,
Le F. Ma belle, laissez moy, c'est à vous de vous taire.

La P. Ma foy vous vous gâtez en sortant du repas.
Le F. Belle, vous dites vray; mais se pouroit-il faire
De voir un si beau Con, & ne le Foutre pas.

L'EX-COCU

L'EXCOCU
NOUVELLE
HISTORIQUE

Estre Cocu n'eſt pas un métier hors d'uſage
Ni de nouvelle invention :
Et depuis que le monde en fait profeſſion
Il devroit être expert en fait de Cocuage :
Cependant de ce perſonnage,
A peine voit-on quelque ſage
S'acquitter avec dignité,
L'un y met la fureur, la rage ;
L'autre en toute benignité
Le met à profit de ménage :
Que l'imbecille & le brutal
Faſſent leur profit de ce Conte :
On y voit un Cocu qui ſçut ſur ſon rival
Rejetter ſagement ſa douleur & ſa honte :
Sçachons être Cocus ſans baſſeſſe & ſans bruit,
Je voudrois qu'on en tint une école publique,
Il s'en tireroit plus de fruit,
Que d'école d'Algebre, ou de langue Hebraïque,
Sur le haut de la Porte il pourroit être écrit
C'eſt ici qu'aux maris on apprend la ſçience
D'être Cocus avec décence.
En dépit des temps malheureux,
Le Docteur ſeroit bien-tôt riche
Si quelque Maître-ès-arts affiche,
Je retiens place à mes neveux.
Sur un cas ſi commun & pourtant difficile
Il eſt bon de ſe rendre habile.
Sur les bords de la Loire, une jeune beauté

Aux Seigneurs d'alentour paroiſſoit bonne em-
plette ;
Groſſe dot, Noble Parenté,
On croit pour un Epoux la fortune complete;
En habits propres & galans
Prés d'elle la noble jeuneſſe
Débite ſelon ſes talens,
Propos flateur & gentilleſſe :
Elle attentive à tout charmer
Fait conquête ſur conquête.
De celui qu'elle doit aimer
Jeune fille eſt toujours en quête ;
Mais pendant qu'elle à l'œil au guet
Et qu'en ſecret elle éxamine
De celui-ci la bonne mine
De celui-la l'air tendre, ou le gentil caquet ;
Son pere dans d'autres balances
Peſe tout ce qui forme une bonne maiſon :
Le rang, le bien, les alliances,
Le merite ſolide, & la droite raiſon.
La Fête ſuit de prés le choix de ſa prudence;
Mais aprés tout cet éxamen
Qui ſans l'aveu d'amour s'embarque avec Himen
N'eſt pas encor en aſſurance.
Que de l'Enfant aveugle un vieillard éclairé
Ne néglige pas le ſufrage
Si l'amour n'a ſoin du menage
Son repos n'eſt pas aſſuré.
A celui-ci le petit traître
Sembloit d'abord avoir ſoûri
Et tout alloit des mieux : une femme peut-être
Aimeroit toujours un mary
S'il avoit toujours ſoin de l'être ;
Mais quand la tendreſſe a târi
Et que dans cet Epoux elle ne voit qu'un maître
C'eſt la ſaiſon du favori.
A nôtre Epoux, à ſa Compagne,

S'adonne un jeune complaisant ;
Voisin, agréable, amusant,
[C'est un trésor à la campagne]
Il est de la chasse, du jeu,
Veut-on chanter, il accompagne ;
Auprès du Vin du crû, le Voisin prise peu
Et le Bourgogne & le Champagne,
Sur tout pour sa Voisine il se mettroit au feu ;
Près d'elle mille soins le rendent nécessaire,
D'abord par son attention
A peine aspire-t'il a l'honneur de lui plaire,
C'est respect seulement c'est admiration,
Sans aucun espoir de salaire,
Enfin par de tendres soupirs
(La plus jeune entend ce langage)
Il ose expliquer ses desirs
Prend une main, un bras, prend encor davantage
Si bien que d'étage en étage,
Il arrive bien-tôt au comble des plaisirs.
Prudence dort, quand Amour veille ;
Ils ne peuvent cacher leurs feux.
A leurs entretiens amoureux
Un Valet a prêté l'oreille,
Il observe, & témoin de leurs plus tendres jeux ;
Va tout dire à son Maître & croit faire merveille,
Il ne fait que trois malheureux.
Quoy-qu'à croire le mal la pente soit facile,
Le Seigneur veut lui-même observer les Amans ;
Il feint un voyage à la Ville,
Et revient les surprendre, en ceci trop habile ;
Sous les plus simples ornements,
Et dans le plus commode azile,
Qui d'un couple heureux & tranquile
Puisse favoriser les doux emportemens.
Oh quelle vision ! de celle de Meduse
On auroit être moins frapé,
Sous le retz de son éclopé

Venus ne fut pas plus confuse.
Quels plaisirs à ce prix ne seroient trop payez.
Ah je frissonne quand j'y pense,
Et crois voir sur ce lit les amours effrayez.
Tenir mauvaise contenance :
C'est icy qu'il faut respecter
Nôtre Heros en Cocuage
Au désordre, à l'effroy du traître qui l'outrage,
A peine en peu de mots daigne-t'il insulter
Et l'autre ayant plié bagage,
Pour son retour chez lui trouve libre passage,
Que va faire nôtre Homme? étrangler de sa main
Dévisager son infidelle ?
Non : sans menace, sans querelle,
Il lui suffit qu'au lendemain
De la demeure paternelle
Elle reprenne le chemin,
Lui-même de son sort lui porte la nouvelle :
Quel recit pour le vieux Seigneur
Tout plein de ses ayeux, délicat sur l'honneur
Il jure gravement qu'en toute sa famille
Jamais d'un tel opprobre un front ne fut atteint
Mais dans le même instant sur celui de sa fille
Il peut lire les torts dont le gendre se plaint.
Il se rend à ce témoignage
Le crime est avoüé le mal n'est plus douteux,
Que faire en cet état facheux ?
Voici le parti le plus sage,
Dit l'Epoux. Jusqu'ici de nôtre mariage
Aucun fruit n'a serré les nœux
Jurez que d'un mary je n'ai que l'apparence
Sur pareil deshonneur je n'insisterai point
Bien-tôt une heureuse Sentence
Délira le nœud qui nous joint.
Il n'est pas de plus doux remede :
A cet avis chacun se rend,
Elle poursuit le mary cede ;

L'HYMEN

L'Hymen eſt rendu nul & la dot ſe reprend.
Nota que cette dot eſt ſouvent l'encloüûre,
La dot pour l'ordinaire eſt cauſe du fracas,
Et ce grand point d'honneur qu'on cite en pareil cas
Eſt illuſion toute pure.
Nôtre belle eſt rendüe à ſon premier état.
A quelque choſe près de légere importance.
L'époux de ſon coſté ce voüe au célibat.
Et fait au Dieu d'hymen profonde révérence.
Mais pour achever ſon repos
Il faut du faux ami punir la perfidie.
A l'écart ſans témoins il le trouve à propos,
L'attaque, le déſarme, & maître de ſa vie
Exige ſeulement de lui
Qu'il épouſera l'infidelle,
Qu'il ſe plût à ſéduire, & qui lui parût belle,
Quand elle étoit femme d'autruy.
Le vaincu ſuit la loy que le vainqueur impoſe:
Mais ſous un triſte hymen nos coupables unis,
Des plaiſirs dont ils ſont l'un par l'autre punis,
Ne trouvent plus la même doſe,
Le plus conſtant des deux eſt bien-tôt dégouté,
On à recours au voiſinage,
Le précurſeur lui même eſt enfin regrété,
Et ſous un nouveau perſonnage,
Reçû comme nouveau par ſa jeune beauté,
Il va rendre ſon Cocuage;
A celui qui l'avoit prété.
On avoit toujours dit à la Cour, à la ville
Et chacun en eſt convaincu,
Comme de texte d'Evangile,
Que caractere de Cocu
Eſt caractere indélébile.
Vous avez vû qu'il n'en eſt rien.
Et c'eſt toûjours choſe agréable
De pouvoir faire entendre à tant de gens de bien
Que leur mal n'eſt pas incurable.

LA BOUGIE DE NOËL.

CONTE.

A Pise, Ville d'Italie,
Habitoit un certain, nommé d'Alcantaris,
Jaloux de sa moitié, jusqu'à la frénésie,
Le fait n'est étonnant, Italiens Maris,
Sont sujets, comme on sçait, à visions cornües:
Celui-cy galand autrefois,
Sçavoit sur le bout de ses doigts,
Les rubriques d'Amour, même les moins connües;
Pour mettre donc en sûreté,
Son honneur, où plutôt celui de son Epoûse,
Ceintures de Virginité,
Vinrent d'abord s'offrir à son ame jalouse,
Mais c'étoit peu pour lui, les plus sûrs Cadenats,
Pour garder ce trésor font en vain résistance,
Le Drôle le sçavoit, & par experience:
Voicy donc ce qu'il fit pour éviter le cas,
Il joignit à cette Ceinture,
Vers l'endroit amoureux deux lames de rasoir,
Deux ressorts les faisoit mouvoir,
Qui dès qu'on les lâchoit refermoient l'ouverture,
Sa femme à peine eût reçû ce présent,
Que pour tromper sa méfiance,
Elle en propose à son Amant,
La dangereuse expérience:
Vne nuit, que cédant aux charmes des pavots
Notre Argus sur la foy de sa chaste Ceinture,
Reposoit, si jamais on vit dans la nature,
Un jaloux dormir en repos;

L'Amant arrive, il court dans les bras de sa belle,
Par des baisers on prélude un moment,
Et las de ces faveurs, qui croissent son tourment,
Il en cherche une plus réelle,
L'infernale machine arrête ses plaisirs,
Mais sa main fait mouvoir le ressort qui s'oppose,
Et découvre à ses yeux tout l'éclat de la rose,
Dans le centre de ses desirs.
Le Serpent qui tenta notre premiere mere,
Se réveille dabord à cet aspect charmant,
Et leur fit inventer dans cet heureux moment,
Le moyen de se satisfaire;
Que ne surmonte point un amour violent!
Des deux ressorts, la Belle en levoit un, l'Amant
Retenoit l'autre & dans cette avanture,
Le Serpent sans trembler, saisit la conjoncture,
Et se plonge à l'instant avec vivacité,
Dans le sein de la volupté:
A cette douce approche on s'emporte, on s'oublie,
On est prêt à perdre la vie,
On ne pense plus, mais on sent.
O! sort trop malheureux dans ce transport puissant;
Le Serpent au milieu de l'ardeur qui l'anime
Se voit la funeste Victime,
Des Razoirs échappez, & cet endroit si beau,
Trône de ses plaisirs en devient le Tombeau;
Aux cris de l'homme accourt la soubrette tremblante
Elle enméne l'Amant, tandis que son Amante,
Ignorant du Serpent les mortels déplaisirs,
Joüit confusément de ses derniers soupirs.
A de si doux transports vint succéder la plainte
Qui fit bien-tôt place à la crainte:
Il falloit au plûtôt retirer le Serpent,
Et l'embaras étoit comment,
Vn tirebourre en fit heureusement l'affaire.

L'Animal encor furieux,
Ne sortit qu'à grand peine écumant de colere;
Quoiqu'il eût les larmes aux yeux.
Sur le lieu de la sépulture,
Il fut question d'opiner,
Pour en conserver la figure,
La Dame à l'embaumer paroissoit incliner,
La Soubrette disoit que ce seroit folie,
Et que besoin n'étoit de l'enchasser,
Tels animaux étant communs en Italie,
Par la fenêtre enfin elle le fit passer.
Une vieille dévôte en allant à l'Eglise,
Car c'étoit, m'a-t-on dit, Noël le lendemain,
Trébuche, & laisse échapper de sa main,
La Lanterne quelle avoit prise,
Le hazard fit qu'à ses pieds le Serpent,
Tombe au moment qu'elle tatonne,
Pour sa bougie elle le prend,
Le met dans sa lanterne : ainsi Dieu n'abandonne
Ses zélez serviteurs, & les fait secourir;
Elle arrive à l'Eglise, elle dit des premieres,
Ce qu'elle sçavoit de prieres;
Mais bientôt à son livre il fallut recourir.
Elle met sa Bougie aux mains de sa voisine,
Jusqu'à celle du Clerc elle parvient enfin,
Il souffle sur la meche il se tourmente en vain,
Pour l'allumer, tant plus il l'éxamine,
Plus ce qu'il tient lui paroist surprenant.
Une Veuve a l'Autel venoit en ce moment,
Qu'est-ceci ?..... ha ! c'est dit-elle,
Un Vit.... là les Sanglots lui couperent la voix
Tant cet objet puissament lui rapelle,
Ce que sa mort lui ravit autrefois,
Le Clerc alors comprenant le Mistere,
A D'autres, cria-til d'une voix de couroux,
Cette Bougie est faite à s'allumer chez vous,
Mesdames que chacun fasse son ministere.

LE

LE MERITE SUPERIEUR.

EPIGRAMME.

UN pied de Vit (le présent est honnête)
Le grand Lucas présentoit à Catin,
En lui disant, tiens voilà pour ta Fête.
Elle le prit, & sérant de la main
Elle lui fit un peu baisser la tête :
Il plaît, dit-elle, il a de la beauté,
Sa taille est haute, & vise au Gigantesque ;
Mais son poil noir, & sa couleur moresque,
Demanderoient plus de solidité.

LE RESPECTUEUX.

EPIGRAMME.

S'Il faut baiser, comme l'on dit,
Tout ce qu'aux Dames l'on présente :
Je ne sçaurois baiser mon Vit ;
J'aime mieux Foutre la Servante.

LE QUIPROQUO.

CONTE.

NOs Seigneurs les Maris, dans leur Cour souveraine,
Se sont arrogé certain droit,
Dont on ne voit le titre en nul endroit;
Ce n'est loi Grecque ni Romaine.
Quoi! chacun d'eux de pleine autorité,
Pourra faire à sa femme une infidellité?
Et chez elle une loi sévere
Fait de la moindre œillade un crime capital?
Il me semble qu'au moins tout devroit être égal:
Mais bien plus, quand la chose iroit tout au contraire,
Je ne vois pas que ce fût un grand mal.
Quel dommage en résulte au lien conjugal?
L'Epoux n'auroit-il pas toûjours sa subsistance;
Et par de-là? Voit-on qu'il y chaume jamais?
Tournez la loi de l'autre biais:
L'Epouse y perd, on rogne sa pitance,
On lui ravit du profit qu'elle attend,
Le plus clair, & le plus comptant;
Pendant que le mary nage dans l'abondance,
On la réduit à l'Hôpital.
Je le répete, au moins tout devroit être égal.

Beau Sexe, en attendant que vous fassiez un code,
Qui régle cet injuste mode;
Pour vous en consoler je vais vous faire ici,
Non pas le Conte, mais l'Histoire

D'un infidéle Epoux, très-punis, Dieu merci ;
Je dis l'Histoire vraye, & vous pouvez m'en croire.

Le personnage étoit de bas Alloy,
Antoine étoit son nom, Tavernier son employ ;
Et plût à Dieu que pour la conséquence,
L'éxemple en vint de quelqu'un d'importance.
Or Maître Antoine étoit un bon drôle, un paillard ;
Homme sanguin, lequel avoit femme très-sage,
Menagere, & sur tout des droits du mariage ;
Ne prétendant là-dessus de sa part,
Non plus qu'à son comptoir, faire crédit d'un liard ;
Femme d'ailleurs encor bonne à l'usage,
Et jeune, & fraîche, & de joly corsage :
N'étoit-il pas trop heureux le pendart ?
Cependant le voilà qui devient infidéle ;
Mais encor pour qui ? c'est bien pis
Hélas ! pour sa servante Alix :
Non qu'Alix ne fût jeune & passablement belle,
Mais sa moitiée ne l'étoit pas moins qu'elle.
Pourquoi d'Alix préferer les appas ?
Pourquoi ? L'une est sa femme, Alix ne l'est pas.
Mais écoutez chose plus étonnante ;
La croira-t-on ? je l'écris à regret ;
Cette Alix, quoique jeune & jolie, & Servante,
Et Servante de Cabaret :
Cette Alix, dis-je, étoit une tigresse,
Une infléxible, une Lucrece enfin,
Et Maître Antoine y perdoit son latin.
Je n'entends pas qu'Alix pour être une Lucrece,
Prit d'abord les gens aux cheveux :
Pour avoir un Amant ou deux,
Pour souffrir même un peu de badinage,
Chez Servantes, l'honneur n'en reçoit nul dommage,

C'est le chemin du Sacrement.
Sur ce pied donc elle avoit un Amant ;
Garçon servant le même Maître,
Auquel ce rival devoit être
Très importun, lorgnant incessament.
Pour s'ôter du pied cette épine,
Que fait Antoine ? Il le tire à l'écart :
Claude, dit-il, parlons ici sans fard ;
L'amour d'Alix échauffe ta poitrine :
Je l'aime aussi ; qu'en esperons nous ? rien :
Elle veut un Epoux qui fonde sa cuisine ;
Pourras tu t'établir, toi qui n'as aucun bien ?
Pour moi, ton œil jaloux qui toûjours l'éxamine,
Me nuit par tout. Accordons-nous tous deux,
Et je sçais un moyen qui peut nous rendre heureux.
J'ai des vins, du crédit, & d'argent quelque somme,
Et pourrois t'avancer un établissement,
Si tu me paroissois complaisant, honnête homme,
Homme enfin d'accommodement.
Or à quoi tient-il, je te prie,
Que nous n'ayons tous trois contentement ?
Ne peut-on pas s'entr'aider dans la vie ?
Qui le sçauroit ? est-ce là si grand mal ?
Bref, il lui fit en petit la copie
D'un compliment de Fermier Général,
Et voilà le Garçon en terme
D'acquerir une femme avec une Sous-Ferme.
L'espoir du gain, l'amour, l'ambition,
Sçavent applanir toute chose.
Claude prend goût à ce qu'on lui propose,
En ajoûtant pourtant une condition :
Sçavoir, qu'ils entreroient tous deux en joüissance
Du même jour ; mais que par bienséance,
Le Maître, principal Fermier,
Remarquez bien, la clause est d'importance :
Le

Le Maître, dis-je, le premier
Toucheroit le produit de ce futur denier,
Dont il devoit faire l'avance.
Or il restoit entre eux une difficulté,
C'étoit de mettre Alix de la societé :
Le Garçon l'entreprit : mais faisant la semonce,
La prude Alix, qu'il croyoit obliger,
Lui donne un soufflet pour réponse,
Et le vouloit dévisager.
Pour qui me prends tu donc? Claude échappe au danger,
Et la Fille d'un pas léger,
A sa Maîtresse en diligence
Va raconter tout le complot;
Laquelle sur le champ méditant sa vengeance,
Lui dit: Alix, faisons nous violence,
Pour quelque tems ne disons mot;
Il faut convaincre Antoine avec plus d'évidence,
Je veus l'attrapper comme un sot:
Fais seulement quelque grimace
De condescendre à son malin vouloir;
Donne lui rendez-vous quelque part vers le soir,
Où je puisse aller en ta place :
Je l'y tiendrai le vilain, le ribaud,
Et je lui laverai la tête comme il faut:
N'a-t-il pas peur qu'on manque de sa race.
Pendant la conspiration
Le pauvre Claude à Maître Antoine explique
Le succès de sa réthorique,
Et n'en retira pas plus d'approbation.
Franc butor, esprit imbécile,
Tu t'y prens là d'un plaisant stile :
Tu verras, moi si je la réduirai.
En effet, dès qu'il voit la belle
Il la tourne tout à son gré,
Elle n'est plus ni fiere, ni cruelle,
Elle se laisse apprivoiser;

D'abord on dérobe un baiser ;
Cela n'est pas de conséquence ;
Une des mains voyage, on y fait résistance,
Mais foiblement ; il falloit l'abuser
Par quelque peu de vrai-semblance ;
Mais l'autre main cherchant de l'occupation,
Embarrassoit d'une étrange maniere :
En dirigeant pourtant l'intention
A servir la Cabaretierre,
On pourroit adoucir le cas.
Bref, Alix sortit de ce pas
Comme elle pût, en remettant l'affaire
Au rendez-vous que l'on prit pour le soir
Auquel, sa femme par devoir
Rendoit visite à certaine commere.
Ce prétexte fut concerté,
Cy-devant, entre les deux femelles :
Pour du Garçon, point de nouvelles,
Il étoit bon qu'il en fut écarté.
Arrive enfin le moment souhaité :
L'Epouse sort au premieres chandelles,
Et par certains détours gagnant certain taudis,
S'empare du Palais & du rôle d'Alix :
Ce taudis fût choisi pour le champ de bataille.
A quelque tems de là, nôtre Alix disparût,
(Peu nous importe où la belle s'en aille)
Tout aussi-tôt le compagnon courût
Au taudis, où déja sans scrupule
Sa femme s'étoit mise en disposition,
Et là sans autre préambule,
En prend à sa discrétion.
Or notez que l'Epoux dans l'opération,
Ne reconnut aucunement sa route,
Trouva tout, neuf, nulle suspicion ;
Voyez la peine & l'effort qu'il en coûte
Pour mettre l'œuvre à sa perfection.
C'est vrai Pucelage sans doute ;

Pauvres gens vous n'y voyez goûte ;
Quest-ce que tout cela ? qu'imagination.
Après qu'il en eût pris la dose,
Il songea que Claude à son tour,
Dont les émolumens courroient du même jour,
Devoit joüir selon la clause.
Alix, dit-il en la quittant brusquement,
Je remonte dans un moment,
Ma présence là-bas peut-être nécessaire,
Il est bon que j'y fasse un tour :
Si ma femme étoit de retour,
Elle pourroit soupçonner du mystere,
Cette carogne ne vaut rien,
Elle est fiere, jalouse, & tu la connois bien.
A ces mots il descend tout fier de sa conquête ;
Trouve en bas le Garcon, l'air triste & renfrogné,
Qui se croyoit bien éloigné
Du bonheur qui pour lui s'apprête.
Hé bien, lui dit-il, pauvre bête,
Qu'aurois-tu fait sans mon secours ?
Monte là-haut, joüis de tes amours,
Mais sans parler, sur les yeux de ta tête :
Alix te va prendre pour moi,
Profite de ce stratagême,
Elle ne dit mot elle même,
C'est de pure honte, je crois :
Heureux mortel, j'ai fait pour toi,
Le plus mal aisé de l'ouvrage,
Le plaisir pûr est ton partage ;
Au reste, Alix est un morceau de Roi,
Tu le vas connoître à l'usage :
Va donc vîte, que tardes tu ?
D'un bonheur si subit, Claude tout confondu,
Baissoit la vuë & se grattoit l'oreille.
Songeant encore au soufflet de tantôt.
Ah ! vrayment, je te le conseille,
Il faudra t'en prier : veux-tu monter là haut ;

Si je prens un bâton, maraud !
Claude revient à lui, son cœur se débarrasse
De honte & de timidité,
Arrive par dégrez jusqu'à la fermeté,
Et de-là passant à l'audace;
Il monte en haut plein de vigueur,
S'approche, reconnoît la Place,
Et par la brêche entre en Vainqueur.
O ciel! puis-je le reconnoître,
Disoit la fausse Alix: Quels transports! Qu'elle ardeur!
M'approcha-t-il jamais en telle humeur?
Je t'en ferai souvenir, traître,
Lorsque tu feras le dormeur.
Une autre difference, & peut-être assez claire,
De douter quelque temps, lui donna tout sujet:
Mais non, dit-elle, c'est chimére,
Il faut s'en prendre à la colere,
Elle grossit toûjours l'objet.
Cette réflexion r'ajusta le mystere.
Essuyons tout, dit-elle, il est bon de sçavoir
Quel est son point, jusqu'où va son haleine,
Et selon son juste pouvoir,
Nous en éxigerons désormais le devoir.
Tandis que le Garçon habile en ce métier,
Taxoit bien haut nôtre Cabaretier,
Lui curieux du Succès de la fraude,
Prêtoit l'oreille au bas de l'escalier:
Il étoit à craindre que Claude
Reconnu par Alix, n'en eût pas bon quartier;
Mais leur tranquillité l'étonne.
Apparemment, Madame la Friponne,
Vous prenez goût dans ces ébats.
Comme il disoit ceci tout bas,
La véritable Alix apparoît en personne
Justement du côté qu'on ne l'attendoit pas.
L'apparition imprévûë,
Mît

Mît la raiſon du Maître en déſarroi.
Que vois-je ! Alix, eſt-ce bien toi ?
Par où donc eſt tu deſcenduë ?
Moi, Monſieur ? je viens de la ruë,
Et de l'après-midy, je ne montai là haut.
Quoi ! ce n'eſt pas toi tantôt
Que j'ai ?.... Qui m'avez, quoi ? Que la fiévre te
tüe,
Tu me feras lâcher le mot en bon François.
Mais Alix qui n'étoit pas grüe,
Sans l'éclaircir, s'eſquive en tapinois,
Lui laiſſant l'ame fort émüe.
Impatient, il prend ſoudain
Une chandelle dans ſa main,
(Flambeau fatal qui va luire à ſa honte)
Grimpe au taudis à pas d'homme troublé,
Et par une marche ſi prompte,
Le couple eſt pris, pris comme dans un blé.
Qu'eſt-ceci ? tombai-je des nües ?
Ma femme & Claude ! eſt-ce une illuſion ?
Eſt-ce rêve ? eſt-ce viſion ?
Parbleu, ſi c'en eſt une, elle eſt des plus cornües.
Voicy des gens bien étourdis ;
Claude ne voyant plus d'Alix,
Et ne comprenant point comment s'eſt fait l'échan-
ge ;
Epouvanté du cas étrange,
Suoit de mâle peur, & penſa faire pis ;
Mais ſur-tout la Cabaretiere,
Qui depuis ſi long-tems ſuſpendoit ſon courroux,
Pouſſée à bout en voyant la lumiere,
Ouvre à ſes tranſports la carriere,
Et ſaute furieuſe aux crins de ſon Epoux.
Merci-Dieu ! tu croyois tenir la Chambriere,
Maudit Paillard ; c'eſt pour ton nez, ma foi !
Je ne ſuis donc bonne à rien, moi ?
Tu viens pourtant d'en uſer avec joie,

Et tu l'as trouvé bon même en dépit de toi.
Te voilà bien payé de m'avoir mise en proye,
Aux emportemens d'un Valet ;
L'enragé, que n'a-t-il pas fait ?
Puis-je y penser que mon corps ne frisonne ?
Mais n'importe, je lui pardonne,
Et le pauvre Garçon le mérite en effet,
Il ne ménageoit rien pour complaire à son maître,
Et s'il t'a fait Cocu, des plus Cocus,
Ne t'en prens qu'à toi, traître,
Il te l'a fait, au lieu qu'il devoit l'être,
Et je ne voudrois pas en tenir cent écus;
Il en aura la récompense;
Ainsi que ma fidelle Alix :
Je veux qu'ils soient demain mariez, établis;
Et toi-même en fera l'avance,
Tout autrement que tu n'avois promis.
Antoine à ce discours ne fit point de replique,
Resta sot, double sot, comme le cas l'explique;
Tout lui cause un mortel ennui,
Son péché, le premier s'éléve contre lui.
Je suis Cocu, dit-il, mais c'est ma faute ;
Si je chasse d'ici mes gens,
Ils répandront de moi cent discours outrageans ;
Si je les garde aussi, c'est un dangereux hôte
Que le Garçon, ma femme en a tâté.
La cruelle perplexité !
Pour l'en tirer, voici notre Maîtresse,
Qui reprend sur son premier ton,
Chante si haut, & fait tant la diablesse,
Qu'il fut contraint d'accomplir sa promesse ;
Il falût donc sauter le bâton.
Si bien qu'Alix, pour prix de sa sagesse,
Eût enfin Claude pour Epoux :
Mary complaisant, point jaloux,
Son Maître en pouvoit rendre assez bon témoignage ;

Vigoureux, sa Maîtresse en sçavoit plus que nous ;
Etabli ; pour Alix que faut-il d'avantage ?
Madame Antoine, d'autre part,
Epouse qui brûloit de l'ardeur conjugale,
En eût tous le plaisir sans péché, sans scandale ;
Son honneur n'en fût point terni,
Cela se fit bien loin de sa pensée.
Ainsi le vice fût puni,
Et la vertu récompensée.

L'ORIGINE DU PETIT BOUT DES TETONS.

EPIGRAMME.

AU tems passé, n'avoit, à ce qu'on dit ;
Femme au Tetin ce rouge boutonnet ;
Et Priapus qui étoit en crédit,
Oreilles eût sous son petit bonnet,
Mais quelque Dieu les lui coupa tout net,
Puis en forma la tétonne gentille,
Qui fait aller mainte superbe fille,
Sentant qu'elle a du mâle la dépoüille ;
Et de-là vient que tous les coups que foüille
Au sein de son amie, un Amoureux ardent,

Ce bon galant frémit incontinent
De grand plaisir, & s'étend à merveilles,
Comme disant, je r'aurai mes oreilles.

L'EXPERIENCE
FAIT
LA SCIENCE.

EPIGRAMME.

Le jour qu'André se maria,
Et qu'il eût toute nuit fait rage,
Sa femme au matin me pria
Du reste de son pucelage :
Je la Foutis de grand courage,
Cent fois savourant ses beaux yeux :
Puis me dit d'un ris gracieux,
Amy, ce que je viens de faire,
N'est que pour sçavoir qui vaut mieux,
Le mariage ou l'adultére.

LE VIT
ELOQUENT

EPIGRAMME.

Je n'entends point ces beaux discours
Dont vous voulez qu'on vous cajolle,

Car

Car quand ce vient au jeu d'amours
Pour moy je n'ay qu'une parole :
Je vais des discours me mocquant
Aux fleurs de bien dire la nique ,
Je ne sçais point la Rhétorique ;
Mais mon Vit est fort éloquent.

LA VOYE DU SALUT.

CONTE.

POur gagner Paradis, il faut être Cocu.
Si je vous prouve cette Thése ,
Ne serez vous pas bien convaincu
Que bien des gens y vont fort à leur aise ?
Je le prouve, & voici comment:

Andreas Sachy , galant homme ,
Fameux Peintre de Rome,
Vivoit , comme l'on dit , assez commodément,
Chez lui tenoit Courtisane assez belle ;
A Peintres chose peu nouvelle ,
Femme pour eux est trop grand embarras ,
Ils ont besoin souvent de changer de modelle ,
Femme y sied mal , car on n'en change pas.
Sachy modella tant, qu'outre mainte figure ,
Où l'on vît tout ce que peut l'Art :
Il en échappa par hazard
Deux , où l'on vît tout ce que peut Nature.
Belle en étoit l'invention ,

Contour & coloris ; enfin tout mis en compte,
Elles auroient pu faire honte
A celles de Pygmalion.
Sachy vieillit : notre modelle,
Pour éviter l'oisiveté,
S'accommoda de pratique nouvelle,
Sachy n'en fut inquieté,
Pour Courtisanne peu fidelle,
Homme d'esprit ne troubie sa cervelle:
Mais ce qui plus l'inquiéta,
Mourir falloit, & s'en deffendre
Ne pouvoit plus servir à rien.
Confesseur vint, qu'il eût voulu voir pendre,
S'il avoit pû se porter bien.
Messire André, lui dit le beat Pere,
La mort est un mal nécessaire ;
Tems est pour tout, quand on est jeune on rit,
Quand on est vieux, il faut changer de gamme ;
Et songer à sauver son ame ;
Ainsi fait tout homme d'esprit.
Mais près de vous, que vois-je ? à qui sont ces
Fillettes ?
Je crois que c'est à moi, répondit Sire André :
Les trouvez-vous à votre gré ?
Ne raillons point, dit l'autre, elles sont fort bien-
faites :
Mais que n'est plûtôt près de vous
Leur bonne mere, votre femme ?
Femme ? répond Sachy, jamais n'en eûs sur l'ame,
Ah ! vous êtes damné, mon Frere,
Répliqua brusquement le Pere,
Il faut réparer le passé,
Par le Sacrement seul il peut-être effacé ;
Pour vos Filles d'ailleurs ne faut-il pas le faire ?
Ainsi leur faut assurer votre bien.
Elle n'ont pas besoin du mien,
Dit Sachy, tôt sçauront le métier de leur mere.

Ah ! c'en est trop, reprit le Pere,
Pesez bien ce que je vous dis,
Mariage est pour vous Sacrement nécessaire,
Sans cela point de Paradis.
Quoy je n'aurai le Ciel, dit Sachy, qu'à ce prix
Moi qui par peur du Cocuage,
Ay pendant mon vivant abhorré Mariage,
Mourant, j'en passerai par la commune loi :
Pater, proposez moi quelqu'autre pénitence,
La vôtre est trop rude pour moi,
Et je suis damné quand j'y pense.
Point de quartier, dit l'autre, & je vous le redis,
Sans cela point de Paradis.
Notaire vint, avec lui vint la femme :
Qu'il est dûr, dit Sachy, d'ainsi sauver son ame ;
Mais il le faut, m'en voilà convaincu,
Puisqu'autrement ne se peut faire,
Ecrivez, Monsieur le Notaire,
Pour gagner Paradis, il faut être Cocu.

BALLADE.

CHacun Fout à sa guise, & le peuple de France,
Repeuple tous les jours tant de bourgs désolez :
Tout y va, tout y Fout, tout y rit, tout y danse,
Tout fourmille en Fouteurs l'un à l'autre collez.
Du Ciel même & d'Amour l'aimable géniture,
Travaillant au secours de chaque Créature,
Ne joint la vieille au jeune ; & le vieux seulement
Aux tendrons délicats des Pucelles ne songe :
Mais ce Démon Fouteur fait qu'insensiblement
Vit mol en Con âgé, roide & fumeux s'allonge.

Mars, la mort, & la peur, qui avoient mis en
France
Tant d'humains, d'infortune & de guerre affolez,
Trembleront de l'amas des Fouteurs à outrance
Sous l'enseigne d'Amour si épais enrollez.
Et vous du feu du Ciel l'influence très-pure,
Qui formez de nos corps la belle architecture,
Vous fournissez à peine à si dru mouvement,
Ores tous Cons sont Cons; & chaque Vit se plonge,
Même en dépit des ans, miraculeusement
Vit mol en Con âgé, roide & fumeux s'allonge.

Le plaisir chatouilleux, qui picque dès l'enfance,
Jusqu'au lustre neuviéme, en nos jours écoulez,
Quoiqu'on bride le Vit du frain de la prudence,
Rend un Vit immobile & les membres foulez;
Le bonheur toutefois qui de nous eût la cure,
Dénonçant les secrets réglez par la nature,
Les ressorts engourdis bandent virilement,
Sans qu'un Con affamé le délai lui prolonge;
Et Priape s'étonne aussi qu'en un moment
Vit mol en Con âgé, roide & fumeux s'allonge.

Un illustre d'honneur, de prix, de préférence,
L'outre passé des Vits aux vieilles immolez,
Comme un Vit courageux illustrement dévance
Ces petits vitelets qui ne sont rebourlez.
Vit qui n'a dédaigné d'une mâle pointure
Enfoncer les cachots de cette ample jointure,
Qu'une jeune vigueur allume noblement.
Si quelque sot me veut arguër de mensonge,
Vit Roy des roides Vits, l'anagramme ne ment,
Vit mol en Con âgé, roide & fumeux s'allonge.

Je ne fais cas de Vits qui en l'adolescence
Pompeusement bravent, & de gloire empoulez,
Des

Des Cons brisez, moussus, des Cons sans assistance,
Bricolent les recoins de cent ans saboulez,
Mais d'un Vit qui, malgré cette morne froidure
De l'hyver de nos ans, s'élance à l'avanture
Quatre fois voire cinq en un trou brusquement,
Quoique pisseux, baveux, troüé comme un éponge
De plus tout dépoüillé de paillard instrument
Vit mol en Con âgé, roide & fumeux s'allonge.

Les Coüilles lui pendoient, & ce Vit d'importance
Marquoit de cinquante ans les bragons avallez,
Plein de Foutre & d'honneur toute fois il s'avance,
Ne redoutant les Cons même plus vérolez.
Ainsi le destrier que les coups & l'injure
De la guerre confine auprès d'Estremadure,
S'il oit d'un vieil airain le bruit tant seulement,
Frappe d'un pied la terre & ja le mors il ronge;
De même on reconnoît qu'en cet accouplement
Vit mol en Con âgé, roide & fumeux s'allonge.

Travaillez, travaillez, & faite allaigrement,
Que tandis qu'Apollon ira du Maniconge
Dans les flots Méxiquains votre âge consommant,
Vit mol en Con âgé, roide & fumeux s'alonge.

LE COCUAGE.

CONTE.

JAdis Jupin de sa femme jaloux,
Par cas plaisant fût pere de famille;
De son cerveau fit sortir une Fille,
Et dit, du moins celle-cy vient de nous.
Le bon Vulcain, que la Cour Etherée,
Fit pour ses maux, Epoux de Citherée,
Voulût avoir aussi quelque Poupon,
Dont il fut sûr, & dont seul il fut pere;
Car de penser que le beau Cupidon,
Et les Amours, ornemens de Cithere,
Fussent les fils d'un simple Forgeron,
Pas ne croyoit avoir fait telle affaire.
De son vacarme il rempli sa maison;
Soupçons jaloux sans cesse l'assiégerent,
Soucis cuisants, son cerveau tenaillerent:
A sa moitiée vingt fois il reprocha
Son trop d'appas, dangereux avantage.
Le pauvre Dieu fit tant qu'il acoucha
Par le cerveau: De quoi? de Cocuage.
C'est le Dieu réveré dans Paris,
Dieu mal-faisant, la terreur des Maris.
Dès qu'il fut né, sur le chef de son pere
Il essaya sa naissante colere;
Sa main novice imprima sur son front,
Les premiers traits d'un éternel affront.
A peine encor eût-il plûme nouvelle,
Qu'au bon Hymen il fit guerre mortelle;

Vous l'eussiez vû l'excédant en tous lieux,
Se promener de ménage en ménage,
Tantôt porter la flamme & le ravage,
Et de brandons allumez dans ses mains,
Aux yeux de tous, éclaircir ses larcins;
Tantôt rampant dans l'ombre & le silence,
Le front couvert d'un voile d'innocence,
Chez un Epoux le matois s'introduit,
Cornes lui met sans sçandale & sans bruit.
La défiance à l'air sombre & timide,
Et la malice à l'œil faux & perfide,
Guident ses pas où l'Amour le conduit,
Nonchalamment la volupté le suit,
Pour mettre à bout quelques beautez cruelles.
Car il en est, ses carquois sont remplis,
Flêches y sont pour les cœurs des rebelles,
Cornes y sont pour les fronts des Maris.
Or ce Dieu-là, mal-faisant où propice,
Mérite bien qu'on chante son office,
Et par besoin ou par précaution,
On doit avoir à lui dévotion,
Et lui donner encens & luminaire,
Soit qu'on épouse, où qu'on n'épouse pas,
Soit que l'on fasse ou qu'on craigne le cas;
De sa faveur on a toûjours affaire.
O vous, Iris, que j'aimerai toûjours!
Quand de vos vœux vous étiez la maîtresse,
Et qu'un Contrat commerçant la tendresse,
N'avoit encor asservi vos beaux jours,
Je n'invoquois que le Dieu des Amours;
Mais à présent pere de la tristesse,
L'Hymen helas! vous a mis sous sa loi,
A Cocuage il faut que je m'adresse,
C'est le Dieu seul en qui j'ai de la foi.

L'ENRHÛMÉ.

CONTE.

JE n'ai point d'ennemis, je n'ai point de procès,
Mon argent dans le jeu trouve un heureux succès ;
La mort n'a pas coupé la trame de mon pere ;
Et ne doit de long-tems attenter sur ma mere.
Un sçavant Conseiller, favori des neuf Sœurs,
Sur ma prose & mes vers m'écrit mille douceurs.
On m'offre si je veux pour Epouse une fille
Belle comme le jour & de bonne famille :
Enfin tout me promet un trop heureux destin,
Et je pleure pourtant du soir jusqu'au matin,
Je sens mes yeux baignez d'une humide amertume.
Qui vous fait donc pleurer ? me direz-vous : Un Rhûme ;
Un déluge de fiel en mon corps répandu,
De l'absynte liquide, & du poivre fondu.
Quand le Ciel de ce mal nous frappe en sa colere,
Il nous fait mieux par là sentir notre misere,
Par là de nos forfaits il punit mieux l'horreur,
Et nous les fais pleurer avec plus de douleur ;
Ainsi quand tout à coup devenu lâche & traître,
Pierre jusqu'à trois fois eût renié son Maître,
Et que d'un saint remord divinement touché,
Il eut au chant du coq reconnu son péché,
On sçait que de ses yeux, instrumens de ses peines,
Saillirent à longs flots deux ameres fontaines ;
Mais de ces flots salez, de ces pleurs si féconds,
On ne sçait pas qu'un Rhûme étoit l'unique fonds,
Il l'étoit cependant, & quiconque s'en mocque,
C'est la sainte Parole, & non pas moi qu'il choque.

L'on

L'on y voit près du feu ce Vieillard un peu
prompt,
Pester, jurer, suer & se frotter le front;
Puis d'un vif repentir suivant sa violence,
Prendre l'air aussi-tôt pour pleurer son offence,
Ce combat si soudain du froid avec le chaud,
Emût au pénitent la région d'en haut,
D'où coula par ses yeux une double riviere,
Dont un Rhûme obstiné fut la triste matiere.
Pour moi qui bec à bec n'ai jamais eû l'honneur
D'avoir vû comme lui la face du Seigneur,
Moi qui ne fût j'amais témoin de ses miracles,
Qui n'a point de sa bouche entendu les oracles,
Qu'il n'a point honoré des clefs de son Palais,
Je ne l'ai de sang froid désavoüé jamais,
On n'a point, à la voix d'une simple Servante,
Vû mon zéle abatu, ni ma foi chancelante.
Il est vrai qu'autrefois quand le sort inhumain
M'arrachoit dans le jeu mon argent de la main,
On m'entendoit souvent dans mon maheur extrê-
me,
Sur tout autre joüeur rafiner en blasphême,
Mes juremens sortoient l'un sur l'autre entassez;
Mais mon argent perdu me châtioit assez,
Et le Ciel équitable excusant la coutume,
Aux cruautez du sort n'ajoûtoit point de Rhûme.
Un meilleur astre enfin, par un heureux retour,
De vaincu me rendoit le vainqueur à mon tour;
Je me suis corrigé de cette impatience,
Et je ne jure plus que sur ma conscience,
Que certes, sur mon ame, ou foi d'homme de bien,
Ou tel autre serment séant à bon Chrétien.
Ma résolution ne s'est point démentie,
Je n'ai pris Dieu depuis ni les Saints à partie,
Et quand une disgrace à suivi mon bonheur,
J'ai perdu mon argent sans perdre ma froideur.
Pourquoi donc aujourd'hui, malgré mon innocen-
ce,

Un Rhûme trop malin suce-t-il ma substance.
D'où me vient ce torrent de malignes humeurs ?
Quel crime ai-je commis digne de tant de pleurs ?
Mon cerveau par mes yeux se perdroit goûte à goûte,
Si mon nez à l'envie n'en partageoit la route.
J'ai les bras languissans, le regard effaré,
Le visage bouffy, défait, triste, alteré ;
Mon Palais corrompu d'une saveur étrange,
Donne un goût de salpêtre à tout ce que je mange,
Et mon étonnement est sur tout sans égal,
De ne pouvoir trouver la cause de mon mal.
Je n'ai pas de Baccus excedé la mesure,
Ni de mets superflus accablé la nature,
Aux Coquetes du tems je n'ay point fait la cour,
Je n'use point mes reins au service d'Amour,
Ils ont beau demander des remedes extrêmes,
Je leur laisse le soin de se guérir eux-mêmes,
Et qui voit de mes draps les chiffres amoureux,
Voit qu'un beau songe est tout ce qui me rend heureux,
Sans y penser à mal j'ai semé la fleurette,
Et j'ai pour cet effet la conscience nette.
Enfin ce qui me tient justement allarmé,
Je ne suis point pécheur, & je suis enrhûmé.
Mon corps mince & douillet fuit tout rude exercice,
Et la Course, & la Lutte, & la Paume, & la Lice,
D'un régime soigneux j'ai pris la sureté,
Un Rhume cependant ébranle ma santé.
Ce Rhume est du bon Dieu peut-être une visite,
Pour me faire en mourant un sujet de mérite,
Souvent une migraine ou quelque fluxion,
Est un signe assuré de notre élection.
Aux épines du Ciel un méchant fait la nique,
Mais un bon n'est jamais sans mouche qui le pique,

Dieu laisse rarement ses favoris en paix,
Et de ses amitiez nous faisons tous les frais :
Une telle amitié cependant m'éfarouche,
Je perdrois volontiers cette pierre de touche.
Retirez vos présens, trêve, trêve, Seigneur ;
A votre humble Vassal vous faites trop d'honneur;
De grace épargnez moi, vos carésses me tüent,
Je suis mort si pour moi vos graces continüent,
Aimons-nous moins, Seigneur, ou s'il faut nous aimer,
Faites moi des faveurs que je puisse estimer :
J'ai besoin de vigueur, donnez m'en, j'en demande,
Que cela se r'abbatte au Ciel sur ma guirlande ;
Autant m'est en ce lieu, quand j'y serai placé,
Un marche-pied tout nud qu'un siége tapissé.
Non, je ne prétens pas grossir la compagnie
Des Héros dont le nom pare la Litanie ;
Il en est déja tant que les pauvres mortels,
N'ont plus pour les loger de niches ni d'Autels.
Qu'importe après ma mort qu'on révere mon buste,
Ne me suffit-il pas de me sauver tout juste ?
Et voudrois-je après tout que l'on pût dire un jour,
Qu'un Seigneur comme vous me dût quelque retour :
Ne me chargez donc plus d'une grace inutile,
Reprenez cet amas de flegmes & de bile ;
Reservez si vous plaît ces dons à d'autres gens,
Et laissez-moi sauver tout comme je l'entens ;
Aussi-bien ce débord, cet importun catharre,
De ma vocation fondement trop bizarre,
S'épanche à tout moment, & mon nez & mes yeux,
Débauchent mon transport, & mes élans pieux.
Souvent à m'essuyer je passe une heure entiere,

De longs ruisseaux de pleurs morfondent ma priere
Et sur le livre ouvert tombant hors de saison,
Au fort de la ferveur effacent l'oraison.
Je ne fais que cracher, je souffle, je renifle,
J'entens en me mouchant mon oreille qui siffle,
Et si je pousse au Ciel trois mots mal entonnez,
Ma bouche en les poussant parle moins que mon nez.
Je devrois, je le sçais, vous offrir mon supplice,
De ce Rhûme affligeant vous faire un sacrifice,
Vous étaler l'ardeur de mes intentions,
Et mettre tout à prix jusqu'aux distractions.
Mais à de tels efforts je ne puis me contraindre,
Quand le mal me saisit je ne sçais que me plaindre,
Je sens ce que je souffre, & laisse aux plus adroits
Le soin si délicat de ménager leurs croix;
Cette route à mon sens est une route obscure,
Je ne me connois pas à souffrir telle injure,
J'aime mieux sans chercher tant de subtilité,
Un peu moins de profit, un peu plus de santé.

STANCES.

MAis à quoi sert tant de finesse,
Qui ne tend rien qu'à m'abuser ?
Car après tout, belle maîtresse,
Un Vit n'est point à refuser.

Mêmement celui que je porte,
Brave, courageux, & vaillant,
Il n'en est point de telle sorte,
Il s'endurcit en travaillant,

Tout ainsi qu'un balon qui saute,
Et qui s'éléve en le touchant,
Il porte aussi la tête haute,
Et ne fait point le chien couchant.

Le Roussin au son des trompettes
Hennit, trépigne, & se débat,
Le drôle ainsi fait la courbette,
Et s'égaye autant au combat.

Son escrime est toûjours gaillarde,
Il n'est jamais las ni perclus,
Et fait dire à la plus paillarde,
Monsieur le Vit je n'en puis plus.

LA LARME DE VERRE.

QUESTION PHISIQUE.

ESprit universel, esprit fin, transçendant,
Vous en qui la Nature a mis assez d'étoffe
Pour faire d'un seul homme, un Juge, un Intendant,
Un Galant à journée, un Brave, un Philosophe:
Pendant qu'en bon Physicien,
Vous cherchez quel ressort dans la Larme du Verre,
Dès qu'on en rompt la pointe, a l'effet du tonnerre,
En poëtique Historien,
J'en ai recherché l'origine.
Le croiriez-vous? elle est divine;
C'est un fait assez curieux,
Que ma Muse en humeur de rire,
Depuis quelque jours a sçû lire
Dans les Anecdotes des Dieux.
Quand vous lirez ce que j'en vais écrire,
Ne prenez point un air plus sérieux,
Loin d'ici censure chagrine,
C'est pour mon ami seul que ma Muse badine,
Qu'il me soit donc permis de faire en sa faveur
Ce que, sans perdre leur honneur,
Malgré leur sérieux, ont fait Ausone & Pline.
Vulcain de Venus dégoûté,

Par sa coquéterie & son oisiveté,
Crût que si par le Mariage
Il pouvoit un jour posseder
Minerve, ménagere & sage,
Ce seroit le moyen de bien raccommoder
Et son honneur & son ménage.
Il prend l'occasion de la voir sans témoins,
Lui conte son amour, ses talens, ses besoins,
De son Art prône les merveilles,
De la Déesse aussi célebre les vertus,
Promet dans son Hymen des douceurs non pareilles,
Les Dieux tout comme nous, sont Gascons là-dessus.
Minerve froidement le renvoye à Venus,
Il offre sur le champ de faire un plein divorce,
Il en dit les raisons, il n'avance pas plus,
On ne mord point à cette amorce,
De la couche & du cœur on fait pareils refus.
Loin d'être rebuté par tant d'indifference,
Il revient à la charge, & la suit en tous lieux,
Tant que pour s'épargner des propos ennuyeux,
Et lui trancher toute esperance,
Elle est contrainte enfin d'opposer à ses feux,
Pour dernier obstacle, les vœux
D'une éternelle continence.
Il avoit de Venus apprit ce grand secret,
Que toute vieille fille est pucelle à regret;
Il ose supposer dans la chaste Déesse,
En même état, même foiblesse,
Mais que son honneur trop vanté,
Vouloit pour toute excuse être violenté.
Quoi! se dit-il tout bas, la fiere Proserpine,
Qui pour les plus grands Dieux n'avoit que du mépris,
Et qui sur pareil vœu, faisoit tant la mutine
Quand on lui parloit de Maris,

Par le Dieu des Enfers enfin dépaïsée,
Et de l'Hymen forcée à goûter la douceur,
S'est avec les plaisirs bien vîte apprivoisée,
Et fait fort bon ménage avec son ravisseur;
Cet exemple m'excite à tenter l'aventure.
Comme il le dit, il le résout:
La peine est de trouver une voye assez sûre,
Pour en pouvoir venir à bout;
De l'attaquer à force ouverte,
Il n'ose, il est estropié,
Un peu foible des reins, & la Déesse alerte,
Forte, toûjours armée, & beaucoup mieux sur pied.
Il prend donc le parti, malgré l'impatience,
Que lui donne sa passion,
D'épier quelque occasion
De la surprendre sans deffense.
Il l'attendit long-tems en vain,
La Guerriere en tout tems prête pour les allarmes,
Ayant quelque soupçon de son mauvais dessein,
Veilloit, ou dormoit sous les armes.
Enfin des Amours qu'il tenoit
Toûjours prêts pour la découverte,
Rapportent qu'en certain endroit,
Dans une fontaine déserte,
Qu'une sombre forêt couvroit,
Minerve seule se baignoit.
De peur qu'en le voyant elle ne court aux armes,
En forme de Hybou (c'est l'Oiseau de Pallas)
Il vôle, il s'en approche, & découvre des charmes,
Qu'à son Epouse même il croit ne trouver pas.
C'est ainsi qu'un Mari qu'une amourette enchante,
Quoique pourvû de Femme, aux yeux d'autruy charmante,

Décide

Décide dans le même cas.
L'aspect de la Déesse, & nüe, & désarmée,
L'espoir de la vaincre en ce jour,
Augmentent de moitié dans son ame enflamée,
La force aussi bien que l'amour:
Comme un Oiséau de proye, il s'élance sur elle
Dans le tems qu'elle avoit le corps
Moitié dedans, moitié dehors,
Et reprend aussi-tôt sa forme naturelle.
Surprise en un état si désavantageux,
La Pucelle ne perd l'esprit ni le courage,
Et rend pour parer cet outrage,
Un combat des plus vigoureux;
Force de bras, force gourmades,
Coups de genoux, de pieds, de mains, d'ongles, de dent,
Repoussant du Dieu pétulant
Les satyriques incartades:
Il joint envain la ruse & les efforts;
Adroite & forte, elle sçait, quoiqu'il fasse,
L'écarter du corps de la Place,
Et défendre tous les dehors:
Mais d'une longue résistance,
Par les Amans trop vifs, effet appréhendé,
L'Arc du Dieu, trop long-tems bandé,
Lache son coup hors de distance;
Cette écume d'Amour tombant, étincela
Telle que dans la nuit une vapeur brillante,
Présente aux yeux surpris une étoile tombante;
Sous ce liquide feu l'eau même pétilla,
Et pendant que confus, il songe à se remettre,
Par un puissant effort, elle se décrocha,
Et sous un voile d'air, qu'aucun œil ne pénetre,
Tous ses appas elle cacha,
De son côté Vulcain loin de son compte,
Egratigné, meurtri, batu, bien las,
Fait sa retraite, en clopinant tout bas,

Avec sa longue & courte honte.
Les Amours, seuls témoins d'un spectacle si beau,
Plongerent aussi-tôt dans l'eau,
Pour ramasser ces goutes amoureuses,
Et les porter à leur Maman,
Comme des Perles précieuses :
Mais quel fût leur étonnement !
Ils les trouverent congelez,
En un corps dur, tortu, diaphane, inégal,
Rondes par le gros bout, & par l'autre affilées,
Bref telles que seroient des larmes de cristal.
Pendant que la troupe enfantine,
Admire la figure & l'éclat transparant
De la quintessence divine,
Autre prodige la surprend :
Un d'entre eux d'une main badine,
Rompt par le petit bout celle qu'il examine,
Soudain certain je ne sçais quoi,
S'échappe avec le bruit & l'effet de la foudre,
Et met toute la masse en poudre,
Et le petit Peuple en effroi ;
N'importe, on en hasarde une autre expérience,
Et tout autant que l'on en fait,
La Larme en poussiére se met,
Avec pareille violence.
De l'Elixir vitrifié,
A Venus on porta les goutes non brisées ;
Venus du secret confié,
Fit l'usage que font les Coquetes rusées,
Qui d'infidélité veulent voir convaincu
Le Mari qu'elles font Cocu.
Pour mettre son jaloux dans un tort manifeste,
Elle en fait le conte en tous lieux,
Et régala la Cour céleste
Du phénoméne curieux ;
On railla long-tems dans les Cieux

Vulcain, ſur l'avanture & la métamorphoſe,
Et les hommes, ſinges des Dieux,
De cet effet cherchant la cauſe,
Imiterent bien-tôt la choſe,
Par un travaille induſtrieux;
Non pas en travaillant ſur ſi riche matiere,
Elle eſt ailleurs trop néceſſaire,
Pour l'employer à pareil jeu,
Mais ſur le ſimple ſable & la vîle fougére,
Qu'ils font liquéfier au feu.
Ils ont ſçû renfermer dans la Larme de Verre,
Que toute rouge encore en ſortant du fourneau,
Ils font précipiter dans l'eau,
Cet échantillon du tonnerre.
Le fait eſt averé: mais qui peut pénétrer
La cauſe d'un effet ſi ſemblable à la foudre?
Eſt-ce l'air qui voudroit entrer,
Ou l'air qui veut ſortir, qui met la maſſe en poudre?
Cher ami, qui ſçavez ces queſtions réſoudre,
C'eſt à vous à me le montrer.
Si j'en juge par l'origine,
C'eſt l'air empriſonné qui cauſe ſa ruine;
Je comprens bien comment l'air comprimé, qui ſort
Par l'ouverture qu'on a faite,
La trouvant encor trop étroite,
Briſe tout pour prendre l'eſſort:
Mais je ne conçois point par quel ſecret reſſort;
L'air libre dans ſon eſpace,
Que rien ne pouſſe & que rien ne déplace,
Entreroit dans ce verre avec ſi grand effort.
Ne croyez pourtant pas que je compte ſi fort
Sur ce raiſonnement, que je ne m'en défie,
Et ma Phyſique, & ma raiſon,
Devant votre Philoſophie,
Baiſſeront toûjours Pavillon.

LA COMMODITÉ.

SONNET.

PUisque tout à propos je te trouve en ce coin,
Tu ne peus m'échapper que tu ne sois Foutuë,
Quoi tu trembles déja, crains-tu que je te tuë,
Ou qu'il survienne un tiers qui serve de témoin?

Non non, je suis tout seul, mets toute crainte au loin.
Ha! j'enrage tout vif de te voir abbatuë,
Foin du fâcheux Tailleur qui t'a si bien vêtuë,
Faut-il avoir ainsi d'un habit tant de soin.

J'achevois de parler quand ma belle échauffée,
Du haut jusques au bas s'est soudain dégraffée,
Retroussant sa chemise au dessus du nombril.

Cette commodité, dit-elle, sera cause,
Que faire j'oserai ce que dire je nose;
Mais c'est tout un, pourvû que ce soit sans peril.

LE FOUTEUR

A SA

MAÎTRESSE.

STANCES.

HE-bien, l'on dit que je vous Fous,
Est-ce pour me faire la mine ?
Ma foi vous n'êtes guéres fine,
De vous arrêter à des fous.

Ce sont de grandes nouveautez,
Qu'un mâle Foute une femelle !
N'est-ce pas chose naturelle ?
Veulent-ils que vous me Foutiez ?

Ou c'est bien fait de besogner,
Et de remplir le monde vuide,
Ou nature mauvaise guide
A failly de nous l'enseigner.

Les Dieux après nous avoir fait
Les outils de la Fouterie,
Seroient dignes de mocquerie,
S'ils nous en deffendoient l'effet.

Vous ne portez pas sur le front
Le vœu d'un voile solitaire,
Pour n'être sujette à ne faire
Que ce que les Vestales font.

Aussi n'êtes vous d'un Taureau
L'Amante impudique & brutale,
Pour qui l'ingénieux Dédale,
Fit office de Macquereau.

Il faut que je vous donne avis,
Que vous & moi ne faisons chose,
Que toute femme à porte close,
Ne fasse avec tous ses amis.

LE VIT SUR LE PARNASSE SONNET.

DE ce Vit que tu vois, apprens ambitieux;
Comme on traitte les Vits sur la croupe jumelle;
Ce Vit qu'ores tu vois qui va trainant de l'aile,
Est l'éxemple parfait des Vits audacieux.

Grimpant sur l'Hélicon, un Dieu malicieux
Lui arracha le nez & creva la prunelle,
Et Thalie escrimant d'une vieille allumelle,
Le rendit sans oreille aussi bien que sans yeux.

Mais quoiqu'estropié d'yeux, de nez, & d'oreille,
Parmi ces neuf putains encor fit-il merveille,
Acculant à deux doigts du Bordel la vertu.

Et n'eût été Méduse à la laide grimasse,
Qui empierra ce Vit de malheur combattu,
Il Foutoit Apollon, & Pegase, & Parnasse.

AUTRE.

CONTRE UNE

MAUVAISE NUIT.

Maudit soit la nuit par trop brunette,
Et le troupeau des Astres assemblez,
Trop peu luisans alors que dans les bleds,
J'estocadois le ventre de Toinette.

Mieux m'eût vallu qu'elle eût été Nonnette,
Et que mes yeux eussent été troublez
D'un fort someil, alors qu'étions couplez,
Et que son cas me servoit de brayette.

Je n'eusse, helas! enduré tant de maux,
Comme j'ai fait, qui or comme animaux
Ronge le frein de ma triste Mentule:

Et n'eusse aussi dans mes chausses logé
Je ne sçai quoi qui m'a tant outragè,
Qu'aulieu d'aller en avant je recule.

AUTRE.

MAdame, votre Con est brave & docte école,
Une brêche où toûjours se donne quelque assaut;
C'est un fameux Palais, un public échaffaut,
Où chacun à son tour s'en vient joüer son rôle.

C'est un tripot commun, où sans cesse on bricole;
Un manége où chacun exerce son courtaut.
C'est un lieu bien fourny, bref rien ne lui défaut,
Qui serve au passe-tems d'une jeunesse folle.

Mais à vrai dire il est un peu de trop haut prix,
Pour le tems malheureux; ouvrez-le donc gratis,
Ainsi vous le rendrez plus fameux d'exercice,

Que le Licée saint, que le rempart Troyen,
L'Areopage Grec, le Cirque Italien,
Le Brague, l'Ippodrome, & la Forêt d'Erice.

LES DIFFERENTS APPETITS

EPIGRAMME.

UNe bande toute choisie,
De celles qui font courtoisie,
Non autrement que pour plaisir,

S'entretenoit

S'entretenoit comme friandes,
De ce qui plus à leur desir
Se trouvoit, entre les viandes.

J'estime, ce disoit Avoye,
Excellans les petits pieds d'oye,
Le ronger en est si plaisant:
Et moi, répondit Isabelle,
Un pied de grive ou de faisant
Qu'on fait rotir à la chandelle.

J'aime un pied de bœuf, dit Lienarde,
Ensaussé d'un peu de moûtarde,
De capres, corinthe & pignons:
Et j'estime, repart Bélise,
Avec une sausse à l'oignon,
Ceux de pourceau, par friandise.

Alors dit Cloris toute alaigre,
Un pied de mouton au vinaigre,
Est bon selon mon appetit:
Mais Charlotte ses mots rehausse,
J'aime mieux un bon pied de Vit,
Il n'y faut point chercher de sausse.

AUTRE.

LA Cour, qui jadis me ravit,
A cette heure m'est importune;
Je la quitte, & de mon seul Vit,
Je veux attendre ma fortune:
Car Alix en fait tant de cas,
Qu'elle me promet des ducats,
Beaucoup plus que je ne souhaitte,
Si dix fois la nuit je la Fous.

Belle votre affaire vaut faite,
Comptez argent & troussez vous.

EMPLOY DU DERNIER ÉCU DE JEANNE.

EPIGRAMME.

Jeanne si belle & si jolie,
A tout Foutu fors un écu,
Que si souvent elle manie,
Qu'il est plus usé que son cu,
Encore ne l'employra-t-elle,
Comme j'entens, la Demoiselle,
A quelque chose de friand;
Mais s'elle voyoit auprès d'elle
Quelque Vit joyeux & riant,
Qui porta fort haute sa tête,
C'est bien pour lui qu'elle l'apprête.
Le ventre qui meurt cependant
De male-faim en attendant,
Peste, rechigne, & se tempête,
Et voyant du Con les repas,
Il se difforme & devient blême,
De se voir toûjours en Carême,
L'autre toûjours en Mardy-gras.

VŒU
A VENUS
EPIGRAMME.

A Toy Déeſſe, qui as ſoin
De nous ſecourir au beſoin,
Mere des Amours enſuccrée,
Douce riante Cithérée.
Si ce gros Priape charnu,
Je puis voir une fois tout nu,
Roide ſonder juſques au centre,
Le profond de mon large ventre,
Et d'une abondante liqueur,
M'arroſer le flanc & le cœur,
Tandis qu'une froide impuiſſance,
Retient mon Vulcain en ſilence,
J'ornerai de beaux myrthes verts,
Ton Autel à jours tous divers;
Et là te faiſant humble hommage,
Aux pieds de ta ſi belle image,
Je t'offrirai fort humblement,
Le portrait de cet Inſtrument,
Pour ſervir d'honneur & d'exemple
Aux ſacrifices de ton Temple.

EPIGRAMME.

CONTRE

LES FEMMES.

NOus sommes legers, dites vous,
Et nous nous plaisons à médire ;
Tout bien compté de vous à nous,
Il n'y a qu'une chose à dire :
Car nous changeons souvent d'avis,
Et vous changez souvent de Vits.

ETREINNES

A IRIS.

SUR L'AIR

DE JOCONDE.

IRis je ne vous offre rien,
Qu'un cœur qui vous adore ;
Mon pere se porte fort bien,
Ma mere vît encore :
Je ne puis être de long-tems
Riche de leurs dépoüilles ;
Prenez toûjours en attendant,
Mon Vit & mes deux Coüilles.

LA BELLE PUCELLE A SON FOUTEUR.

EPIGRAMME.

ARrête toi, que veux tu faire ?
Tircis, as tu l'esprit bien sain ?
Quoi ! de ma bouche & de mon sein
Ne dois tu pas te satisfaire ?
Gardes d'attirer ma colere,
Si tu ne quittes ce dessein.
Quoi donc ! je te conjure en vain,
Crains tu si peu de me déplaire ?
Aye ! ouf ! pour Dieu n'achéve pas,
Si tu ne veux que le trépas
Soudain à tes yeux ne m'enléve :
Aye ! ouf ! crois-tu que ces douleurs ? . . .
Aye, aye ! ah Tircis je me meurs !
Reste, mon cher, achéve, achéve.

EPIGRAMME.

AImons, Foutons, ce sonts plaisirs
Qu'il ne faut pas que l'on sépare ;

La joüissance & les desirs,
Sont ce que l'ame a de plus rare,
D'un Vit, d'un Con, & de deux cœurs,
Naît un accord plein de douceurs,
Que les dévots blâment sans cause.
Amarillis, pensez y bien,
Aimer sans Foutre est peu de chose,
Foutre sans aimer ce n'est rien.

AUTRE.

L'Autre jour un certain Gascon
Embrassoit une chambriere,
Et la fourbissant par derriere,
Ne mettoit pas dedans son Con:
La Garce, dont la grace accorte
Fuyoit de semblables appas,
Lui disoit, ce n'est pas ma porte,
Monsieur, je loge un peu plus bas.

AUTRE.

IRis dans les eaux de ses yeux
Submerge ses lys & ses roses,
Et dit beaucoup d'étranges choses
Contre l'injustice des Cieux:
Ne pensez pas qu'elle se plaigne
D'avoir perdu sa belle enseigne,
Son carcan, & ses brasselets:
Non, non, la cause de sa peine
C'est la mort d'un de ses valets,
Qui Foutoit six coups d'une haleine.

SONNET.

NOtre amy si frais & si beau,
Que Venus en étoit blessée,
A la couleur plus effacée
Qu'un mort de trois jours au tombeau.

C'est vous Damoiselle Ysabeau,
Qui l'égoutez de telle sorte,
Quand sous lui vous faites la morte,
Qu'il n'a que les os & la peau.

Quand de trop d'aise il vous ravit,
Vous lui tirez l'ame du Vit,
Et de votre main satinette

Vous le dressez, vous le pressez,
Et croy ma foi que vous pensez
Que son Vit soit une épinette.

LA CHAUDEPISSE.

ODE.

INfâme bâtard de Cythere,
Fils ingrat d'une ingratte mere,
Avorton, traître, & déguisé,

Si je t'ai ſervi dès l'enfance,
De qu'elle ingratte récompenſe,
As-tu mon ſervice abuſé?

Mon Vit fier de mainte conquête,
En Eſpagnol portoit ſa tête,
Triomphant, ſuperbe, & vainqueur,
Que nul effort n'eût ſçû rabattre,
Maintenant lâche & ſans combattre,
Fait la cane & n'a plus de cœur.

De tes Autels une Prêtreſſe
L'a réduit en telle détreſſe,
Le voyant au choc obſtiné,
Qu'entouré d'onguent & de linge,
Il m'eſt avis de voir un ſinge
Comme un enfant embeguiné.

Sa façon robuſte & raillarde
Pend l'oreille & n'eſt plus gaillarde;
Son teint vermeil n'a point d'éclat,
De pleurs ils ſe noye la face,
Et fait auſſi laide grimace,
Qu'un boudin crevé dans un plat.

Auſſi penaut qu'un chat qu'on châtre,
Il demeure dans ſon emplâtre,
Comme en ſa coque un limaçon.
Enfin de dreſſer il eſſaye,
Encordé comme une lamprave,
Il obéït au caveçon.

Une ſalive mordicante,
De ſa narine diſtillante,
L'ulcére ſi fort par dedans,
Que crachant l'humeur qui le pique,
Il bave comme un pulmonique,
Qui tient la mort entre les dents.

Ha!

Ha ! que cette humeur languissante
Du tems jadis est differente !
Quand brave, courageux & chaud,
Tout passoit au fil de sa rage,
N'étant si jeune pucelage
Qu'il n'enfilat de prime assaut.

Apollon dès mon âge tendre,
Poussé du courage d'apprendre,
Auprès du ruisseau Parnassin,
Si je t'invoquai pour Poëte,
Ores en ma douleur secrette,
Je t'invoque pour Médecin.

Sévere Roi des destinées,
Mesureur des vites années,
Cœur du monde, œil du firmament,
Toy qui présides à la vie,
Gueris mon Vit, je te supplie,
Et le conduit à sauvement.

Pour récompense dans ton Temple,
Servant de mémorable éxemple
Aux Fouteurs qui viendront après,
J'appendrai la même figure,
De mon Vit malade, en peinture
Ombragé d'ache & de cyprès.

LE TONNERRE.

CONTE.

IL est assez d'Amans contens,
Il n'en est guéres de fidéles,
Cela s'est vû de tous les tems
Fort fréquemment chez nous, encor plus chez les belles,
On ne résiste guére à la tentation
D'une agréable occasion,
Tromper est en amour chose délicieuse,
C'est un charmant ragoût que la varieté
A contre l'infidélité,
A séduire nos cœurs toûjours ingenieuse.
Le seul conseil que je donne aux Amans,
C'est de se voir assidüement ;
Mais une suite dangereuse
Est attachée à cette extrémité,
Le dégoût suit de près cette assiduité,
Un peu d'absence anime une flamme amoureuse ;
Que faire donc ? c'est à vous de choisir :
Je vais en attendant vous exposer en vuë,
D'une infidélité l'avanture imprévuë ;
Puissiez-vous l'écouter avec quelque plaisir.

Dans une Maison importante,
Etoit une jeune Suivante,
Son nom est Isabeau, la scéne est à Paris,
De tous tems des Amours séjour des plus chéris ;

Cette galante Chambriere,
Senſible à la tendre priere
D'un jeune homme, d'amour pour elle pénetré,
L'avoit dant ſon lit retiré;
Enſemble ils ſe donnoient carriere,
Enchantez! Dieu le ſçait, vous le ſçavez auſſi,
Vous qu'Amour a traitez ainſi;
Quand ſoudain ſurvint le Tonnere,
Tel qu'autre fois on l'entendit,
Lorſque Jupiter confondit
L'orgueil des enfans de la terre;
A ce bruit la pauvre Iſabeau,
Quoique d'ailleurs fort occupée,
De frayeur ſe ſentit frappée,
Et craignit dans ſon lit de trouver ſon tombeau,
Elle crût que déja la céleſte vangeance,
S'armoit pour punir ſon offence,
Car le ſexe dévotieux,
Même dans le déſordre, eſt craintif & pieux;
Je le ſçais, comme on dit, de certaine ſçience,
Moi-même j'en ai vû, le fait eſt ſingulier,
Me propoſer des cas de conſçience,
Dans des tems où l'on doit ſoi-même s'oublier;
Quoiqu'il en ſoit enfin notre belle peureuſe,
Malgré l'amour, malgré la nuit affreuſe,
Se jette en bas du lit, & ſeule va chercher
Une cave pour ſe cacher:
Le Galant veut envain la ſuivre,
Non, dit-elle en l'embraſſant,
Ne me ſuis point, c'eſt toi dont l'amour trop preſſant,
A ce cruel danger me livre;
Je vais prier les Dieux, qu'il leur plaiſe arrêter
Leur foudroyant couroux, leur humeur vangereſſe;
Lindor ſi tu me ſuis je connois ma foibleſſe,
J'irois encor les irriter.

Enfin le voilà seul, non sans inquiétude,
Mais il fut peu de tems dans cette solitude ;
Auprès de-là couchoit la fille du logis,
Si je m'en souviens bien son nom étoit Lisis,
Charmante, ayant encor sa premiere innocence ;
Et si déja pourtant quinze ans elle contoit :
Le friand morceau que c'étoit !
Le Tonnere l'éveille, ou le malin peut-être ;
Car il se sert de tout pour nous faire pécher,
Tremblante près Lindor elle alla se coucher,
Qui craignant que Lisis ne vint à le connoître,
Tourne le dos de côté & ne l'ose toucher :
Mais Lisis s'approchant, Isabeau, lui dit-elle,
Je sens une frayeur mortelle,
Pour me rassurer tourne-toi,
Tourne-toi je te prie, & t'aproche de moi.
Le moyen de pouvoir refuser cette grace,
Il se tourne, Lisis l'embrasse,
Cependant le fracas redouble dans les Cieux,
Et plus elle entend le Tonnerre,
Plus fortement elle le serre ;
L'Amour n'auroit pû faire mieux :
Combien difficile il doit être,
Qu'un jeune homme content, puisse fille paroître
Dans la posture où le voilà ;
Aussi le vif Lindor n'en fût pas long-tems Maître.
Juste ciel ! qu'est-ce que cela ?
S'écria Lisis étonnée,
N'est-tu point un monstre, Isabeau ?
Je m'en souviens encor, un jour qu'il faisoit beau,
Etant avec ma mere au bord de la riviere,
Je crû voir une femme ayant je ne sçais quoi,
D'une forme particuliere,
Et fait à peu près comme toi ;
Qu'est-ce que je vois ? demandai-je à ma mere :
Ne le regardez point, c'est un monstre odieux,
Me dit-elle d'un ton sevére.

Le

Le monſtre toute fois ne me déplaiſoit guére,
Et j'eûs regret d'en détourner les yeux :
N'eſt-tu point monſtre auſſi ? Non, dit d'une voix feinte
Notre fauſſe Iſabeau, mais cela m'eſt venu
Des frayeurs dont j'ai l'ame atteinte,
La choſe étrange que la crainte !
Tel de peur eſt liévre devenu,
Tel autre eſt devenu cornu,
Enfin n'en doutez point c'eſt la frayeur vous dis je.
Liſis croit cette fable, & ne peut ſe laſſer
De paſſer & de repaſſer
Sa main ſur ce nouveau prodige,
Mais voici des éclairs qui ſurvinrent encor,
Et Liſis de ſerrer de nouveau ſon Lindor,
Même plus fortement alors elle l'embraſſe,
Pour l'eſtreindre mieux elle paſſe
Une jambe ſur lui ; le drôle prend le tems,
Et voilà ſes deſirs contens.
Où le mets tu, dit l'innocente,
O Dieux ! la rencontre plaiſante,
Qui ne diroit qu'exprès......... Au milieu du diſcours
La parole lui manque, & l'Amour eût ſon tour ;
Ainſi pluſieurs fois le Tonnerre,
Par ſon bruit étonna la terre,
Pluſieurs fois, de Lindor plein d'amour & de feu,
Les frayeurs jouerent leur jeu :
Mais enfin les craintes paſſerent,
Ou pour en parler mieux les ardeurs ſe laſſerent,
C'eſt le ſort des mortels, ils ſeroient trop heureux
Si rien n'afoibliſſoit leurs tranſports amoureux,
Et c'eſt ce qui des Dieux fait le bonheur ſuprême,
Leur pouvoir en amour paſſe leur déſir même.
Iſabeau, lui diſoit Liſis,
Quoi d'aucune frayeur tes ſens ne ſont ſaiſis ?
N'entens tu point gronder la foudre ?

Ce coup nous va rèduire en poudre,
Crains ma chere Isabeau, crains je te prie encor;
C'en est fait, répondit Lindor,
Au bruit mon ame accoutumée,
Ne sçauroit plus être allarmée.
Lisis ayant tenté sur lui ce vain effort,
De dépit se tourne & s'endort;
L'autre avoit de dormir une envie assez forte,
Mais malgré son abattement,
Le soin de s'en aller sur son désir l'emporte,
C'est la coutume d'un Amant,
Quand il est content de sa belle,
Il a de la quitter le même empressement
Qu'il eût de venir auprès d'elle.
Lindor suivant ce sentiment,
Se léve du lit sans mot dire,
S'habille en hâte & se retire;
A peine eût-il quitté les lieux,
Que la pieuse Chambriere,
Croyant avoir par sa priere,
Calmé la colere des Dieux.
Ose sortir de son azile,
Et vint d'un pas précipité,
Trouver ce qu'à regret son cœur avoit quitté.
Il me semble voir cette amante,
L'embrasser amoureusement:
Lindor, lui dit-elle à loreille,
Peut tu dormir tranquilement,
Tandis que de frayeur........ A ces mots brusment
Le belle dormeuse s'éveille:
La frayeur! Dieux entens-je bien?
Cria-t-elle toute éperdüe,
Quel bonheur nous l'auroit rendüe?
Mais non, tu ne l'as pas, & je ne trouve rien.
Jugez combien Isabeau fût surprise,
Quand de Lisis elle entendit la voix,

Et le seroit encor si sa main bien des fois
Ne se fût employée à dissiper ses doutes ;
Enfin pour trancher court, elle apprit tout le fait,
Lisis lui découvrit par d'innocentes routes,
    Son cœur en fût mal satisfait,
Chaque mot lui portoit une atteinte mortelle ;
Mais fût-ce avec raison ? parlons de bonne foi ;
Des fidéles Amans, je suis le plus fidéle,
    Je ne répondrois pas de moi
    Dans une rencontre pareille,
Et quand j'aurois dû voir tout commerce rompu,
J'en aurois fait autant ; j'entens si j'avois pû.

LA REMISSION DES PECHEZ

CONTE.

EN fait d'amour il n'est ruse ou finesse,
Done ne s'avise un Moine, plusque que tout
Un Cordelier pourtant à de l'adresse,
Soit pour tromper un vieux mary jaloux,
Doüegnes, Argus, soit pour rendre amoureuse,
Fille novice, ou femme scrupuleuse ;
Tant & si bien ils sçavent les prêcher,

Que tôt ou tard ils les font trébucher.
Bien le montra sur le bord de la Meuse,
De Saint François un zelé Sectateur,
Jeune, bien fait, de plus grand Directeur,
Emplois pareils dans les tendres mysteres,
Ont fort souvent avancé les affaires,
Confessionaux sont pour les Révérends,
Remparts sacrés contre la médisance.
Or il advint un jour qu'à Pénitence
Se présenta fillette de quinze ans,
Simple bien plus qu'on ne l'est à tel âge;
Alix étoit son nom, sur son visage
Roses & lys sans art étoient dispersez,
Deux grands yeux noirs, bouche d'heureux présage,
Tetons, Dieu sçait comme ils étoient placez!
A son aspect l'enfroqué personnage,
Fût interdit, puis revenant à soi:
Mordieu! dit-il c'est un morceau de Roi,
Qu'un tel tendron: de son gentil corsage;
D'un œil lascif examinant les traits,
Par tout il voit mille nouveaux attraits;
Tant regarder sans nulle convoitise,
Pas ne se peut, enfant de Saint François
Desire & voit toujours tout à la fois:
Mais c'est ici délicate entreprise,
Un Confesseur, même dans son Eglise,
Fille à quinze ans, novice s'il en fut,
En outre ayant grand peur de Belzébut.
Pour le frappart ce furent vains obstacles,
Pour telles gens l'Amour fait des Miracles.
Bref il eût tout ce qu'il voulut avoir:
Voici comment; il étoit sur le soir
Quand notre Alix à ses pieds prosternée,
Les yeux en pleurs, de douleur consternée,
D'un ton contrit lui confessoit tout bas,
Petits péchez mignons de jeunes filles,

Desir

Desir de plaire, & d'avoir des appas.
Passez, passez, ce ne sont que vétilles,
Dit le Pater, allons au sérieux :
La pauvre enfant n'osant lever les yeux ;
Helas ! c'est tout..... Quoi c'est tout ?..... Oüi
mon Pere,
Pas ne voudrois vous faire ici mystere
De mes péchez.... Gardez vous de mentir,
Dieu qui voit tout, sçauroit vous en punir ;
Répondez-moi, par hazard quelque drôle
Ne vous a-t-il pas pris certaines fleurs ?
Vous m'entendez ?... Cette seule parole
Lui fait verser nouveau torrent de pleurs ;
Le Directeur l'exhorte, la console :
Rassurez-vous, Dieu pardonne aux pécheurs,
Mais dites tout. Comme elle ouvre la bouche,
De ses beaux yeux, pleurs coulent de nouveau,
Tant la douleur d'avoir péché, la touche.
Le Moine enfin fit si bien & si beau,
Qu'Alix lui dit, que le jour de la Fête
De Saint François, des fleurs que sur la tête
De ce grand Saint on avoit attaché,
Elle avoit eû des œillets, mais nicete,
Ne sçachant pas que ce fût un péché,
A son cousin elle les laissa prendre.
Le Papelard par ce qu'il vient d'entendre,
Sent naître en lui l'espoir de posseder,
Un bien qu'il n'eût osé lui demander.
Quel grand péché ! dit-il, quel crime horrible !
Comment calmer la colere terrible
De Saint François, contre vous courroucé
D'avoir perdu des fleurs qui sur sa Chasse
Avoient été ? De ce Saint offencé,
Un seul moyen peut vous faire avoir grace ;
Il faut pendant un bon quart d'heure au moins,
Du grand Cordon de Saint François d'Assise,
Souffrir le foüet dessous votre chemise :

Il est déja bien tard, & sans témoins,
Je puis aider à votre pénitence
De mon Cordon; notre religion,
Nous fait à tous une obligation,
Aux grands pécheurs de donner assistance:
Venez, entrez dans ce saint Tribunal,
Avec constance il faut souffrir le mal
Que le Cordon à l'instant va vous faire;
Mais quand le ciel vous aura pardonné,
Vous sentirez la joye salutaire,
Dont Dieu remplit un cœur prédestiné.
Pleine de foi, contrite, pénitente,
La jeune Alix se releve, & tremblante,
Entre en pleurant dans ce lieu redouté
Du Peuple, plusque du froc respecté.
Si le frappart parfit bien son office,
Pas n'en doutez; bien plus propre au service
D'un tel tendron, qu'à celui du Seigneur,
Il fit long-tems durer la pénitence.
L'histoire dit que malgré la douleur,
La pauvre enfant prit tout en patience;
Mais à la fin sentant l'émotion,
Qu'en pareil cas doit sentir une belle,
En se pâmant, de la sainte Sion
Croyant goûter la douceur éternelle,
Je le sens bien mon Dieu, s'écria-t-elle,
De mes péchez j'ai la rémission.

PROMETTRE EST UN TENIR EN EST UN AUTRE CONTE.

TRop bien ſçavez ce que m'avez promis,
Ainſi beſoin n'eſt que je vous le répette ;
Qu'à me pourvoir d'une gente couchette,
Devez porter certain de vos amis,
Je n'ai de lui méritez cette grace,
Si pourtant bien, faut qu'il me la faſſe ;
Car ſans cela qu'eſt-ce que je ferois ?
Sur le plancher tout à plat coucherois.
Or vous ſçavez qu'en la nef la plus belle,
Coucher ainſi ſeroit choſe cruelle ;
Pour moi ſur tout, aux peines peu formé,
Au long dormir, à l'aiſe accoutumé.
N'oubliez donc pas cette promeſſe vôtre,
Et n'allez pas m'alleguer ſur ceci,
Promettre eſt un, tenir en eſt un autre,
Comme l'a fait certain gars que voici.

Jean amoureux de la jeune Perette,
Ayant envain auprés d'elle employé,
Soupirs, ſermens, doux jargons d'amourette,

Sans que jamais rien ne lui fut octroyé:
Pour la fléchir s'avisa de lui dire,
En lui montrant de ses mains les dix doigts,
Qu'il lui pourroit prouver autant de fois,
Qu'en fait d'amour il étoit un grand Sire:
De tels signaux parlent éloquemment,
Et pour toucher ont souvent plus de force,
Que soins, soupirs, & que tendres sermens;
Perette aussi se prit à cette amorce,
Jà ses regards sont plus doux mille fois;
Plus de fierté, Amour a pris la place,
Tout est changé jusqu'au son de sa voix:
On souffre Jean, on le pince par fois,
Et le Galand voyant l'heure venüe,
(Heure aux Amans tant seulement connüe)
Sans perdre tems prend quelque menus droits,
Va plus avant, & si bien s'insinüe,
Qu'il aquitta le premier de ses doigts,
Passe au second, au tiers, au quatriéme,
Reprend haleine, & fourni le cinquiéme;
Mais qui pourroit aller toûjours de même?
Ce n'est moi dea, quoique d'âge à cela,
Ni Jean aussi, car il en reste là.
Perrette donc en son compte trompée,
Si toute fois c'est tromper que ceci;
Car j'en connois mainte très-haut hupée,
Qui voudroit bien être trompée ainsi)
Perette, dis-je, abusée en son compte,
Et ne pouvant rien de plus obtenir,
Se plaint à Jean, lui dit que c'est grand honte,
D'avoir promis & de ne pas tenir:
Mais à cela cettui trompeur apôtre,
De son travail suffisamment content,
Sans s'émouvoir répond en la quittant,
Promettre est un, tenir en est un autre;
Avec le tems j'aquitterai les dix,
En attendant Perette, adieu vous dis.

Or maintenant passons à la morale,
Et profitons de cet éxemple ici.
Tout Jean, j'entens tout homme qui l'égale,
Jamais de Dieu ne reçevra merci;
N'imitez donc cette ame déloyale,
Faites qu'un lit bien à point me soit mis,
Dans quelque endroit, ainsi qu'avez promis:
Point ne réquiers que soit poli ni leste,
Tout superflus en mon cœur je déreste,
Simple il le faut, & qu'il dure un quart d'an;
Encor un coup ne faites point le Jean.

LA CULOTTE.

CONTE.

OUï, malgré les broüillards, & l'air lourd de la Flandre,
L'Amour s'y plaît comme ailleurs,
Il vole, il est leger, il porte ses faveurs,
Et ses tours en tous lieux, vous allez le comprendre.

D'un gros Brasseur de Bruxelle,
La femme fringante & belle,
A tein vif, Tétons charmans,
Et fermes, quoique Flamans;
D'un blond Anglois fût muguetée,
Transaction d'amour entre eux est arrêtée,
Pour la signer on prend un rendez-vous

Au premier jour d'absence de l'Epoux.
L'Epoux part pour la campagne,
L'Anglois se rend au logis
De la Brasseuse. Amans je vous le dis,
Trop de bonheur vous accompagne,
Je m'en dédis; pauvres Amans,
Votre bonheur ne durera long-tems.
A minuit on frappe à la porte,
On appelle, on s'écrie. Helas! c'est mon Mary,
Dit la Flamande à demie morte,
A son tremblant favori.
Vous autres gens de Paris ou de Rome,
Prendrez ceci pour un tour du bon homme,
Mais ceux de son pays ne sont encor si fins:
Voici de son retour la cause véritable;
Il ne voyageoit seul, mais trois de ses voisins
L'accompagnoient: Sus, mettons nous à table,
Dit l'un d'eux, déjeunons.
Déjeunons & dinons,
Dit un autre plus sage,
C'est un répas & du tems qu'on ménage,
Le déjeunez-dinez poussé jusqu'à la nuit,
Au lendemain remit l'affaire,
A revenir chez soi le Brasseur fût réduit.
Mon homme monte sans lumiere,
L'Anglois se cache dans un coin, le Mary
Prend sa place & s'endort; il ne dormira guére,
Et bien-tôt en son lieu viendra le favory,
La femme y sent encor quelques profits à faire,
Il faut éloigner l'Epoux.
Voici le stratagême: Elle se désespere;
Ah! mon cher Mary levez vous,
Je me meurs de la colique
Qui m'a pris les pieds nuds en vous allant ouvrir,
Si vous alliez chez l'Empyrique,
Notre voisin, il a d'une eau qui peut guérir
Même colique frenétique.

Epoux Flamand, que Dieu bénisse ta tendresse!
Etourdi du sommeil, de plaintes, & d'yvresse,
Il se léve aussi-tot, il cherche son habit,
Dispersé sur le lit;
Il part, Dieu le conduise, & bien tard le ramene.
Jà sa femme se porte mieux,
L'Anglois reprend haleine,
Sort de son coin, fait ses adieux,
Comme sçavez; puis sans chandelle
Prend d'habits ce qu'il trouve, on sçait qu'en pareil cas
On n'y regarde pas.
Or voyons chez l'Apoticaire,
L'Epoux plaintif payer la liqueur salutaire:
Mais quoi! dit notre homme troublé,
Je pense qu'en buvant mon argent a doublé;
Il foüille, il trouve avec surprise,
Aulieu de Patagons, de fort beau Jacobus,
Schelings, Guinée, & Carolus,
Montre à l'Angloise, & bijoux que l'on prise.
Parbleu ce ne sont là les meubles d'un Brasseur,
La Culotte encor moins, d'écarlate & brodée,
Et de gros galons d'or bordée.
Ay-je donc la berlüe! Alors avec douceur,
Le bon Pharmacopole interroge mon homme,
Sur le mal de sa femme, & comme
Est arrivé, le détail du retour,
Et du départ, de la nuit & du jour,
Des coups heurtez, du séjour à la porte.
Le répondant parloit ingénüement:
A donc ta femme n'est pas morte,
Cette Culotte assurément,
De sa santé m'est une simptôme;
Elle renferme certain baume
Plus spécifique que cette eau.
Le Brasseur se fâcha: Tout beau,
Dit le Docteur, il est des Cocus plus de mille,

Qui le font à moins de profit.
Le conseil étoit bon, nôtre homme le comprit,
L'argent & les Joyaux rafraichirent sa bile,
Et la Culotte enfin fût la Lance d'Achille,
Qui fit le mal & le guérit.

LA TENTATION.

EPIGRAMME.

TEntation à chasteté rebelle,
Etoit jadis ma compagne fidelle,
Qui me suivoit, où que je pusse aller,
Un seul moment ne me trouvoit sans elle,
Et nous vivions sans jamais quereller.
Or avois crû que dût être éternelle
Societé si plaisante & si belle,
Et que grabuge onc ne dût s'y mêler:
Mais je comptois sur légere femelle,
Elle me quitte, & j'ai beau l'appeller,
Tentation s'enfuit quand on l'appelle.

LA SAVONNADE.

CONTE.

MElange de plaiſirs eſt choſe délectable,
De tout tems on a vû Baccus & les Amours,
Enſemble folâtrer & faire maints beaux tours,
Et le chemin du lit, le plus court, eſt la table.
Beautez ménagez-vous, agiſſez prudemment,
Baccus à ſuborné maintes & maintes cruelles,
Et quand ſon Jus fumeux domine en vos cervelles,
Heureuſe qui s'en peut tirer honnêtement.

Jadis un vert Galant d'humeur franche & courtoiſe,
A deux jeunes beautez qu'Amour fit rencontrer,
Donna ſi grand repas, & le fit tant durer,
Qu'advint qu'en cet état Baccus leur chercha noiſe;
De ſantez en ſantez le drille les pouſſoit,
Buvoit à leurs amours, puis à leurs amourettes,
Toûjours chemin faiſant contoit quelque fleurettes:
Bref de ſes deux tendrons la barbe ſe lêchoit;
Baccus s'en apperçût, jaloux de tels hommages
Où nulle part n'avoit, car toûjours le Galant
Rebatoit que d'Amour il étoit partiſant,

Aimant sans plus feminins personnages.
Baccus donc en versant sa liqueur dans leur sein :
Vous sçaurez qui je suis, dit-il, double femelle,
Ainsi donc aux humains vous tournez la cervelle,
Sans nul respect des Dieux ; votre orgueilleux dessein
Sera nul de par moi, le tour en sera drôle,
A ma barbe on viendroit suborner les mortels,
Et détourner ainsi l'encens de mes Autels,
Non, non, & vous serez tous trois sur mon contrôle.
Cela dit, il leur verse un grand coup de dépit,
Dont à l'instant prit mal au couple jouvencelle ;
Les voilà toutes deux prises par la cervelle,
A dormir. & cela chacune sur un lit ;
Le Galant à Baccus parut le moins coupable,
Aussi s'en servit-il pour punir leur forfait,
Et c'est là ce qui fait la rareté du fait,
Le trait pour un Galant n'est pas désagréable.
Voilà donc le beau Sire entre ces deux beautez
Qu'il observe, il les voit toutes deux endormies,
Amour qui veilloit lors lui donnoit mille envies,
De quoi ? vous le sçaurez si vous vous consultez ;
Une sur tout piquante, étaloit mille charmes,
Beaux Tetons, tein vermeil, peau fine, air naturel,
Capable de tenter le plus sage mortel,
Et de celles à qui l'on rend vîte les armes :
Il l'admire, il s'enflamme, il s'en laisse charmer ;
Dieux immortels ! dit-il, Venus ne la surpasse
En beautez : ce disant, il l'approche, il l'embrasse,
Il goûte des plaisirs qu'on ne peut exprimer.
La belle toute fois étoit toûjours dormeuse,
Et seulement alors quelque rêve faisoit,
Dont assez mollement elle se débatoit,
Autrement elle n'eût été si paresseuse.
Le Sire remarqua qu'elle n'avoit rusé,

Et dit, voyons pourtant, faiſons qu'elle n'ignore
Le fait, & qu'à mon gré je puiſſe aller encore
Viſiter cet endroit ſans être refuſé :
Ça, dit-il, inventons ici quelque maniere,
N'importe que le tour paroiſſe un peu fripon,
En forme de bandeau mettons lui le jupon,
Et découvrons ici nudité toute entiere.
Cela fait il la quitte & s'en va doucement,
Il avoit juſque là négligé la compagne,
Mais comme Amour ſe plaît aux Foires de Champagne,
Nouveau deſir ſurvient, & nouveau mouvement;
Il croit en cet état d'une ſeconde hiſtoire,
Avoir un beau ſuccès, il ſe preſſe, il y court,
N'a garde de penſer qu'il peut démeurer court;
Mais vainement il veut en remporter la gloire,
Sur le point de gouter ce plaiſir ſi charmant,
Il ne peut, & troublé d'une telle entrepriſe,
Se croit mort. Lors Baccus d'un trait de gaillardiſe,
Le fit ſortir d'affaire, & voici donc comment :
Ce fut par ſon avis que voyant cette belle,
Ainſi que la premiere, endormie & rêvant,
Et du cas ne pouvant avoir preſſentiment,
Parbieu ! vous ne croirez m'avoir été cruelle,
Dit-il, lors d'un razoir qu'à propos il portoit,
Il lui coupa.... mais quoi ? ma foi je n'oſe dire,
C'eſt pourtant un endroit qu'on ne peut voir ſans rire;
Il le fait clair & net, de ſombre qu'il étoit.
Quelques momens après, celle-ci ſe réveille,
Du premier mouvement porte ſa main tout droit,
Les yeux encor fermez, ſur le petit endroit,
C'eſt choſe aſſez connüe, & non ſurnaturelle :
Mais Dieux ! quelle ſurpriſe ! & quel fut ſon effroy !
Lorſqu'en ouvrant les yeux, elle ſe vit privée

De ce qu'avec plaisir, à la quinziéme année,
Une fille voit croître: Ah Dieux! dit-elle, & quoi!
Je perds en ce moment ce bijou, cette tresse;
Ma sœur éveillez-vous, évitez ce malheur,
D'une perfide main voyez donc la fureur,
Ma sœur aux nom des Dieux soulagez ma tristesse.
A ces mots la compagne aussi-tôt s'éveillant;
J'allois, dit-elle, avoir pareille destinée,
Dieux! je sens que j'étois déja bien savonnée,
Le perfide rasoir en alloit faire autant.

SUSANNE.

SONNET

DE Susanne, Epouse fidelle,
Nous admirons la chasteté,
Un refus la rend immortelle,
A quel prix, l'a-t-elle mérité?

Son cœur pût-il être tenté?
Deux Vieillards exigeoient tout d'elle,
A cet aspect avec fierté,
Messaline eût été cruelle:

Mais si quelque aimable indiscret,
Fait pour l'amour, propre au secret,
Hardy, pressant, & plein de flamme,

Eût fait près d'elle autant d'effort,
Peut-être (Susanne étoit femme)
N'eût-elle pas crié si fort.

LE

LE SODOMITE.

EPIGRAMME.

QUand tu punis le Sodomite,
Grand Dieu, ta haine alla trop vite,
Et ta colere t'aveugla ;
Le feu n'étoit pas nécessaire
Pour détruire ce Peuple là,
Tu n'avois qu'à le laisser faire.

AUTRE.

IL n'est permis par loi de Moyse,
De convoiter femme de son prochain ;
Voir fille, est point condamné par l'Eglise ;
Sodomiser est un acte vilain ;
Avoir recours quelque fois à sa main,
Est crime affreux, témoin dans la Genese
La mort d'Onam ; donc, ne vous en déplaise,
Pour son salut faut prendre femme à soi :
Oh ! j'aime mieux me damner à mon aise.

EPIGRAMME.

AVec un bon Vit long d'une aune,
Et dont la mine ragoutoit,
Le Capucin Blaiſe Foutoit
Une vénérable Matrone :
Mais par reſpect, notre vieux Faûne
N'oſoit lui mettre juſqu'au bout.
Par la morbieu, mettez-le tout,
Un bon Vit d'Aſne, quand il Bout,
Fait plus d'honneur qu'un Vit de Pape.

AUTRE.

LE Frere Luc ayant mis bas biſſac,
Froc & manteau, pour Dame Bas-de-bec,
Bien l'exploitoit au fond d'un cul-de-ſac,
Main ſur Tetin, œil contre œil, langue en bec :
Puis tout à coup Luc de goût un peu grec,
La vire, & droit fiche où ſçavez ſon Pic ;
Pour l'en ôter, criant comme un aſpic,
La Dame alloit & de taille & d'eſtoc,
Se remuant : Sacré crin d'Habacuc,
Trop bien allez, lui dit le porte froc,
Mieux qu'un Prélat vous traitez Frere Luc.

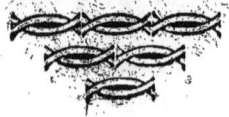

EPIGRAMME.

Pere Macaire en un coin instruisoit,
En l'embrassant, fille simple & gentille ;
Mais cependant qu'il la catéchisoit,
Ce que sçavez croissoit sous sa mandille :
Que sens-je là mon Pere ? dit la fille
Après avoir son *Pater* achevé,
Je ne sçai quoi là dessous s'est levé,
Qui me repousse. Ah ! dit Pere Macaire,
Serrez-le bien, & dites votre *Ave*,
De Saint François c'est le grand Reliquaire.

AUTRE.

Nonain fessuë, & Frere Roide-y-met,
S'escarmouchoient de la bonne maniere :
Comme un verrat le bon Frere écumoit,
La bonne Sœur s'escrimoit du derriere ;
Mais quand venoit à l'extase derniere,
Comme un Payen le frappart blasphêmoit :
Ah ! quel péché, dit lors la mijaurée,
Tels juremens vous damneront, helas !
Dieu permet bien que prenions nos ébats,
Mais pour guerir mon ame timorée,
Frere très-cher, pour Dieu ne jurez pas.

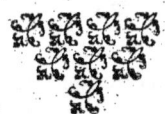

IMPUISSANCE.

Quel désastre nouveau, quel étrange malheur,
Me brasse le destin, me banissant de l'heur,
Dont je pouvois joüir cette nuit près de celle,
Qui brûle comme moi d'un amour naturelle !
Hé quoi, tenant ma langue auprès l'yvoire blanc
De sa bouche de baume, enté flanc contre flanc,
Voyant du beau printemps les richesses écloses,
Dessus son large sein les œillets & les roses :
Un tetin ferme & rond en fraise aboutissant,
Un crêpe d'or frisé sur un tein blanchissant,
Un petit mont feutré de mousse délicate :
Tracé sur le milieu d'un filet d'écarlatte,
Sous un ventre arondi, grasset & potelé,
Un petit pied mignard bien fait & bien moulé,
Une gréve, un genoüil, deux fermes rondes cuisses,
De l'amoureux plaisir les plus rares délices,
Un doux embrassement deux bras gros & longs,
Mille tremblans soupirs, mille baisers mignons,
Mon Vit fait le poltron, étant en même sorte,
Qu'un boyau replié de quelque chévre morte.
Bref, il reste perclus, morne, lâche, & faquin,
Comme un drapeau mouillé, comme un vieux brodequin,
Baigné, tout trempé d'eau, comme si la tempête
Eût voulu triompher des honneurs de ma tête,
Frappé d'un mauvais vent je demeure sans cœur,
Flasque, échiné, transi, sans force & sans vigueur ;

Qu'est

Qu'est devenu ce Vit à la pointe acerée ?
Vit rougissant ainsi que la crête pourprée,
Qui couronne flottant le morion d'un coq.
Roide entrant tout ainsi que la pointe d'un soc,
Qui se plonge & se cache en toute terre grasse,
Jusqu'aux Coüillons : ce Vit étoit enflé d'audace,
Ecumant de colere, & de fumante ardeur.
Ce Vit comme un Limier, qui de flairante odeur
Suivant le trac d'un Con, vit de bonne esperance,
Toûjours gonflé d'orgueil, & gorgé de semence,
Et qui pour gallopper ne faisoit du rétif :
Mais maintenant, ô Dieux ! est coüard & craintif.

Donc pour te faire arcer, mon Vit il te faut ores
Une vieille à deux dents, qui se souvienne encore
De Jeanne la pucelle, à qui l'entrefesson,
Sans enflure, sans poil, soit gelé de frisson,
Et si peu fréquenté qu'on sente de la porte
Un relant vermoulu, une peau déja morte ?
Entr'ouvrant tout ainsi qu'un sépulcre cendreux,
Beant sur le portail, tout rance & tout poudreux,
Où pende pour trophée, & pour belles enseignes
Un vieux crêpe tissu des lévres des arreignes,
Un Con baveux, rogneux, landieux, & peautreux,
Renfrogné, découpé, marmiteux, & chancreux.
Tel Con sera pour toi, afin de mettre au plonge
Dans l'abime profond ce nerf qui ne s'allonge,
Et qui ne dresse point, glissant comme un poisson
Qui fretille goulu autour de l'ameçon,
Mais qui jamais ne prend amorce à la languette.
Une trippe, un peau, une savatte infecte,
Rebouchant, remoussé, & pliant de façon
Que fait contre l'acier une lame de plomb,
Brave sur le rempart, & coüard à la brêche,
Un canon démonté sans amorce & sans mêche,

Un manche sans marteau, un mortier sans pilon,
Un navire sans mât, boucle sans ardillon,
Un arc toûjours courbé, & qui jamais ne bande,
Un nerf toûjours lâché, & qui jamais ne tende.
Il faut donc pour ce Vit un grand Con vermoulu,
Un Con démesuré, qui dévore goulu
La tête & les Coüillons, pour le mettre en curée,
Un Con toûjours puant comme vieille marée.
Tel Con sera pour toi; puisqu'un autre plus beau;
Ne peut faire roidir cette coüarde peau.
Adieu, & jamais plus ne t'avienne entreprendre
De faire le vaillant, toi qui ne sçauroit tendre,
Adieu, contente toi, & ne pouvant dresser,
Que le boyau ridé te serve pour pisser.

LA SERVANTE.

ODE.

FAsse qui voudra l'amour
A ces Maîtresses de Cour;
Quant à moi je me contente
De caresser nuit & jour
Le Teton de ma Servante,

Elles n'ont rien d'arrêté,
Et toûjours sous leur beauté
Cachent une ame inconstante;
Mais vive la fermeté
De ma petite servante.

On dit que ſous un Amant
Elles ont du maniement,
La mienne n'eſt ſi ſçavante,
Elle y va tout doucement,
Comme une ſimple Servante.

C'eſt à force de préſens
Que ces pauvres Courtiſans,
Se conſervent leur amante ;
Et vingt écus tous les ans
Me conſervent ma Servante.

Vous languiſſez quelque fois
A la Cour plus de trois mois,
Sans que l'heure ſe préſente ;
Et moi, bien-heureux, je vois
Quant il me plaît ma Servante.

A la Cour un ſerviteur
Le fait toûjours en frayeur,
Le moindre bruit l'épouvante ;
Mais de qui aurois-je peur,
Le faiſant à ma Servante ?

EPIGRAMME

EN STANCES.

UN Medecin déja sur l'âge,
Commande un jour à son valet,
Que sans tarder d'avantage,
Il allât brider son mulet.

Le garçon se montrant habile.
Court à l'étable de ce pas.
Et voulut prendre à la cheville,
La bride qu'il n'y trouva pas.

Il n'y eût coin, détour, ni place,
Qu'il ne tâtonnât de la main;
Faisant une horrible grimace,
De voir son labeur être vain.

Il monte en la chambre à son Maître,
Etourdi comme un hanneton,
Qui vis-à-vis d'une fenêtre,
Tâtoit de sa femme le Con.

Regardant comme à l'ébaye
Sa landie, & ses lambrions,
Il lui disoit, helas m'amie!
Voici bien des brimborions.

Ce garçon entrant de furie,
Lui dit, ayant oüi cela,
Regardez, Monsieur, je vous prie,
Si votre bride n'est point là.

EPIGRAMME.

DU Peuple Hebreu, le vieux Légiſlateur,
Contre le Sexe avoit fait loi ſevere;
Tout au rebours notre doux Rédempteur,
Se fit honneur d'abſoudre une adultere.
Belle leçon, & pour nous faite exprès;
Car vieux Cocus, aprés maints beaux Arrêts,
Sont renvoyez à ſe plaindre à Moyſe,
Et femme péche à l'abri de l'Egliſe.

EPIGRAMME.

JEan, quatre mois après ſa Nôce,
Se trouva Pere; il s'en fâcha,
Au beau-pere il le reprocha,
Lequel lui dit, d'un fruit précoce,
Ma femme ainſi me régala,
J'euſſe fait du bruit plus que trente;
Par un Contrat de mil écus de rente,
Mon beau-pere me conſola.
Ce même Contrat, le voilà,
Il doit reſter dans la famille,
A votre gendre il conviendra,
Si vous mariez votre fille.

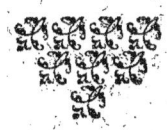

AUTRE.

LA vie est une course, une gloire éclatante
En est le but : le plaisir nous présente
Chemin faisant ses dangereux appas,
Ce sont les Pommes d'or que l'Amant d'Atalante,
Pour l'arrêter, lui jettoit sur ses pas.

L'HUMILITÉ. CAPUCINALE. CONTE

S'Il est des gens heureux au monde, c'est vous autres,
Disoit au Pere Luc, très-digne Capucin,
Certain notable, & pieux Citadin.
Plus pauvres que jadis n'ont été les Apôtres,
Vous ignorez les croix de la nécessité ;
Et riches dans votre indigence,
Du sein de la mendicité,
Vous sçavez tirer l'abondance,
J'admire votre austérité.
Mais malgré les rigueurs d'une sainte Observance,
Jusques dans votre barbe on voit en liberté,
A l'ombre de la pénitence,
S'épanoüir une sainte gayeté.
Dailleurs pour le salut, car c'est la grande affaire,
Nul risque, entiere sûreté,

Sevré de toute volupté :
Un Capucin peut-il mal faire ?
Il ne peut même être tenté ;
Et qui seroit assez hardi pour l'entreprendre ?
Le Démon ? bagatelle, il ne s'y joüera pas,
Et quand il le voudroit, le pauvre Diable, helas !
Il ne sçauroit par où vous prendre.
Il le sçait pourtant bien, dit en nazillonant
Le Pere Luc ; nul homme de ses pieges,
Pas même un Capucin, tant qu'il vit n'est exempt ;
Notre Ordre a bien des Privileges ;
Mai pour celui-là non, il ne nous est pas dû :
Songez que c'est un don, une faveur suprême,
Que du troisiéme Ciel, l'Apôtre desçendû,
Ne pût pas obtenir lui-même.
Il avoit, nous dit-il, son Ange de Satan,
L'aiguillon de la chair, ce grand & saint Apôtre,
C'étoit son fleau, son tyran,
Comme la gloire, à nous Capucins, est le nôtre.
La gloire ? . . . Vous voyez où je veux en venir,
Représentez-vous donc cette estime profonde,
Que pour notre saint Ordre on a dans tout le monde,
Tous ces talens qu'on voit en nous se réünir,
Le don d'une haute sçience,
Celui d'une sublime & pompeuse éloquence,
Que par de grands succès Dieu se plaît à bénir,
Enfin ce zéle ardent, souffrez que le je dise,
Qui de chacun de nous, pour nous bien définir,
Fait autant de piliers & d'appuis de l'Eglise :
Le tout ensemble forme, il en faut convenir,
Un poids de gloire immense, encor que bien aquise,
Mais un poids après tout, terrible à soutenir,
Envain l'humilité gronde & se fait entendre,
Elle a beau nous crier, homme tu n'es que cendre :

L'orgüeil dans notre cœur lui réplique soudain,
Je suis homme il est vrai, mais je suis Capucin,
Voilà pourtant, selon l'Oracle évangelique,
Voilà le grand chemin qui conduit en Enfer:
L'orgüeil qui perdit Lucifer,
Peut perdre un Capucin le plus sçientifique.
J'ai donc cherché long-tems dans ma perplexité,
Quelque bonne & sûre pratique,
Pour atterrer l'esprit de vanité;
Un principe qui fût solide & sans réplique;
Après avoir bien médité,
Je l'ai trouvé dans la Physique:
J'ai songé qu'il étoit telle Planette aux Cieux,
Plus grande au moins vingt fois que n'est tout ce bas monde,
Y comprenant la Terre & l'Onde,
Tout immense, tout grand qu'il paroît à nos yeux.
Quoi! ce monde, ai-je dit, & ce qui le compose,
Devant ces corps brillants, devient si peu de chose;
Et qui suis-je donc moi dans tout ce composé?
Ce principe une fois posé,
Voici contre l'orgüeil, si-tôt qu'il m'inquiette,
Mon spécifique, & ma recette,
Vers le plus haut du Firmament,
Je braque en esprit ma Lunette;
Je vois ces vastes corps, & dans l'étonnement
Où leur grandeur énorme, accablante, me jette,
Je m'abîme dans mon néant,
Et je dis en m'humiliant,
Qu'est-ce qu'un Capucin devant une Planette?

LA

LE COCQ
ET
LA POULETTE.
FABLE.

UN jeune Cocq épris d'une Poulette,
Sollicitoit la derniere faveur :
Il étoit beau, mais la belle avoit peur
Des mauvais tours de sa langue indiscrette ;
Tu n'auras pas satisfait ton ardeur,
Qu'un chant joyeux, aux deux bouts du Village,
Annoncera que je suis pas sage :
Ah ! ne crains rien, je suis un Cocq d'honneur,
Répondit-il, je te promets ma mie,
De ne chanter si tu veux de ma vie.
Jures-en donc : je reçois tes sermens.
Le Cocq vainqueur, y fut-il bien fidéle ?
Il imita les plus honnêtes gens,
Point ne chanta, mais il battit de l'aîle.

LA FAUVETTE.

FABLE.

LA plus tendre de nos Fauvettes,
Avoit perdu ſon cher Oyſeau ;
Larmes publiques & ſecrettes,
Moüillerent ſon petit Tombeau :
On s'attendoit dans le Bocage,
A voir d'éternelles douleurs,
Que de ſouvenirs & de pleurs,
Elle alloit nourir ſon veuvage :
Mais bien-tôt avec un Moineau,
Notre veuve fût accordée :
D'où vient l'engagement nouveau ?
L'eſprit ſeul ſe repaît d'idée.

LE NŒUD COULANT.

CONTE

JEune blondine, aimoit jeune Garçon ;
Mais un vieillard l'acquit en hymenée

Par ſes écus ; & par force ménée
Au Sacrement, elle eût longue leçon
Sur ſes devoirs ; il falloit voir le Prêtre
La ſermoner : Aimez bien votre Maître,
C'eſt à lui ſeul que vous joint l'Eternel,
Par un ſaint Nœud, par un Nœud ſolemnel,
Un Nœud divin, le plus grand Nœud du monde.
Elle en pâlit, encor plus ſon Galant ;
Mais en ſortant, tout bas lui dit la blonde
Conſole toi, ce n'eſt qu'un Nœud coulant.

LES PELOTONS, OU LE COUSEUR DE PUCELAGE.

CONTE.

CErtain tendron, qu'Iſabeau l'on nommoit,
Après quinze ans avant ſon Pucelage ;
(Cas ſingulier) dans un Bal ſe trouvoit :
Chacun illec de danſer faiſoit rage,
Fors Iſabeau ; la pauvre fille étoit
Seule en un coin, faiſant triſte figure,
Les yeux baiſſez, & tenant ſa ceinture
De ſes deux mains, que point ne remuoit,

Si qu'eussiez dit que c'étoit une Idole.
Un sien ami, que j'appelle Damon,
Vient l'acoster, lui fait cette leçon:
Tandis qu'ici l'on rit, l'on cabriolle,
Estre ainsi triste, à vous n'est pas fort beau,
Chacun s'en mocque: allons belle Isabeau,
Venez danser, souffrez que je vous menne,
Ça votre main..... Non, ce n'est pas la peine,
Dit Isabeau, Monsieur, laissez ma main,
Bien grand merci; pourtant ne croyez mie
Que tel refus provienne de dedain,
Et de danser aurois assez d'envie:
Mais on m'a dit que quand je danserois,
Mon Pucelage aussi-tôt je perdrois,
Qu'il tomberoit devant les gens: & dame,
Maman après me chanteroit ma gamme,
Bien la connois, elle m'affoleroit.
Ah! dit Damon, qui sous cape rioit,
Je vous entens; or que ce point ne tienne;
Que ne preniez votre part du plaisir,
Dans un moment tout à votre loisir
Pourrez danser, sans craindre qu'il advienne
Ce que si fort me semblez redouter.
Pour ce, ne faut à votre pucelage,
Qu'un point d'Eguille, & vais sans differer,
Si le voulez, vaquer à cet ouvrage.
Je ne ferois pour tout autre que vous,
Besogne telle; orsus dépêchons-nous,
Puis danserons aprés tout à notre aise.
Aussi-tôt dit, notre belle niaise,
Suivit notre Galand, & tout alla si bien,
Que de l'éclipse on ne soupçonna rien.
Voilà Damon qui prend en main l'Eguille,
Vous fait un point, puis un autre, & la fille
D'y prendre goût, & de dire, ho! vraymcnt
Je cous fort mal, à ce que dit maman,
Elle m'en gronde; hé-bien! qu'elle m'achette
Pareille

Pareille Eguille, elle verra beau jeu,
Les vend-t-on cher ? cousez encore un peu.
L'on cout un point, puis Damon fait retraite,
Belle, dit-il, c'est bien assez cousu
Pour cette fois, & votre Pucelage
N'a désormais à craindre aucun dommage ;
Venez danser. La friponne eût voulu
Ne pas si-tôt abandonner l'ouvrage,
Elle alleguoit bien des si, bien des mais :
Rien que trois points ? il ne tiendra jamais,
Onc ne fût robe trop bien cousüe.
Mais le Galant s'éloignant de sa vüe,
Elle rentra dans le Bal à l'instant,
Quelqu'un la prend, elle danse,
On admira sa noble contenance,
Son air, ses traits, son tein vif & brillant,
Le tout étoit l'ouvrage d'un moment,
Un moment seul, d'Isabeau imbécille,
Avoit sçû faire Isabeau la gentille :
Comment cela ? demandez-le aux Docteurs :
Docteurs ès Loix ? ou bien en Medecine ?
Nenni dea, non : au diable leur doctrine,
Ce sont pédans que Dieu fit ; c'est ailleurs
Que trouverez solution certaine
De cettui cas, chez Jean le Florentin,
Ou mon patron le gentil la Fontaine,
Gens qui d'Amour tiennent tout leur Latin.
Or reprenons notre Conte. La belle
Ayant dansé pendant assez long-tems,
Vint à Damon. Je crains fort, lui dit-elle,
Qu'après maints sauts, & maints trémoussemens,
Ce qu'avez fait ne soit peine perduë ;
Partant allons coudre tout de nouveau
Mon Pucelage, il ne seroit pas beau
Que tout à coup il tomba à la vûë
De tout le monde, & pouvant l'empêcher,
Vous y auriez autant que moi de blâme :

Venez donc tôt. Damon repart, ha ! dame,
Plus n'ai de fil, d'un autre Couturier
Pourvoyez vous. C'eſt méchanceté pure,
Dit Iſabeau ; de fil vous n'avez plus !
Ah ! dites moi, que ſont donc devenus,
Deux Pelotons qu'aviez à la ceinture.

EPIGRAMME.

FRere Lubin Cordelier, que ſans verd
On ne prit onc, un beau jour de l'Hyver,
Joignit aux Champs Sœur Alix la Tourriere :
De neige un pied tombé pendant la nuit,
Faiſoit obſtacle à l'amoureux déduit ;
Là, nul abri, toit, arbre, ni chaumiere,
Pas le moindre petit réduit.
Lubin preſſez d'un mal qui ne s'allege
Qu'en ſe couplant, jette Alix ſur la neige ;
A donc tous deux étoitement liez,
Malgré le froid, quatre coups il la baiſe :
Ah ! comme moi, dit-il, Alix es tu bien aiſe ?
Oüi Lubin, par le Con, mais j'ai grand froid aux pieds.

EPIGRAMME.

L'Autre jour un Amant soulageant son martyre,
Entre les bras de l'objet de ses feux :
Augmentez, disoit-il, mes transports amoureux,
Par ces noms empruntez, que le plaisir inspire :
Alors pour lui servir lui-même de modéle,
De cent noms enpruntez il voulut l'appeller.
Ingrat, lui dit languissament la belle,
Te reste-t-il encor la force de parler ?

AUTRE.

UN Florentin faisoit son Cupidon,
Et s'ébattoit d'un Suisse du Saint Pere :
Le Barrigel, par Sentence sévere,
Le condamna d'aumôner un teston ;
Le condamné crioit, c'est tyrannie,
Payer vingt sols pour péché si mignon,
Beau Justicier, sommes en Italie
En lieu Papal. Paye sans repartie,
Reprit Dandin, tu l'as bien mérité,
Ton cas n'est pas honnête Sodomie,
Mais bien péché de bestialité.

EPIGRAMME.

DEux Dames sur une riviere,
Parloient d'Amour, & de son jeu:
Il est bon, disoit la premiere,
Mais le plaisir dure trop peu,
Et puis l'action d'ordinaire
Est si sale aprés la façon.
Ma foi, répondit la derniere,
Court & vilain, mais il est bon.

AUTRE.

UN jour Martin le Serrurier,
Foutoit Margot la Vitriere;
Mais apprentif en ce métier,
Il remüoit mal le derriere:
Alors Margot lui dit fort bien,
Pousse fort, pousse, & ne crains rien,
Mon Con, Martin, n'est pas de verre.
Tout beau, dit-il sans s'échauffer,
Mon Vit, Margot, n'est pas de fer.

EPIGRAMME.

LE Vit eſt ſemblable au ſoulier,
Diſoit un fine merleſſe,
Quand il s'agit de l'eſſayer,
Il entre à peine, il ſerre, il bleſſe,
Le lendemain le pied s'y fait,
Deux jours après il eſt trop lâche;
Enfin, & c'eſt ce qui m'en fâche,
On ne le ſent plus tout à fait.

AUTRE.

MArguerite, ſans t'amuſer,
Cours à Rüel, reviens au gîte;
Pars vîte, ou je te vais baiſer:
Je ne puis pas partir ſi vîte.

EPIGRAMME.

CLoris & le Berger Hilas,
Pouſſoient en même tems un ſoupir tout de flâme,
Et dans la vive ardeur des amoureux combats,
Au Dieu d'Amour rendoient leur ame ;
Mais leur ame n'alla pas loin,
Et l'Amour en prenant le ſoin,
Cette douce mort fût ſuivie
Par un prompt retour à la vie.
Lors Cloris entr'ouvrant les yeux,
Dit, cher Hilas je te conjure
Au nom du Souverain des Dieux,
Apprens moi qui des deux dans la tendre avanture
Goûte un ſort plus délicieux ?
C'eſt moi, dit le Berger : C'eſt toi ! qu'elle impoſture !
Reprit Cloris en ſe levant :
Si c'étoit la vérité pure,
Perfide, ſur mon ſein tu mourrois plus ſouvent.

AUTRE.

DE maints écus ſauvez, Harpagon réjoüi,
Marioit au vieux Roch, ſans dot, ſa jeune fille :
Jà dans le Temple Agnès victime de Famille,
Obéiſſoit au ſort ; quand l'Epoux eût dit oüi,
(Parole de pluſieurs à long-jours regrettée)

Le Prêtre dit, Agnès, le dites vous aussi ?
Homme de Dieu, dit-elle, helas ! en tout ceci,
Vous êtes le premier qui m'ayez consultée.

EPIGRAMME.

UNe Fête de Saint Ignace,
Trois Dames de condition,
Allerent en dévotion
Chez les Disciples de sa race.
Voici venir Pere Pancrace,
Qui dit d'un ton plein d'onction,
Que faites vous en cette place ?
Toutes reprirent à l'instant,
Nous apportons nos consciences.
Ah ! dit le Pere brusquement,
Apportez vos Cons seulement,
Nous avons assez de sciences.

AUTRE.

UN Florentin interrogé comment,
Et par quel goût les Culs en Italie
Sont tant prisez, répondit sur le champ,
C'est par raison, & non pas par folie,
Ainsi qu'on croit : les femmes l'ont si grand,
Nous si petit, que sans ce doux échange,
Plaisir d'Amour ne nous seroit de rien.
Vous m'éclairez, lui dis-je, homme de bien,
De votre avis volontiers je me range,
J'en essairai : Tu t'en trouveras bien.

EPIGRAMME.

Cornes portoient les peres de nos peres,
Cornes comme eux nos peres ont porté,
Sur nôtre chef même bois est planté,
Et nos enfans par droits héreditaires,
Cornes auront
Dès qu'ils épouseront.
C'est mal commun, bien rusé qui l'échappe,
Ce bois là croit par tout,
Sous la Couronne ainsi que sous la cape,
Fou qui s'en fâche, & sage qui s'en Fout.

AUTRE.

Une jeune & fort belle Dame,
Ecoutant volontiers les discours un peu gras;
Disoit, pour être sage, il suffit qu'une femme
Le soit de la ceinture en bas.
Vrayment, dit un railleur, la maxime est commode,
Et sur un tel avis le sexe feminin,
Pourroit bien amener la mode
De se ceindre comme Arlequin.

EPIGRAMME.

UN Mathurin, rédempteur assidu,
Pour convertir un Turc, lui disoit comme
Adam mangeant de ce fruit deffendu,
Nous damna tous; que Dieu s'étant fait homme
Pour nous sauver, en croix fût suspendu.
Donc, dit le Turc, si j'ai bien entendu,
Votre Dieu fût pendu pour une Pomme.

AUTRE.

JE sers l'Amour avec bien plus de zéle,
Que ne le font tous les autres Amans;
A six beautez, vigoureux infidéle,
Je fais passer de fortunez momens:
Beaux Celadons, discoureurs de romans,
Dont la langueur fait la perséverance,
Votre foiblesse inventa la constance,
Les petits soins, & les beaux sentimens.

EPIGRAMME.

AU Sexe encor chere est la bienséance,
Jusqu'aux filles de Cabaret,
Qui ne se rendent point sans quelque résistance.
Un passager beau, jeune, adroit,
En suit une au grenier, & veut lui faire fête:
Crois-tu de mon honneur que je prenne peu soin,
Lui dit-elle, & prenant un bon bouchon de foin,
Avance, avec ceci je te casse la tête.

PARODIE
DE L'OPERA
D'ATYS

Sur l'air, *Amans qui vous plaignez.*

AMans qui vous Foutez, vous êtes trop heureux,
Mon Vit de tous les Vits, est le plus vigoureux,
Et prêt à décharger ne trouve Con, ni Fesse.
Que c'est un tourment rigoureux,
D'être seul, & bander sans cesse;
Amans qui vous Foutez, vous êtes trop heureux.

AUTRE.

SUR L'AIR,

QUAND LE PERIL EST AGRE'ABLE.

BAptiste est fils d'une Meuniere,
Il ne paroît pas le nier,
Il ne chevauche qu'en Meunier,
Toujours sur le derriere.

Un jour l'Amour dit à sa mere,
Pourquoi ne suis-je pas vétu ?
Si Baptiste me voit tout nud,
C'est fait de mon derriere.

Il faut rassembler les délices
Des Allemans & des Romains,
Passer le jour entre deux Vins,
La nuit entre deux cuisses.

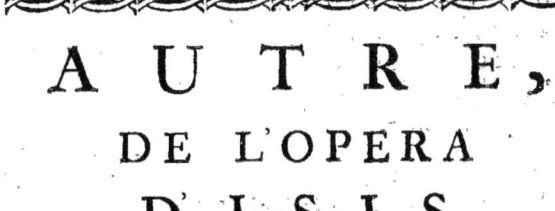

AUTRE,

DE L'OPERA D'ISIS.

Sur l'air, *Des Trembleurs.*

AH ! que ce Vit me chatoüille,
Dit Collette qui gazoüille,

J'aime bien quand il me moüille,
Et quand on me fait cela.
Vive le jus de la Coüille
J'aime bien qu'on m'en barboüille,
Un Vit ne sort point bredoüille,
Quand on l'a fourré là là.
Un Vit bandant,
Est bien charmant,
Et quiconque dit autrement,
Il ment, il ment, il ment, il ment.

AUTRE.

SUR L'AIR DES MATELOTS, DE L'OPERA D'ALCESTE.

IL n'est point dedans nôtre Couvent,
De Moine plus content,
Que le Frere Laurent;
Il possede deux Offices,
Qu'on ne sçauroit trop payer,
Il est Maître des Novices,
Et du Cellier:
Ah! quelles délices,
Pour un Cordelier.

SUR LA CRAINTE DU COCUAGE.

STANCES.

PLusieurs craignent comme prison,
De vivre aux loix du mariage,
Je n'en sçais point d'autre raison
Que la crainte du Cocuage.

Crainte dont l'esprit est atteint
D'un travail presque insurportable,
Car c'est bien envain que l'on craint,
Si le mal est inévitable.

C'est alambiquer son cerveau,
Que d'empêcher le cours du Tibre,
Car le Con fait passage à l'eau,
Et l'eau veut son passage libre:

Cette crainte d'être Cocu,
Rend l'homme si sot & si bête,
Que le Con va d'auprès du cul,
Lui porter le mal à la tête.

Il tremble, il frémit de douleur,
Chaud comme feu, froid comme glace,

Faisant son plaisir son bonheur,
De bien conserver cette place.

Doute-t-il que quelqu'un la Fout,
Il met en garde sa femelle :
Craint-il que l'on n'en vienne à bout,
Il place garde & sentinelle.

La tient-il ore entre ses bras,
Elle ne peut être plus sûre :
Il est même jaloux des draps,
Du lit & de la couverture.

Bref, je crois fort assurément,
Que l'homme en cette rêverie,
Ne pense en son entendement
Que Con, que Vit, que Fouterie.

On ne sçauroit dire en effet,
La cause de ces craintes nôtres,
Fors qu'on dit qu'il nous sera fait
Comme nous aurons fait aux autres.

Mais si cela se peut prouver,
Beaucoup courent même fortune;
Car à peine peut-on trouver
Quelqu'un qui n'ait Foutu quelqu'une.

Par là donc étant convaincus,
Sans chercher d'autres témoignages,
Ceux qui auront fait des Cocus,
Seront sujets aux cocuages.

AUX FEMMES
QUI VONT AUX EAUX
POUR FAIRE
DES ENFANS.
STANCES.

BElles, qui venez chercher
A Pougues les eaux ſulphurées,
Pour la ſoif d'amour étancher,
Dont vos veines ſont alterées.

Et vous qui lors que le ſoleil,
Vient éclairer ce païſage ;
Y venez chercher du vermeil,
Pour colorer vôtre viſage.

Vous auſſi qui pour le déſir
De continuer votre eſpece,
Contre le ſtérile plaiſir,
Buvez de ces eaux à largeſſe.

Quoique faſſiez n'attendez pas
Aucune allegeance ou remede,
Des eaux de Pougues ou de Spas,
Contre le mal qui vous poſſede.

Elles n'ont pas tant de froideur,
Qu'un goût aigret plein d'amertume,
Ne montre tenir de chaleur,
Du souffre chaud & du bitume.

Amour n'est que flâme & que feu,
Plein de colere & de fougues,
Qui s'embraseroit peu à peu,
Au vitriol des eaux de Pougues.

Jamais il ne vient en ces eaux,
Tremper ses dards & son plumage,
Et jamais on n'y voit d'oiseau,
Pour boire ou chanter leur ramage.

Les Nymphes pures n'aiment point
Les Philandres, & les Erastes;
Et faut pour s'en servir à point,
Avoir le corps & les cœurs chastes.

Peu vous profiteroient aussi,
Les bains, la suëur, & la Douche,
D'Archambaut ou Montmorancy,
Et l'étroit régime de bouche.

Mais en Lampsaque une liqueur,
Se trouve odorante & épaisse,
Qui pénétre jusques au cœur
De celle que le Cul oppresse.

Le Dieu des jardins en ce lieu,
Une heureuse Douche administre,
Par un tuyau, dont au milieu
Son Phalle seul est le Ministre.

Lampsaque la cité répond
Vis-à-vis de celle où Léandre

Passoit

Paſſoit à nage l'Helleſpont,
Pour à Hero la Douche apprendre.

Les valeureux Miléſiens,
Auteurs de cette Ville furent,
Pour les grands plaiſirs & les biens
Que de cette Douche ils reçûrent.

Au Dieu qui en fut l'inventeur,
Leurs femmes en leur maladie,
Offrirent, pour avoir cet heur,
Le lourd animal d'Arcadie.

De cette Douche eût grand deſir,
Cette Princeſſe Egyptienne,
Quand Joſeph n'y prenant plaiſir,
Ingrat lui refuſa la ſienne,

De la même ardeur s'échauffa
La belle-mere, qui dépitée,
D'un triſte licol s'étouffa,
Au refus qu'en fit Hypolite.

A Didon, Medée, & Philis,
La vie eût été prolongée,
Si par ce ſavoureux coulis,
Leur ſoif eût été ſoulagée.

De fait, belles, il n'y a pas
Au monde une liqueur ſemblable,
Qui s'adminiſtre par compas,
Et d'une hauteur convenable.

De l'ample fruit Démonien
On voit enter ſur la piſtache,
Et le légume Samien
Au centre de Philis ſe cache.

L'encollure en est proprement
Toute ainsi qu'une Chantepleure,
Qui distile plus promtement
Que le mirhe Arabe ne pleure.

Tel étoit jadis le Fascin,
Que les Matrones plus séveres,
Portoient au col, ou dans leur sein,
Pour plûtôt en devenir meres.

Tel fut le court Fueillard, que vît
D'Alcinoïs fille étonnée,
Et le rameau d'or, qui servit
De passe-tems au bon Enée.

Tel fût le javelot mutin,
Dont Roger vainquit Bradamante,
Qui par le superbe Martin,
Fut nommé la petite mante,

Tel en l'âtre se présenta
Le Dieu Lare à la sœur d'Acrise;
Dont un Esclave elle enfanta,
Qui eût de Rome la Maîtrise.

Après que Typhon eût jetté,
Par une cruauté farouche,
L'instrument doux & affecté,
Dont Osiris donnoit la Douche.

Isis du grand regret qu'elle eût,
En fit représenter l'image,
Pour porter en pompe, & voulut
Qu'en son Temple on lui fit hommage.

Telle image à huis clos plaisoit
Aux Dames de Rome & de Gréce,

Quand le ſacrifice on faiſoit
De nuit à la bonne Déeſſe.

Or ce n'eſt la tête, ou le dos,
Ou l'eſtomach qu'il vous faut oindre :
Le mal ne vous tient pas aux os,
Vous ſçavez où le ſentez poindre.

Il y a un certain endroit
Entre les jardins d'Hymenée,
Où la Douche coule tout droit,
Un peu deſſus le perinée.

Mais pour ne répandre ce lait,
Ruiſſelant aux ruiſſeaux internes,
Ne faut chapeau ni mantelet,
Ni autre appareils externes.

Un peu de mouvement de corps,
Imitant la fiſſagne danſe,
Tire par mutuels accords,
L'arroſement à la cadence.

Deux petits globes au deſſous,
Pour fortifier ce myſtere,
Donnent le contre-poids aux coups,
Et rendent le ſuc moins auſtere.

Quelque fois plus, quelque fois moins,
L'aſperſion eſt avancée,
Par le moyen de deux témoins,
Par qui la doſe eſt diſpenſée.

Les Anciens n'ont pas inventé,
Ni Dieu, ni Déeſſe à leur mode,
Qui n'ayent expérimenté,
Combien la Douche en eſt commode.

Minerve même, & les neuf sœurs,
Et Veste, & Cibele, & Lucine,
En ont essayé les douceurs,
Par plaisir ou par médecine.

Un Grec qui la Douche n'aimoit,
Ayant sa canelle accourcie,
N'en pouvant user la nommoit,
Une petite épilepsie.

Sans force elle ouvre les conduits,
Et fait suppurer les ulcéres,
Qui en sont doucement enduits,
En y appliquant des pessérés.

Elle sert aux obstructions
Des reins, du foye, & de la rate;
Et guérit les oppressions
Mieux qu'une dragme artipocrate.

Les nerfs tendus elle fléchit,
Elle humecte & mollit les roides;
Le sang chaud elle rafraîchit,
Et réchauffe les humeurs froides.

Quelque fois prise gloutement,
Elle engendre une hydropisie,
Qui neuf mois après justement,
Se termine en paralisie.

Elle perce les corps humains,
D'une faculté laxative,
Se tournant en pieds & en mains,
Selon que l'influence arrive.

Sans elle l'univers perclus,
Seroit désert en peu d'années,

Et les Dieux mêmes n'auroient plus
Sur qui verser leurs destinées.

C'est le Moli qui eut vertu
Contre tous les charmes de Circe,
Aidé de ce glaive pointu,
Que dégaîna contre elle Ulysse.

C'est ce Népente singulier,
Dont Hélene avoit la science,
Qui de tout mal particulier
Apporte une douce oubliance.

L'onguent en est si précieux,
Quand de son canal il découle,
Qu'il passe celui qui des Cieux
Descendit en la sainte Ampoule.

On ne peut prescrire le poids,
Par livre, par dragme, ou scrupule;
Mais on le prend à plusieurs fois,
En tout tems sans aucun scrupule.

Même de nuit entre deux draps,
Penas, Duret, Liebant, l'ordonnent,
Ceux qui vous menent sous les bras,
Sçavent bien comment ils la donnent.

Or allez donc, & ne perdez
L'occasion de tel reméde,
De peur que si trop vous tardez,
On n'y suppose un Ganyméde.

Quelque fois une folle main,
Troublant la source & la riviere,
Fait couler la liqueur envain,
Par abondance de matiere.

Hâtez vous donc, belles, de peur
Qu'un si grand Tresor ne se perde,
Et ne laissez faner la fleur
De votre jeunesse plus verde.

Faites places à ces méheignez,
Qui vont en chaire & en potence,
Et à ces sourcils renfrognez,
Qui font ici leur penitence.

Ces eaux ne sont propres qu'à nous,
Tous devenus vieux Capitaines,
Qui n'osent boire devant vous,
Quand vous paroissez aux fontaines.

L'un fait la grimace en buvant,
L'autre rotte ou fait quelque mine,
L'autre tient à peine son vent,
Ne pouvant porter l'eau de mine.

L'autre est graveleux, & goutteux,
Mangé de loups, ou hydropique,
L'autre est impotent & boiteux,
De verole ou de sciatique,

Bref, de tous ceux que vous voyez,
Pas un n'est sans tare ou sans vice,
Et en prendrez si me croyez,
D'autres pour vous faire service.

Les beaux & jeunes Damoiseaux,
Qui dessous les bras vous soutiennent,
Ne sont point à boire ces eaux,
Que quelques maux ne les y tiennent.

S'il s'en trouve un seul d'entre tous,
Qui feigne être hypocondriaque,

Je suis d'avis qu'avec vous
Il aille à la Douche en Lampsaque.

LA GUERISON DE COLINETTE PAR COLIN.

STANCES.

Colin en gardant son troupeau,
Sur le tems du gay renouveau ;
Auprès d'une onde claire & nette,
Vît venir par les beaux herbis,
Un troupeau laineux de brebis,
Et après lui sa Colinette.

A cet objet il fut saisi,
Et d'un plaisir, & d'un souci,
Qui lui faisoient ensemble guerre ;
Un plaisir de voir sa beauté,

Un ſouci pour la cruauté,
Qui mettoit ſon eſpoir en terre.

Enfin Colinette arriva ;
Colin auſſi-tôt ſe leva,
Selon la coûtume ordinaire ;
Puis d'un ſouris un peu joyeux,
Lui dit, je vois bien à tes yeux,
Que tu es entrée en colere.

C'amon, c'eſt que mon Belier
A pourſuivi dans ce halier,
La Brebis que j'ai plus cherie,
Et la heurtant & pourchaſſant
S'en eſt allé la haraſſant,
Juſqu'au lieu de cette prairie.

Colinette, t'étonnes-tu ?
Lui dit Colin, c'eſt la vertu
Du beau Printemps, qui toute choſe
Enflâme du doux feu d'amour ;
Témoins ces moineaux l'autre jour,
Qui ſe baiſoient ſur une roſe.

Ainſi ton Belier reſſentant
Le doux effet de ce Prinremps,
Veut, ſuivant ſa douce nature,
Amortir le chaud feu vainqueur,
Et de ſon ſang, & de ſon cœur,
Pour n'en aigrir point la brûlure.

Quoi, lui dit Colinette alors,
C'eſt donc lui qui fait qu'en mon corps
Je ſens un feu qui me bourelle.
Pour l'avoir dedans ce pré ;
Couché ſur mon ſein diapré,
De flambe & de roſe nouvelle ?

C'eſt

C'eſt lui, répondit ſur le champ
Colin, & ſi ce feu méchant
Te conſume encor la poitrine,
Vîte, remédie à cela:
Tôt donc, m'amour, couche toi là,
Pour en goûter la médecine.

Colinette alors à ſes genoux,
Dit à Colin, mon miel plus doux,
Mon cœur, mon tout, ma belle ame,
Guéri s'il te plaît mon tourment;
Fais que je n'aille conſumant
Dans l'ardeur d'une telle flame.

Colin tout aiſe & réparé,
La renverſa tôt ſur le pré,
Et l'éguillette détachée,
Etant Colinette deſſous,
Et Colin deſſus, en deux coups
Rendit ſa Bergere embrochée.

Colinette en ſon entre-deux,
Sentant un gros choſe nerveux
Qui lui farfoüille le derriere,
Et puis ſe redreſſant un peu,
Rouge comme un tiſon de feu
S'enfoncer dans ſa penilliere.

Ha! qu'eſt-ce, dit-elle, Colin,
Qui m'entre long comme un boudin
A force au profond de mon ventre?
Ha! mon Dieu, tu me fais douleur,
Plûtôt n'éteins point ma chaleur,
Et le retire qu'il n'y entre.

Mais toûjours embrochoit
Sa Colinette, & la hochoit,

Si bien qu'il la rendit pâmée,
Alors qu'elle sentit au fond
De son penil creux & profond,
Une eau de vie parfumée.

Puis après que cela fut fait,
Le membre de Colin défait,
Se retira panchant l'oreille.
Lors Colinette en revenant
Du transport, qui l'alloit tenant,
Reprend ses esprits & s'éveille.

Eveillée comme en sursaut,
Va sauter au col d'un plein saut
De Colin, dont la tâche étoit faite,
Et lui entame ce discours:
Ha! Colin, mon cœur, tous les jours
Exerce sur moi ta recette.

Viens demain en ce même lieu,
Promets-le devant ton adieu,
Pour faire l'œuvre toute entiere.
Colin lui promit, puis s'en va,
Et Colinette se leva,
Pour songer à d'autre matiere.

EPIGRAMME.

EN tisonnant, Alix un soir d'Hyver,
Vantoit à Jean les hauts faits du vieux Blaise.
A cinquante ans c'est être encore bien vert,
Aller à trois ? A trois, dit Jean ; fadaise!
Je doublerois .... Gageons, & qu'il te plaise
Argent sur table : Oh oh ! va, dit Alix.
Jean part ; un, deux, trois, quatre, cinq, & six,
Et veut saisir les enjeux sur la planche :
Ouï da ! dit-elle, hé, là, tout beau, mon fils,
Tiens je remets, allons, ma revanche,

AUTRE.

POur mon Oyseau, ne sçais s'il est trop mince,
Tel cas, n'est cage, aîns Jardin, Parc, Province:
Ainsi disoit le Conseiller Donec,
Traittant du cas de Madame Alibec ;
De ce propos l'ame toute saisie,
Va s'écrier le Senateur illec,
Qu'entens-je ici ? Coüille de Tiresie!
De tels jaseurs qui scelleroit le bec
A poings fermez, feroit un trait de Prince :
L'autre repart, tous deux avons nous droit,
Si plus qu'humain, y logez à l'étroit,
A moi chétif il y faut une pinee.

EPIGRAMME.

UN Cadet d'assez bon aloy,
Passoit son Hyver en Province:
Toûjours prier étoit l'unique employ
Du Chateau paternel, l'ordinaire assez mince,
Nuls voisins, nuls plaisirs; or étoit là dedans
Chambriere à gentil corsage,
Lise appellée, en bon point, en bon âge,
Comme passant de fort peu les quinze ans.
Le Jouvenceau la lorgna quelque tems,
Puis l'attaqua: la premiere entreprise
Ne réussit, mais un jour qu'en chemise
Et simple cotillon le Galant la surprit,
Bon gré, malgré, sur ses genoux la mit,
Fit son chemin: la fillette gentille,
Mord, se débat, si bien & beau fretille
Que de Venus le Temple elle sauva.
Il fallu bien du détroit loyola
Se contenter, la belle alors bien moins fretille,
Tant soit peu seulement pour le plaisir du Sire.
L'œuvre finie, Lise en étouffant de rire,
Oh! vous n'avez pas mis, dit-elle, où vous croyez:
Non, lui répondit-il, votre adresse est extrême,
Ne suis mâry qu'ainsi me déroutiez,
Attrappé moi toûjours de même.

CHAN-

CHANSON.

LE Seigneur Turc a raison,
Sa méthode est bonne,
Il fait l'amour sans façon,
Si-tôt qu'il bande il enconne:
Qu'a-t-il faire de ce vin?
Il est éxempt du chagrin
Qu'ici l'Amour nous donne.

Je ne dis pas pour cela,
Qu'on renonce aux belles;
Il faut bien par cy, par là,
Caresser quelques femelles,
C'est un doux amusement:
Mais plûtôt que d'être Amant,
J'irois aux Dardannelles.

Quand il est dans son Sérail,
Ou personne n'entre,
Avec certain attirail,
Qui lui pend au bas du ventre,
Ce Seigneur a le pouvoir,
De tout dire & de tout voir,
Il est là dans son centre.

Je suis né pour le plaisir,
Bien fol qui s'en passe;
Je ne veux point le choisir,
Souvent le choix embarasse:
Aime-t-on, j'aime soudain,
Boit-on, j'ai le verre en main,
Je tiens par tout ma place.

Dormir est un tems perdu;
Bien fol qui s'y livre.
Sommeil prens ce qui t'est dû,
Mais attens que je sois ivre,
Saisi moi dans ce moment,
Fais moi dormir promptement,
Je suis pressé de vivre.

Mais si quelque objet plaisant,
Dans un songe aimable,
Vient d'un charme séduisant,
M'offrir l'image agréable,
Sommeil allons doucement,
L'erreur est dans ce moment
Un plaisir véritable.

AUTRE.

SUR L'AIR,

DU VINAIGRIER.

JE n'ai point un de ces grands Vits,
Mais il est a ma fantaisie,
Il fait le bonheur de ma vie:
Je ne connois jamais l'ennui,
Car je suis d'une humeur joyeuse,
Qui va bandant,
Troussant, branlant,
Foutant les Fouteuses.

Sans me piquer d'être constant,
Je vais toûjours de belles en belles;
Mais j'abandonne les cruelles,
Je veux être heureux à l'instant,
Car je suis d'une humeur joyeuse,
Qui va bandant,
Troussant, branlant,
Foutant les Fouteuses.

Des fureurs de l'Amour jaloux,
Je ne connois point la manie;
Quand j'essuie une perfidie,
Je cherche ailleurs, & je m'en Fous.
Car je suis d'une humeur joyeusse,
Qui va bandant,
Troussant, branlant,
Foutant les Fouteuses.

DESCRIPTION D'UN CUL.

Dieux! qu'elle nouvelle flame
S'éleve en mon esprit!
Je sens naître en mon ame,
Ces feux dont furent épris
Ce Peuple dont la molesse,
Dans un déplorable lieu,
Quitta le Con pour la fesse
De deux beaux Anges de Dieu.
Lulli, sors de l'Elisée,

Viens par un projet nouveau,
Du brillant de ta pensée,
Viens échauffer Mon cerveau;
Favorise la peinture
Que je veux faire en ces vers,
Du plus beau Cul que nature
Ait formé dans l'univers.
Cul charmant dont la souplesse,
Et le flateur mouvement,
Sçait ranimer la foiblesse
Du plus langoureux amant;
Si par une loi trop sage,
On n'eût voilé tes attraits,
Qui du plus charmant visage,
Auroit regardé les traits?
Tes beautez sont naturelles,
Tu n'emprunte point de l'art,
Cette blancheur que nos belles
Doivent au secours du fard.
Avec quel plaisir s'amuse
L'Amour à te caresser,
Lorsque plâtre ni ceruse
Ne soüille point ton baiser.
Ton embonpoint est la baze,
Et l'aimant de nos desirs;
C'est toi qui mêle l'extase
A nos amoureux plaisirs,
Tu fais que dans ma Maîtresse,
Je trouve mon Agaton,
C'est au seul tour de sa fesse,
Qu'elle doit un si beau nom.
Mais j'entens le sot vulgaire,
Qui me dit que sous les Cieux
Rien n'a le pouvoir de plaire
Quand il est privé des yeux.
Tout ne sert-il pas les armes,
Et ne suit-il pas les loix,

D'un Dieu qui tout plein de charmes,
Est aveugle comme toi.
Ainsi comme on vît la Grece,
Batir un Temple à l'honneur,
Non de Venus dompte cœur,
Mais de Venus belle-fesse;
Aujourd'hui ma passion,
Consacre au Cul de Climene,
Un Temple à qui la Fontaine
Auroit eû dévotion.
Pardon si de ton Derriere,
J'ai mis au jour les appas,
Que le Dieu de la lumiere
Lui-même ne connois pas.
Si ma Muse est indiscrette,
Je la condamne en effet,
Mais est-il d'Amour muët?
Est-il de sage Poëte?

SUR UNE SALOPPE.

ODE.

L'Autre jour étant chez Silvie,
Il me prit une telle envie,
De m'amuser pour un moment,
Qu'aussi-tôt je troussai la Dame,
Et la nommant ma divine ame,
Je mis mon Vit dans son devant.

Or dans la premiere décharge,
Trouvant l'ouverture trop large,
Il me vint un remord cuisant:
Mais Dieux ! quelle fût ma surprise,
Quand j'aperçus que sa chemise
Etoit une boëtte d'onguent.

A cet aspect sans lui rien dire,
En quatre sauts je me retire,
Et fermant la porte après moi.
Avec une vîtesse extrême,
Sans pouvoir rentrer en moi-méme,
Je revins chez nous plein d'effroi.

Jamais plus je ne m'y rengage,
Quand j'en devrois crever de rage,
Par les appètits provoqué ;
Ou pourrir comme les citroüilles,
La semence dedans les Coüilles,
Par trop de Foutre suffoqué.

Qu'on me châtre, qu'on me chapponne,
Ouï mon ami qu'on m'écoüillonne,
Ainsi qu'un homme de néant ;
Qu'on me couppe les triquebilles,
Si jamais je trempe mes quilles,
En lieu si sale & si puant.

Ce n'étoit que boüe amassée
Dessus sa cuisse hérissée,
Comme en ces fleuves dévoyez,
Où l'écume en cent lieux boüillonne:
Et du Foutre qui l'environne,
Cent milles Amours étoient noyez.

Quelques-uns se sauvant à peine,
En nageant perdoient toute haleine

Se dépêtrant comme un oiseau
Pris à la glu, dans un boccage:
Ou comme une trouppe volage
De papillons, tombez en l'eau.

Seulement la Trouppe indiscrette
Des Morpions, faisant retraitte,
Ce boüeux déluge éloignant,
Avoient esquivé la venuë,
Et sur une motte veluë,
S'alloient l'un l'autre besognant.

Les rides de sa penilliere,
Leur servoient comme de barriere,
Où il s'alloient entrechoquant:
Venus qui voit cette canaille,
Tirant son fils de la bataille,
S'enfuit au Ciel en se moquant.

Au bas du ventre large & courbe,
On voyoit blanler dans la bourbe,
Quelques poils rarement plantez,
Comme joncs dans un marécage;
Qui étoient d'un venteux orage
De pets, sans relache éventez.

Les aînes de Foutre relantes,
Exhaloient des vapeurs puantes,
Pleine de goûts envenimez:
Plût au Ciel que contre nature,
Pour éviter cette avanture,
J'eusse été sans Vit & sans nez.

Morbleu, je creve quand j'y pense,
Je perds le cœur & la puissance
De corps & d'ame, & suis perclus:
Non, mon ami, qu'on me chapponne,

Qu'on me châtre, je le pardonne,
Si jamais j'y retourne plus.

EPIGRAMME.

SCachez Lecteur, que je me pique
D'écrire avec liberté,
Et qu'une Epigramme pudique,
Est un ouvrage sans beauté :
Je me mocque d'un front sévere,
Et me plais de montrer à tous,
Le Dieu que l'Hellespont révere,
Parmi les raves & les choux,
Qui sert à peupler nos Provinces,
Qui met les Heros & les Princes
Dans un plaisir qui les ravit,
Et que la sœur du premier homme,
Sans rougir appelloit un Vit,
Avant qu'elle eût mangé la pomme.

TRA-

TRADUCTION
DES NOELS BOURGUIGNONS
DE MONSIEUR
DE LA MONOYE.

PREMIER NOËL.

Sur l'Air, *Tarare Ponpon.*

GRand Dieu, ribon, ribenne, à ma
voix trop foiblette,
Donne la force, ou bien, je vais
m'égosiller ;
Je quitte la musette,
Et dus-je m'ésouffler,
Je vais sur la trompette
Ronfler.

En ce trop heureux jour, si fêté dans le monde,
Pour chanter ton saint nom, prête moi ton appuy,
Fais que la terre & l'onde,
En entende le bruit,
Pendant que je débonde
Pour lui.

A notre aide aujourd'hui, tu descens secourable;
L'Enfer contre le Ciel avoit montré le poing:
Ta créche, ton étable,
Ta litiere de foin,
A recogné le Diable
Bien loin.

Les Mages du Levant ont braqué leur lunette,
Et voyant de tout loin l'étoile que tu mis,
Ils firent devinette,
Sans tourner le tamis,
Du Messie au Prophete
Promis.

Venus dans la Judée, en la premiere place,
Montrez nous, crioient-ils, votre Roi le Sauveur,
Herode tout de glace,
Entendant ce causeur,
Pissa dans sa paillasse
De peur.

Cependant pour te mieux donner le cochemarre,
Il fit mine d'avoir du respect pour ton nom,
La feinte étoit bizarre;
Où gîte le Poupon,
Disoit-il, mais tarare
Ponpon.

Il pensoit t'attraper dans une camisade,
D'un nombre d'innocens coupant les garguillos ;
Mais pouse, tu t'évade
En Egipte à propos,
Tu lui fis pétarade
Au dos.

Helas! venois tu donc pour prendre sa couronne ?
Non, non, tu n'en veux pas à la pourpre des Rois ;
Par plaisir tu moissonne,
Les épinnes, les foüets,
Et tu prens pour ton Trône
La Croix.

Tu ne viens pas chercher le plaisir, l'abondance,
Tu viens verser ton sang pour laver nos deffauts ?
Etrange difference,
Nous avons fais les maux,
Tu fais la pénitence
Qu'il faut.

Tu as pour nous guérir, reçû la croquignole,
Ton sang nous à donné un repos éternel ;
Ton supplice console,
En mémoire du quel,
Ici tout rossignole
Nöël.

II. NOËL.

Sur un Rigodon de l'Opera de Galatée,

VOtre bonté
Grand Dieu, vous fait donc prendre
Notre image, & descendre,
Vous nous racheté;
Helas! je vois,
Nos fautes, & plus d'une,
Vous mettent sur la Croix;
Vous le sçavez,
Ce n'est pour une prunne
Si vous nous sauvez.

Mieux vaudroit, par mon ame,
Que jamais le serpent
N'eût attrappé la femme
De notre pere Adam,
La bonne affaire pour votre repos,
Et le nôtre plûtôt.

Helas! toûjours
Vivant dans l'innocence,
Sans besoin de finance,
D'habits, ni d'atours,
Toûjours allerte,
Le ventre plein
De figues, de sucrein,
Roulin, roulants,
Sautant sur l'herbe verte

Comme

Comme les enfans.
Vous sur quelque nuage,
Campé pour nous veiller,
Vous auriez dit je gage,
Nous voyant ripailler,
En vérité voilà de bonnes gens,
Ils valent trop d'argent.

Tout au rebours
A bien tourné la chance,
Depuis la manigance
Du maudit chien d'ours ;
Taille, procès,
Guerre, peste, famine,
Faguena, goussès,
Poüille, & d'autre vermine,
Nous font triste fin.

Aussi dans la misere,
Voulant vous éprouver,
Vous n'eûtes pire affaire,
Au monde pû trouver,
Qu'en vous faisant homme comme nous ;
Prenant les maux de tous.

Dès le maillot
Chargé de nos offences,
Toûjours dans les souffrances,
Sujet au tricot ;
Le chaud, le froid,
Vous tracasse en voyage,
Vous glacé d'effroi,
Et le ragoût,
De tout ce tripotage,
C'est la fourche au bout.

Dans ma caboche folle,

Je dirai que voilà
Le chemin de l'école
Que vous avez pris là,
Que vous pouviez sans tant virer autour,
Pardonner dans le jour.

Non, non, le mieux
Est de baisser la tête,
Nous sçavons que vous êtes
Le Maître des Dieux:
Nous confessons
Que les maux de notre ame
Etoient sans pardon,
Faut-il qu'on vous chicanne
Dessus la façon.

Si mourir pour les hommes,
Malades du gobon,
Qu'Adam fit de la pomme,
C'est prendre le plus long,
Vous nous montré mieux par là votre amour,
Qu'en prenant le plus cour.

III. NOËL.

Sur l'Air, *Ma mere mariez moi.*

GUillot prens ton tambourin,
Toi prens ta flutte Robin,
Au son de ces instrumens,
Turelurelu, patapatapan,
Au son de ces instrumens,
Nous dirons Noël gayment.

C'étoit la mode autrefois,
De loüer le Roi des Rois
Au son de ces instrumens,
Turelurelu, patapatapan,
Au son de ces instrumens,
Il nous en faut faire autant.

Ce jour le Diable est à cu,
Rendons en grace à Jesu,
Au son de ces instrumens,
Turelurelu, patapatapan,
Au son de ces instrumens,
Faisons la nique à Satan.

L'homme & Dieu, flutte & tambour,
Sont tous d'accord en ce jour,
Au son de ces instrumens,
Turelurelu, patapatapan,
Au son de ces instrumens,
Chantons, dansons, sautons-en.

IV. NOEL
DIALOGUE DE SIMON ET DE LUCAS.

Sur l'Air, *Votre Jeu fait ici grand bruit.*

SIMON.

SCais-tu bien Lucas, mon voisin,
Qu'une couple de Chérubin,
Tout maintenant vient de me dire,
Que Dieu de nos larmes touché,
Nous dépêche (appaisant son ire)
Son Messie pour nos péchez.

Ils m'ont dit qu'il ne venoit pas
En Rodomont, en Fierabras,
Armé du feu de son tonnerre,
Dont, quand il le roule dans l'air,
Il fait trembler toute la terre
Et le milieu, d'un seul éclair.

LUCAS.

Il sera donc du moins venu
En Roi qui n'est pas inconnu,
Suivi d'une Cour des plus belles;
Lui de qui l'on a dit cent fois,

Que

Que ſes pieds ſont leurs eſcabelles,
De la tête des autres Rois.

SIMON.

Non, non, il n'eſt pas triomphant,
Ce n'eſt, diſent-ils, qu'un enfant,
Frais ſorti du ſein de ſa mere,
Sans briſer porte; & tout pareil
Que l'on voit au travers d'un verre
Paſſer la clarté du ſoleil.

LUCAS.

C'eſt un enfant; me dis-tu vrai?
Tant mieux, voilà tout nôtre fait:
Tu ſçais bien quand un enfant crie,
Que pour en appaiſſer le cri,
Il ne lui faut qu'une toupie,
Ou qu'un ſifflet, & puis il rit.

SIMON.

Tu veux dire que nous ferons
Du petit ce que nous voudrons;
Nous n'avons qu'à prendre courage,
J'aurons pour un *Alleluya*,
Du Paradis tout l'héritage:
N'eſt-ce pas bon marché, Lucas.

LUCAS.

Oüi Simon, voici juſtement
La loi du Nouveau Teſtament,
Le Poupon nous y traitte en frere,
Il n'eſt violent ni rebour,
Point de vangeance, adieu colere,
Rien par crainte, tout par amour.

V. NOËL.

Sur l'Air, *des Lancelots.*

A La Nativité,
Chantons je vous supplie,
Le Verbe emmaillotté,
Jusqu'à nous s'humilie,
Nous a dégarotté,
Du cordon qui nous lie.

A la Nativité,
Chantons je vous supplie,
Une Vierge a porté
Neuf mois le fruit de vie,
Le saint Esprit futé,
Fit cette œuvre jolie.

A la Nativité,
Chantons je vous supplie;
Las! quelle pauvreté,
La Pucelle benie,
La nuit ne f it gîte
Qu'en coin de bergerie.

A la Nativité,
Chantons je vous supplie,
L'Accoucheur tout croté,
Ne veut l'accoucher mie,
Ne voyant à côté,
Ni maille, ni demie.

A la Nativité,
Chantons je vous ſupplie,
Joſeph plein de bonté,
D'une mine ébobie,
Voyoit épouvanté,
Sa compagne tranſie.

A la Nativité,
Chantons je vous ſupplie,
D'Ange émerillonné,
Une trouppe choiſie,
L'a bien réconforté,
De ſa mélancolie,

A la Nativité,
Chantons je vous ſupplie,
Gabriël habillé
De robe cramoiſie,
Aux bergers à crié,
Venez voir le Meſſie.

A la Nativité,
Chantons je vous ſupplie,
Tout ce monde hébété,
En fit la chair lie,
Tour enſemble à chanté,
En belle ſimphonie.

A la Nativité,
Chantons je vous ſupplie,
Chacun a étreinné,
Jeſus, Joſeph, Marie,
Ayant tous apporté
Leur pochette garnie.

A la Nativité,
Chantons je vous ſupplie,

La bergere au trotté,
S'efforçoit à l'envie,
Lise à du lait porté
De sa taure cherie.

A la Nativité,
Chantons je vous supplie ;
Judit de son filé,
Porta caisse remplie,
Suzon n'a pas tardé,
Portant de la boüillie.

A la Nativité ;
Chantons je vous supplie,
Trois Rois d'autre côté,
Maître en Astrologie,
De l'enfant nouveau né
Sçavoient la prophetie.

A la Nativité,
Chantons je vous supplie,
De l'étoile guidé,
Tous trois de compagnie,
Viennent n'ayant mené
Ni suite, ni demie.

A la Nativité,
Chantons je vous supplie,
Un d'eux à apporté
De la Mirrhe Candie,
L'autre d'or épuré
Un brin, par la Chimie.

A la Nativité,
Chantons je vous supplie ;
Le tiers plus charbonné
Qu'un Roi d'Ethiopie,

A

A pour son plat donné
De l'Encens d'Arabie.

A la Nativité,
Chantons je vous supplie,
Le bœuf tout en gayté
Entonna sa partie,
L'âne aussi a chanté
Un couplet d'Arcadie.

A la Nativité,
Chantons je vous supplie,
Le drôle dans l'Eté,
Courant par la prairie,
N'avoit jamais chanté
Musique plus jolie.

A la Nativité,
Chantons je vous supplie,
Les Rois épouvantez
De telle mélodie,
Ont presques infecté
Toute la compagnie.

A la Nativité,
Chantons je vous supplie,
Joseph plein de bonté,
Dit, Messieurs je vous prie,
Pardon par charité,
C'est un âne qui crie.
A la Nativité,
Chantons je vous supplie.

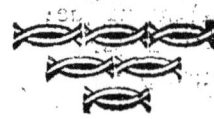

VI. NOËL

Sur l'Air, *Dans notre Village.*

E St-ce ici le Maître
De tout l'univers ?
Oeil ne faut pervers
Pour du premier coup reconnoître
Le Dieu de nous tous,
Fait tout comme nous.

Sa bonté l'améne
En masque nous voir :
Le Grand vers le soir
En masque souvent se proméne,
Quand se vient au tems
Carême prenant.

Le masque peut courre
Tout en sûreté,
Il est respecté
Dans quelques endroits qu'il se fourre,
Au lieu que Jesus
Sera mal reçus.

Le Juif ce fantasque,
Ce maudit boureau,
Sur sa pauvre peau
Frappera sans respect du masque:
Mais je crois qu'un jour
Il aura son tour.

En autre équipage
Nous le reverrons,
Nous les entendrons
Grincer les dents de male rage;
Et nous grace au Ciel,
Nous dirons Noël.

VII. NOËL.

Sur l'Air, *Sommes nous pas bien heureux.*

UN jour là-haut Dieu le fils,
Ainsi que par la fenêtre,
Voyant le pays champêtre,
Sur Nazareth son œil mis,
Lui fit voir Vierge Marie,
Fillette de quatorze ans,
Fraîche comme en la prairie
La violette au Primtems.

La Pucelle n'étoit pas
De ces filles éfrontées,
Alloit prunelles baissées,
Et ne marchoit qu'au compas.
Sa priere elle gazoüille,
Elle en faisoit son plaisir,
Et donnoit à sa quenoüille
Le reste de son loisir.

Dieu le fils se souvenant,
Qu'il avoit dessein de prendre
Mere sur terre, & descendre,

Depuis la chutte d'Adam ;
Trouva la Vierge si digne
De lui donner à teté,
Qu'il dit, quoiqu'elle rechigne,
Mon plomb sur elle est jetté.

Echauffé de son amour,
Sur l'heure même il propose
A Dieu le pere la chose,
En lui tenant ce discour,
Pere, si ce ne vous chicanne,
De prendre mere j'ai projet :
C'est la fille de Dame Anne,
Marion de Nazaret.

Le Pere là-dessus dit,
Je suis d'accord du Mystere ;
Elle deviendra sa mere,
Le Saint Esprit son mary,
A femme qui soit plus sage,
On ne peut le marier:
Vîte donc pour le message,
Gabriël fais appeller.

Quand de tout le concluant
L'Ange eût bien rempli sa tête,
Il prit ses aîles de fête,
Et vola comme le vent
Devers la Vierge discrette
Qui prioit Dieu sans ennui
Dans la Chambre qu'à Lorette
On montre encor aujourd'hui.

Par la fenêtre au logis
Il entre, à quelque distance
Il lui fit la réverence,
Car il étoit bien appris,

Dieu

Dieu vous gard ma chere amie,
Dit-il, d'une douce voix,
Beny soit le fruit de vie,
Que vous aurez dans neuf mois.

Marie entendant cela
Se trouble, & de peur ou d'aise,
Elle en tomba sur sa chaise
Qui de fortune étoit là
Et tremble, & grelotte & süe
Rougit, pâlit, s'étourdit,
Enfin s'étant reconnüe,
Prit courage & répondit,

D'enfant vous parlé je crois
Je prétens mourir Pucelle,
Vous me la bailleriez belle,
Monsieur si je vous croyois,
Vous me prédisé Bicêtre,
Je suis promise, & en bref,
Vous sçaurez que c'est pour être
Sœur & non femme à Joseph,

L'Ange dit, je ne viens pas
Ici vous dire une fable,
Quand Dieu veut, tout est faisable,
Or il s'en mêle en ce cas.
N'ayez peur de malencombre,
Laissez faire au saint Esprit,
L'envelòppe de son ombre
Vous mettra bien à l'abri.

Un éxemple tout nouveau
De la puissance divine,
Eclatte en votre Cousine,
Votre Cousine Isabeau.
Vous avez sçû que brehaigne

Elle a passé cinquante ans,
La voilà, sans qu'on la baigne,
Grosse d'un très-bel enfant.

L'Ange achevant ce propos,
Marie, étrange merveille!
En a conçû par l'oreille
Le fils de Dieu aussi-tôt,
Et ses entrailles frémirent,
Du Verbe au dedans logé,
Et dans trois mois ressentirent
L'enfant qui avoit bougé.

S'il ne se fût avisé
De venir, baissant d'étage,
Se coëffer de notre image,
Nous aurions été damnez:
Chantons-en Noël mes freres,
En mille & mille façons,
Faute de pouvoir mieux faire,
Payons du moins en chansons.

VIII. NOËL.

Sur l'Air, *Peut-on voir dans notre Couvent.*

HElas! mon Dieu, quel tems maudit!
Et que de neige il fit
Quand vous vintes ici!
Le manteau de chair humaine,
Dont vous vous êtes couvert,

N'a que trop, pour ma fredaine,
Ici souffert,
Percé par l'haleine
Des vents, de l'hyver.

Vous pouviez dessus le velour
Roy d'une noble Cour,
Vous éclore au grand jour.
Contant de votre cabane,
Et d'un berceau vermoulu,
De votre bœuf, de votre âne,
Humble grelu,
Ni pourpre, ni panne,
Vous n'avez voulu.

Vous laissez l'or & le brocard,
La pompe, le petard,
Au Milord, au Richard;
Vous leur laissé les délices,
Le jeu, les ris, la gayté:
Mais vous leur laissé les vices,
Leur lâcheté,
Toutes leurs malices,
Leur iniquité.

Ce vaurien, ce porteguignon,
De truffle, de pignon,
S'échauffe le rognon;
Du sang du peuple il s'engraisse,
Pour lui coule le bon vin,
A la chasse est sans cesse
Sur le voisin,
Et dans la molesse
Périt à la fin.

Enbrené de mille défauts,
Traître, gloutons, ribaux,

Faiſeurs de Contrats faux ;
Je le plains bien d'avantage
Que vous qui tremblez de froid,
Qui ſouffrez de bon courage
La faim, la ſoif,
Qui chargé d'outrage,
Mourez ſur la Croix.

Vous avez de l'homme, il eſt vrai,
Le viſage, le trait,
Les pieds, les mains le jaret ;
Comme lui pouſſiere & cendre,
Vous touſſez, mouchez, crachez.
Votre cœur ſi bon, ſi tendre,
Pour lui touché,
A bien voulu prendre
Tout, hors le peché.

Toi chetif rejetton d'Adam,
Mire-toi, j'y conſens,
Dans tes plumes de paon,
Rouge, verte, j'aune, & bleüe,
Et plus belles de la moitié
Au ſoleil quand tu les remüe,
Qu'elle pitié !
Quand tu vois ta queuë,
D'oublier ton pié.

A Noël tu fais ton bon jour ;
Mais romps tu ſans retour ;
Avec ton fol amour ?
Non, non, la chair t'acoquine,
Tu reſſemble un chien couchant,
Qu'on chaſſe de la cuiſine,
Trois jours durant,
Qui, preſſé par la famine,
Y vient plus qu'avant.

IX. NOËL.

Sur l'Air, *Du Vielleux.*

LE Curé de Plombiere,
Disoit la flutte en main,
Chantons Berger, Bergere,
Car c'est Noël demain;
Robine,
Lubine,
Berine,
Ligel,
Chantons tous Noël, Noël.

Jesus vient camarade,
Jesus s'en vient tout guay;
Faite pour lui gambade,
Pendant que je dirai,
Robine,
Lubine,
Berine,
Ligel,
Chantons tous Noël, Noël.

Si dans la Crêche il piaille,
Mal vétu, mal couché,
De ma flutte de paille,
Je n'aurai qu'à joüé,
Robine,
Lubine,
Berine,
Ligel,
Chanrons tous Noël, Noël.

Sans faillir d'une miette,
Tantôt sur le basson,
Tantôt sur la musette,
Je mettrai ma chanson,
Robine,
Lubine,
Berine,
Ligel,
Chantons tous Noël, Noël.

Je siffle un merle en cage,
Pour réjoüir l'enfant,
Qui dans trois jours je gage,
Dira tout couramment,
Robine,
Lubine,
Berine,
Ligel,
Chantons tous Noël, Noël.

Je me donne bien garde,
D'apprendre à mes oiseaux,
Des mots de Corps-de-Garde,
Putains, & Maquereaux,
Robine,
Lubine,
Berine,
Ligel,
Chantons tous Noël, Noël.

Je veux qu'en mon Eglise,
Depuis la Saint Martin,
Jusques à Noël on dise,
Pour Antienne au Lutrin,
Robine,
Lubine, &c.

X. NOEL.

Sur l'Air, *Quand le péril est agréable.*

SOuverain Maître du Tonnerre,
Grand Dieu qui avez fait d'un mot
Lune, Soleil, & ce tripot ;
L'œuvre sans doute est chere.

Qu'ayez de mâles & femelles,
Peuplé l'air, la terre, la mer,
En six jours bâti l'univers ;
L'œuvre sans doute est belle.

Mais pour remettre l'homme en gloire,
Que vous ayez été rédui
A vous faire homme comme lui,
C'est bien une autre histoire.

On ne sçauroit dans votre Histoire,
Trouver de prodige si grand,
Bien que l'Anesse, le Serpent,
Y parlent, faut-il croire ?

Auprès d'une Mere pucelle,
Dont vous êtes ci bas sorti,
Adam de poussiere pétri,
N'est qu'une bagatelle.

La patience ! un Dieu qui tousse,
Un Verbe qui ne nous dit mot,
Que l'on met dedans un maillot,
Qu'on rechange, & qu'on pousse.

Combien de Chanson si jolie,
La pauvre Vierge vous a dit,
Pour vous endormir dans la nuit
Après votre boüillie.

Avec la petite marmaille,
A six ans vous souvenez-vous,
Au sabot vous faissiez joujous,
Ou à la courte paille.

Enfant vous prîtes nos foiblesses,
En croix, grand vous avez souffers,
Encor pour qui ? pour des pervers,
Des fripons, des drolesses.

Des guenippes, des berlandieres,
Pour des gourmands, des cœurs de chiens,
Des Maquerelles, des vauriens,
Des races de viperes.

Comptez nous tous je vous en prie,
Je gage qu'en cent millions,
Vour n'en trouverez pas trois bons;
La belle lotterie!

C'est pis qu'avant, le cœur m'en saigne,
Le monde au vice est enhardi,
Pour lui vous avez trop pâti,
Helas! il vous dédaigne.

Il semble à le voir si peu sage,
Que pas n'y fûtes aux abois;
Vous y reviendriez cent fois,
Sans gagner d'avantage.

XI. NOËL

Sur l'Air, *Réveillez-vous belle endormie.*

JE n'oublirai jamais le Prône,
Que devers Noël l'an passé,
Notre Curé, Messire Ancône,
Nous fit du Prophete Elizé.

Ce fût, ce disoit-il, cher frere,
Un Prophete, mais des plus grands;
Cent miracles en un jour faire,
Lui coutoient bien moins que six blancs.

La Ville en étoit ébloüie,
Les Princes lui faisoient la cour,
A l'aveugle il donnoit l'oüie,
Il auroit fait voir clair un four.

Au Mont Carmel en grande hâte,
Une vieille alla le querir;
Venez, prenez votre savatte,
Mon pauvre enfant vient de mourir.

Paix, taisez-vous, dit le Prophete,
Mon Clerc le tirera de là,
En lui mettant dessus la tête,
Mon bâton d'ormeau que voilà.

Votre Clerc guériroit, dit-elle,
Peut-être de plus legers maux,
Mais pour une cure pareille,
Venez, c'est de vous qu'il nous faut.

Il y fût donc, & dans la chambre
Où giſſoit le petit garçon,
Il trouva qu'il avoit le membre
Déja plus froid que le glaçon.

Au veroüil il ferme la porte,
Et puis montant deſſus le lit,
Il s'y racrabouſſi de ſorte,
Qu'il fut court comme le petit.

Oeil contre œil, tête ſur tête,
Lévre à lévre ſur le petit,
Pied ſur pied, ſans autre recette
Pour le réchauffer, il le fit.

D'abord l'enfant baille, rebaille,
Clignote, grimace, s'étend,
Eternüe, enfin ſe tiraille,
Se léve, & cherche ſa maman.

Voilà, diſoit Meſſire Ancône,
L'image du Verbe fait chair.
Voyez ainſi que je raiſonne,
Vous verrez qu'il n'eſt rien ſi clair.

Le garçonnet qui reſſuſcite,
N'eſt-ce pas l'homme tout craché,
Que Jeſus-Chriſt par ſon mérite,
Sauve de la mort du péché?

Le ſaint Prophete vénérable,
Qui deſcend du haut du Carmel,
C'eſt Jeſus qui vient dans l'Etable,
Du haut de ſon Thrône éternel.

Tout juſte à la taille enfantine,
Elizé ſe racrabouſſit,

Pour nous la Majesté divine,
Au même état se racourcit.

Pensez qu'elle fût l'allegresse;
De voir l'enfant ravigoter,
Nous reçevons même largesse,
Nous devons bien tretous chanter.

Lors pour nous mettre en train de faire,
Notre bon Curé sans souci,
Le fin premier commence à braire,
Les autres firent comme lui.

XII. NOËL.

Sur l'Air, *De Léandre.*

J'Ay vû quelque part en écris,
Une coûtume de nos peres,
Qui de Noël, ce m'est avis,
Représente bien les Misteres;
La chose vient tout à propos,
Je vais vous en dire deux mots.

Quand par la rüe on conduisoit
A la potence un misérable,
Qui la torche à la main faisoit
En chemise amande honorable,
Voici pour le tirer de là,
La mode de ce bon tems là.

Si par avanture en chemin,
Une fille avoit le courage,
Embrassant le pauvre coquin,
D'en requerir le mariage,
Telle demande dans l'instant
Du licol sauvoit le brigand.

Tout de même si le licol
Etoit pour une fille honteuse,
Qui tord à son fruit le col,
De peur de passer pour coureuse,
Un garçon qui la requeroit,
En l'épousant la délivroit.

Enfans de vous même, je crois,
Vous entendez la parabole,
Pour la forme ici toute-fois,
Je ferai le maître d'école,
Et vous dirai le si, le cas,
Comme si vous n'entendiez pas.

Ces gens donc qu'on méne au gibet,
C'est la pauvre nature humaine
En grand danger, pour ses méfaits,
De mourir comme une vilaine
D'une étrange sorte de mort,
Qui tuoit l'ame avec le corps.

Dieu le Pere avoit sur cela
Prononcé terrible Sentence,
D'office le Diable déja
En Enfer plantoit la potence,
C'en étoit fait si Dieu le fils,
Ne se fût offert pour mary.

Pour épouser l'humanité,
Sur terre il a voulu descendre,

Nous pouvons grace à sa bonté,
Nous dire sauvé de pendre;
Chantons-en Noël & l'*Ave*,
Sans lui l'on eût chanté *Salve*.

XIII. NOËL.

DIALOGUE ENTRE UN BERGER, SA FEMME, ET LA VIERGE.

Sur l'Air, *Si la cruelle se rit de moi.*

LE BERGER.

FEmme courage,
Le Diable est mort,
Après l'orage
Soleil est fort:
Dieu près d'ici repose enmaillotté,
Dessus la paille;
Et l'Ange en a tant chanté,
Qu'il en toussaille,
Tout en criaille.

LA FEMME.

Ça ma cornette,
Et mes rubans,
Ma gorgerette,
Mon jupon blanc;
Guai, marchons guai, toûjours guai, n'ayez peur
Que je m'arrête,
De voir ce Garçon je me meurs,
Dont nos Prophetes
Font tant de fêtes.

LE BERGER.

Vers sa cabane
Dressons nos pas,
Entens-tu l'Asne,
Qui fait hin, ha:
Entrons. Dieu gard, bon-jour Maître Joseph,
Dame Marie,
Nous venons voir cul & chef
Du fruit de vie,
Notre Messie.

LA FEMME.

Sur son visage
Tout clair on lit
Que c'est l'ouvrage
Du saint Esprit,
C'est pour le sûr un vrai Dieu tout craché:
Où sont ses Gardes?
On entre chez lui sans touché,
Point d'hallebardes,
Ni rebufades.

LE BERGER.

C'eſt la figure,
Du Ciel ouvert,
Plus de clôture,
Tout découvert;
Nous trouverons ſans cogner, & ſans frais,
Tout débouché
La porte de ce grand Palais,
Qui tant d'année
Fût condamnée.

Tous deux enſemble.

Vierge parfaite,
Nous vous offrons
Quatre bavette,
Deux culerons;
Nous ne pouvons faire que des préſens
De trois oboles,
C'eſt dans les mains des Grapignans
Que les piſtoles,
Les écus volent.

LA VIERGE.

Couple benie,
Le ſaint Enfant
Vous remercie,
Il eſt contant;
Ce n'eſt ni l'or ni l'argent, croyez-moi,
Qui l'affriande,
Un grain de moutarde de foi,
Voilà l'offrande
Qu'il vous demande.

XIV. NOËL,

SUR LA

CONVERSION

DE

BLAISETTE

ET DE SON AMY

G U Y.

Faite en ce ſaint tems.

Sur l'Air, *Quitte ta muzette.*

VErs Noël Blaiſette,
Jadis ſi joliette,
Vers Noël Blaiſette,
Comme tout change enfin,
Vieille & caſſée,
Bien confeſſée,
Prit la penſée
Pour un matin
De rompre avec Guy ſon voiſin.

Quittons

Quittons, lui dit-elle,
Le monde & sa sequelle,
Quittons, lui dit-elle,
Le monde sans retour,
Le fruit de vie
Né de Marie,
Nous y convie
En ce saint jour,
Il est bien tems qu'il ait son tour.

Devers lui j'enrage,
Vieille garçe au pillage,
Devers lui j'enrage
De me tourner si tard,
J'ai tort sans doute,
Toi seul eus toute
La mere goute,
Lui pour sa part
N'aura jamais rien que le mart.

Alors que je pense
A nos dits, à la dance,
Alors que je pense
A tant de plaisir pris,
J'en ai tant d'honte,
Je me démonte
D'en rendre conte,
Faut-il mourir
L'ame noire, & le cheveux gris.

Durant tant d'année,
Que tu m'as gouvernée,
Durant tant d'année,
Nous avons fait les fous,
Tout en cachette,
Que de sornette!
Que d'amourette!

Ah! taisons-nous.
Et gémissons tous notre sous.

Au pieds de la Crêche,
Sans faire le revêche,
Aux pieds de la Crêche,
Prions le saint enfant,
Le cœur sans feintes,
Percé de pointes,
Et les mains jointes,
Prions le tant,
Que de noirs il nous rende blancs.

J'ai quelque retaille,
Qu'il faut que je lui baille,
J'ai quelque retaille
Propre à l'emmailloter,
J'ai pour sa mere
Des jarretieres,
Quelques brassieres;
Faut présenter
A Joseph ta toque à porter.

Toi qui fais la rime
Que tout le monde estime,
Toi qui fais la rime,
Offre lui des chansons,
Sur la pavanne,
Sur la bocanne,
Son Bœuf, son Asne
En danserons,
Il dormira peut-être aux sons.

Il vient à notre aide,
Profitons du reméde,
Il vient à notre aide,
Ami sauve qui peut,

Le jour s'envôle,
Tout est frivôle,
Songe à ton rôle,
Dieu nous émeut,
Qu'il nous sauve comme il le veut.

Guy, dont le cœur tendre,
Ne pouvoit se deffendre,
Guy, dont le cœur tendre
Tenoit encor au glu,
Toujous fidéle,
Sur le modelle
De la donzelle,
Pour son salut,
Fit de nécessité vertu.

En réjoüissance
De telle repentance,
En réjoüissance
Allons tous à l'Autel,
C'est la droiture,
Pour moi je jure,
Et je rejure
Mon grain de sel,
Que j'en dirai toûjours Noël.

XV. NOËL.

Sur l'Air, *Robin turelure lure.*

EN l'honneur du fils de Dieu,
Qui racheta la nature,
A Noël en ce saint lieu,
Turelure,
Chantons malgré la froidure,
Noël turelurelure.

D'une Crêche il fit son lit,
Son Palais d'une mazure,
Son coussin de paille fit,
Turelure,
D'un chifon sa couverture,
Noël turelurelure.

Il n'avoit feu ni serments,
Pour réchauffer sa charnure,
La bise, les quatre vents,
Turelure,
Lui souffloient une angélure,
Noël turelurelure.

Les maux qu'il a supporté,
Ont sauvé la créature,
C'est ce qui nous fait chanter,
Turelure,
Nous desserrons la ceinture,
Noël turelurelure.

Allons

Allons guai, ſautons, danſons,
En cent joyeuſes poſtures,
Pour allonger les Chanſons,
Turelure,
Amaſſons des rimes en ures,
Noël turelurelure.

L'air en eſt bien joliet,
Vive le turelu lanture,
Le flon flon, le triolet,
Turelure,
Jamais n'ont tant plû je jure,
Noël turelurelure.

Je croirois pour le certain,
Que, non ſans quelque brodure,
De Vizay le mois prochain,
Turelure,
Le mettra dans ſon Mercure,
Noël turelurelure.

L'Académie en reſpect,
Nonobſtant l'impoliſſure,
A la faveur du ſujet,
Turelure,
N'y fera point de rature,
Noël turelurelure.

Si ce Cantique nouveau
Se fait au Louvre ouverture,
Le Roi lui-même auſſi-tôt,
Turelure,
Entonnera, je m'aſſure,
Noël turelurelure.

Philippe, ſon petit fils,
Tiendroit pour un bon augure,

Qu'on dise en tout le pays,
Turelure,
Vous roulerez sans voiture,
Noël turelurelure.

Ici le plus vieux penard,
S'il n'a l'oreille trop dure,
Fretille comme un lézard,
Turelure,
Dès qu'il entend qu'on murmure,
Noël turelurelure.

Le Carme, le Jacobin,
Le Chartreux même en clôture,
Cordelier & Capucin,
Turelure,
Chantent d'une voix très sure,
Noël turelurelure.

Mais chanter du bout des dents,
C'est ne chanter qu'en peinture,
Il faut encor que dedans,
Turelure,
Le cœur chante sans fourure,
Noël turelurelure,

Avant que nous trépassions,
Prions Dieu qu'il nous récure,
Afin qu'un jour nous puissions,
Turelure,
Là haut chanter de mesure,
Noël turelurelure.

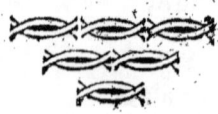

XVI. NOËL.

Sur l'Air, *Du grand Saucourt.*

MOn Dieu ! que d'envie
Je porte à ces bergers,
Qui le fruit de vie
Chez eux virent premiers ;
Les Anges leurs donnerent
Pour rien le bal tant,
Et l'enfant,
Qu'ils saluerent,
Fit bon visage à leur maigre présent.

On peut à l'oreille
Dire quand on voudra,
Le tems de merveille,
Que ce fût ce tems là :
Sur le mont, sur la plaine,
Voloient Chérubins,
Seraphins,
A la douzaine,
Mais maintenant ils craignent le serein.

De bonne fortune,
Si le benoît Jesû
Eusse autant de lune
Vécû qu'il auroit pû,
Du Jourdain la riviere
N'eusse pas toûjours
Dans son cours
Vû la lumiere,
Que l'Ouche auroit vû peut-être à son tour.

Qu'ici dans la ruë
Quand il auroit passé,
De gens à sa vuë,
Se seroient amassé,
De l'œil quoique vaille,
On l'auroit suivi
Tout ravi,
Sur la muraille*,
Le plus grossier sans peine auroit gravi.

Chacun du Messie,
Se seroit fait cadeau,
On ne verroit mie
De procès, d'aubriau,
Plus de marchands de filles,
Ni plus de berlands,
Ni boucans,
Plus de guenilles,
On ôteroit la mouche & les rubans.

Au fond de nos ames,
Réchauffer la vertu,
Amortir les flammes
De l'amour deffendu,
Ce seroit notre ouvrage,
Et l'on n'auroit point
D'autre soin,
Que d'être sage,
Ma foi la Ville en auroit grand besoin.

XVII. NOEL

Sur l'Air, *Banissons la mélancolie.*

Vous troquez le séjour de l'Ange,
Et pourquoi ? las ! c'est pour une grange,
Le troque est étrange.
Vous étiez si bien à votre aise,
On n'est pas chez nous,
Beau Dieu ne vous déplaise,
Aussi bien qu'on est chez vous.

Contre vous trois faux escogriffes,
Trois pendarts, Pilate, Anne & Caïphe,
Eguisent leurs griffes,
Peut-on voir sans être chienne,
Qu'un Agneau si doux
Innocemment se vienne
Mettre à la gueule du loup.

Nos fautes méritoient la corde
Et pourtant votre misericorde,
Grace nous accorde
La bonté dont votre ame est pleine,
Ne refuse pas
J'usqu'au sang de sa veine,
Et le tout pour des ingrats.

XVIII NOEL

Sur l'Air, *Tranquilles cœurs.*

LOrsque pour nous ravigotter,
Jesus vint pour naissance prendre,
Dites enfans sans tant chanter,
En quel lieu c'est qu'il vint descendre,
Ce ne fut pas dessous un superbe lambris?
Ce fut dans un taudis.

Le pauvre gîte que c'étoit!
Deux bêtes y hebergoient à peine,
L'une longues oreilles avoit,
L'autre cornes qu'il m'en souvienne,
Voilà le bel endroit où d'abord fut planté
Sa digne Majesté.

Une pierre fut son coussin,
Un fagot de paille pour oüette,
Ses petits membres sur du foin,
Une crêche fut sa couchette,
Avoit-il comme vous Quiétistes nouveaux,
Tant de soin de sa peau?

Né pour la Croix, né pour souffrir,
Il y meurt en payant nos dettes,
Vous autres mourez sans mourir,
Entre les bras de vos parfaites,
Lui pour se rafraichir, n'eût que du chicotin,
Vous que du champ-bertin.

XIX. NOËL.

Sur l'Air, *De Joconde.*

ADam sçût bien nous charbonner,
Et faire l'ame noire,
Qu'elle ne fût digne d'entrer
Dans la maison de gloire.
Nous étions tous enfans maudits,
Noircis comme écumoire,
Mais grace à Jesus nous voici
Nets comme verre à boire.

C'est votre mort, beau Sire Dieu,
Qui a mis l'homme au large,
Devers Noël en un saint lieu,
J'en pleure & fais ma charge,
Quand je songe à telle bonté,
En mangeant de la foisse,
Qu'une pomme vous ait coûté
Mainte poire d'angoisse.

Pendant la froidure en un coin
De grange délabrée,
Vous nous venez voir sur du foin,
Dieu, qu'elle sotte entrée!
En croix le dos tout déchiré,
Le front bordé d'ortie,
Entre deux brigands vous mourez,
La fichüe sortie!

XX. NOEL

Sur l'Air, *De l'ouverture de Bellerophon.*

LUcifer
N'est pas si grand clerc
Qu'on penseroit,
Il est si bête qu'il croyoit,
Que Dieu viendroit
Fort & adroit,
Qu'il porteroit
L'or que l'on filoit;
Que le moindre roti
Qui seroit cuit
Pour son friand minois,
Seroit des gelinottes de bois.
D'aussi loin qu'il vit Balthasar,
Melchior, Gaspar,
Apporter leur Présent,
Au genouils d'un chétif enfant,
Qui trembloit, qui claquoit des dents,
Il se moqua bien fort,
Disant voilà de grand butors,
Un garçonnet
Sans bavolet,
Et un fils de gredin
A-t-il la mine d'un Dauphin?
Mais quand Dieu lassé de se cacher,
S'avisa de prêcher,
Que sur le mont Tabor en l'air,
Il reluisit comme un éclair,
Que les boiteux fit marcher,
Fit voir les aveugle clair,

Le Diable,
Emerveillé,
Tout étonné,
Sentit que son cas étoit sale,
Et vîte au fin fond d'enfer
Courût sans dire mot se cacher, se chauffer.

XXI. NOËL.

Sur l'Air, *Oüi je le dis & le répete.*

GRand Dieu qu'à bon droit je reclâme,
Qui viens ici pour sauver l'ame
De votre pauvre serviteur,
Descendant sur terre vous même,
Vous me faites bien de l'honneur,
Et vous prenez bien de la peine.

Si du Ciel vous quittez le seüil,
Pour moi qui ne suis à votre œil
Rien qu'un vers, un chétif mortel,
Il est juste que je m'acquitte,
Et qu'un jour dedans votre Hôtel,
Je vous rende votre visitte.

XXII. NOEL

Sur l'Air, *Si le destin te condamne à l'absence.*

VOisin venez,
Les trois Messes sont dites,
Une heure a sonné,
La saucisse est cuitte,
L'andoüille est grillée, & le déjeuné.
Si la loi Judaïque,
Deffend le lard comme hérétique.
Ce n'est pas de même en Chrétienneté,
Mangeons du porc frais,
Mangeons, en ceci
Nous serons plus Catholique,
Si
Nous sommes friands de gorets.

XXIII. NOEL

Sur l'Air du Ballet du Roi, *Amis voici comme.*

L'Eté tout couvert de l'or de sa javelle,
S'estime la plus belle
Entre les quatre saisons.
L'Eté n'a pas raison,
Le Printems verd & guai,

Croît, en vertu des fleurs du mois de Mai,
Estre plus beau que l'Eté ;
L'Autonne s'imagine
Que rien n'est tel que sa vigne :
Mais l'Hyver
Soutient, malgré sa neige & tems couvert,
Qu'étant la saison de la Nativité,
Sur lui pour la beauté,
Le Printems, l'Eté ni l'Autonne,
Jamais ne l'auront emporté.

XXIV. NOEL.

Sur l'Air, *A la venüe de Noel.*

VErs Jesus en disant Chanson,
En l'école allons, c'est un lieu
Où va pour premiere leçon
Nous montrer la croix de Pardieu.

Dedans son étable assemblé,
Nôtre Crédo j'étudierons,
L'Asne que là je trouverons
Moins que nous est Asne bâté.

Le bon Jesus nous instruira,
J'aurons des éxemples sans fin,
Mais voici ce qu'il en sera,
Je serons pires que Calvin.

La Cave sera le sentier
Que les deux tiers enfileront,
Encor si c'étoit le grenier,
Bien plus près du Ciel ils serions.

Etudirons-je sans repos,
Sans seulement apprendre Amen?
Cela sent l'école plûtôt
D'Anieres que de Béthléem.

Pour le moins ne ressemblons pas
Aux Juifs ces écoliers maudits,
Ce fûrent des traîtres, ingrats,
A leur bon Maître Jesus-Christ.

Ils firent au vrai ce qu'on voit,
Qu'en figure font ces enfans,
Qu'on nous dépeint baillant le fouët
Dedans la classe à leur Régens.

Qu'à Dieu le fils il ne tenoit
Verge en main d'être revanché,
Il me souvient qu'il étrilloit
Qui faisoient du Temple un marché.

Encor qu'il foüette malgré lui.
Verges en respect regardons,
Au vinaigre qu'on lui servi
Il les a fait tremper, dit-on.

XXV.

XXV. NOËL.

Sur l'Air, *Du Poulalier de Pontoise.*

LOrsqu'en saison détestable,
Au monde Jesus-Christ vint,
L'Asne & le Bœuf son voisin
L'échauffoient dedans l'Etable :
Que d'Asnes, de Bœufs je vois
Dans ce Royaume admirable,
Que d'Asnes, de Bœufs je vois,
Qui ne l'auroient fait je crois.

On dit que ces pauvres bêtes
N'eurent pas vû ce bijoux,
Que se mettant à genoux
Humblement baisserent têtes,
Que d'Asnes, de Bœufs je vois,
Qui de tout se font des Fêtes,
Que d'Asnes, de Bœufs, je vois,
Qui ne l'auroient fait je crois.

Mais le plus beau de l'histoire,
Ce fût que l'Asne & le Bœuf
Passerent ainsi qu'un œuf
La nuit sans manger ni boire :
Que d'Asnes, de Bœufs je vois
Couverts de panne & de moire,
Que d'Asnes, de Bœufs je vois,
Qui ne l'auroient fait je crois.

XXVI. NOEL

Sur l'Air, *Pierre Bagnolet.*

TOus les ans quand Noël s'approche,
Seigneur je pense à ta bonté ;
Mais si ce souvenir m'accroche,
Il faut vous dire en vérité ;
D'autre côté, d'autre côté,
Qu'en même tems je me reproche
L'excès de ma méchanceté.

Vous fîtes l'homme à votre image,
Vous le mîtes en Paradis,
Dans ce lieu s'il eût été sage,
A l'aise il se fût ébaudi ;
Mais l'étourdi, mais l'étourdi,
Il fit bien-tôt si beau ménage,
Qu'en se perdant il nous perdit.

Pour trop se fier, le bonhomme,
A la compagne de son lit,
Sa gueule d'un morceau de pomme,
Et tout le monde empoisonnit ;
Ah ! le maudit, ah ! le maudit,
En cela nous fait bien voir comme
Ce n'étoit rien qu'un pauvre esprit.

Sans votre cher Fils, & votre Ange,
Nous serions demeurez bien sots ;
Que nous vous devons de loüange !
Nous voilà sauvez des fagots,
Tout au galop, tout au galop,
Si la forfaiture est étrange,
Le remède le fût bien trop.

Cependant après ce service,
Le monde est comme étoit tantôt,
Ce n'est par tout rien qu'injustice,
Les petits sont mangé des gros,
Les plus devots, les plus dévots,
Fourrent leurs pourpoints de malice,
La broche sent toûjours le rot.

Receveur, Gabeleur, ne songe
Qu'à nous manger, qu'à ramasser,
Sur nous il moissonne & nous ronge,
Que sert quand il vient de sucer,
De le presser, de le presser,
Une goute de cette éponge
Peut-elle nous rapetasser.

Trahison regne sans vergogne,
Loyauté n'a ni feu ni lieu,
Blaise est ruffien, Pierre est yvrogne,
Alison passe dans le jeu
Toute la nuit, toute la nuit,
Et l'on trouve dans la Bourgogne
Des marchands de fille aujourd'hui.

Pendant l'Avent point de retraite,
Ni pendant la maigre saison,
Si-tôt que la partie est faite,
On laisse là Pere Simon,
Il est trop long, il est trop long,
Moins dure une heure de bassette
Qu'une minute de sermon.

Les bonnes œuvres las ! sont mortes,
On laisse le Ciel en désert,
Un peccavi de bonne sorte,
Suffiroit pour le rendre ouvert,
Le tems se pert, le tems se pert,

Il eſt aiſé d'ouvrir la porte,
La clef ſans la tourner ne ſert.

Grand Dieu ſi comme je déſire,
J'entre un jour en votre Chateau,
Je n'y verrai qu'or & porphire,
Riche tapis, riche tréteau,
Rien que de beau, rien que de beau,
Mais permettez moi de vous dire
Que vous aurez trop d'eſcabeau.

XXVII. NOEL

Sur l'Air, *Nos Pelerines, &c.*

JEſus vient, brinballons ſa Fête,
Pour nous de ſa Crêche il s'apprête,
A combattre trois fauſſes bêtes,
Le monde, la chair, & Satan,
Nous n'aurions pû leur faire tête,
Ils nous menoient tambour battant.

Ils frappoient d'eſtoc & de taille,
Mais Jeſus qui pour nous chamaille,
Aujourd'hui la ſecouſſe baille,
Qu'ils en ont tout trois dans le dos,
Sans ſüer de deſſus ſa paille,
Le Poupon triomphe au maillot.

Fête Dieu, la défaite eſt belle,
Vois les Anges à tire d'aîle,
Qui courent conter la nouvelle

Dans

Dans tous les Hamaux d'alentour,
Les uns chantent la peronnelle,
Et les autres battent tambour.

Laboureurs, Bergers, pêle-mêle,
De courir un chacun se mêle,
Qu'il pleuve, qu'il vente, qu'il grêle,
Point de souci, point de tourment,
Chacun vient dans l'Etable frêle,
Apporter son maigre présent.

Tel le couvre de sa jaquette,
Tel pour échauffer sa chambrette,
Porte une botte d'alumette,
Ou de serment, ou de roseaux,
C'étoit des présens de chiquette,
En voici qui furent plus beaux.

Les Mages sur leur Dromadaire,
Portent à l'enfant débonnaire,
Or, Encens, Mirrhe, pour lui plaire;
Que de gens tout par tout je vois,
Qui sans demander tant d'affaire,
Seroient contens de l'un des trois.

XXVIII. NOEL,

Sur l'Air, *Le Démon malicieux & fin.*

NOël vient, c'en est demain le jour,
A la fin le voici de retour,
Mes enfans s'attendent que la buche
Leur pissera des prunaux, des marons;
Le point c'est qu'il faut que je m'épluche,
Pour récurer tantôt mon chaudron.

A Noël je n'y manque jamais,
Et j'en ai pour quatre mois après,
Ou pour trois, quand plutôt nous vient Pâques,
En récurant je ne fais pas grand frais,
Deux fois l'an à Pierre, Jean, ou Jacques,
De fredaines je porte le paquet.

Plût à Dieu qu'ici pour Confesseur,
Nous eussions le Pere le Vasseur;
Aux genoux de sa grosse figure,
Nous porterions nos fardeaux librement,
Ce seroit, jugeant par sa carrure,
Un Confesseur bien large surement.

Ce n'est pas que j'en aye besoin,
Dieu merci, je peche beaucoup moins
Qu'autrefois, quand nature rebelle
Comme à David me gonfloit le rognon:
Aujourd'hui la jeune pimprenelle
Me diroit oüi, que je répondrois non.

Mais peut-être que quelqu'un croiroit
Qu'un de mes plus gros pechez seroit

Mes Noëls trop guais pour la matiere,
Ainsi le crût le bonhomme Maigné,
Contre eux il disoit rage en sa chaire,
Cela les fit rencherir de moitié.

La Sorbonne a voulu depuis
En juger, mais en a jugé pis;
Qu'elle pitié! cent visage jaunes,
Contre un roquet se sont tant démené,
C'étoit là le cas de choisir Beaune
Pour y loger tel qui m'a condamné,

Vous trouvez donc, messieurs les grognards,
Mes Noëls, dites-vous, trop gaillards?
A cela j'ai deux choses à dire,
Ou qu'il les faudroit tous faire en françois,
Ou qu'il faut nous permettre d'en rire,
Nous permettant de les faire en patois.

Le nôtre est tout propre à réjoüir,
Quand sur tout pour lui donner le boüir,
Nous y mettrons chose qui pique,
Un grain de sel qui soit assaissonné;
Vous sçavez que le proverbe antique,
Parlant de nous dit Bourguignon salé.

Franc Bourguignon que suis, grace à Dieu,
J'ai fait mes études en bon lieu,
Dès l'instant que je pris la culotte,
Que je jasois! que j'étois éveillé!
Le cousin de mon pere, la Motte,
Qui vit cela me prit pour écolié.

Ce grand clerc qu'on vante avec raison,
M'éleva paix, aise en sa maison,
Prés le feu, dans la sainte Ecriture
Il me faisoit lire le soir en hiver,

Il étoit Poëte de nature,
Et pour gausser n'avoit jamais son pair.

De là vient que mon stile est badin,
Toutes fois ce n'est qu'à bonne fin,
En riant il lave aux gens la tête,
Railler sied bien, quand on raille à propos;
Dans la bible on voit que le Prophéte,
Et Dieu, raillant dit aussi des mots.

Dieu le Pere, en l'affaire d'Adam,
Quoique chagrin, le railla pourtant,
Quand il vît que ce mangeur de pomme,
Se tenoit là devant lui tout penaut,
Le voilà, ce fit-il, ce digne homme,
Devenu Dieu comme nous, le nigaut.

Qui ne sçait comme Elie, ha, ha, hâ!
Se mocquoit des Prêtres de Baal,
Disant, d'où vient qu'à votre parole,
Baal retarde? est-ce donc qu'il est sourd?
Ou bien si c'est qu'en chemin le drôle
Dort en Taverne, ayant bû tout le jour.

Le Sauveur, quand le Nicodême eût
Sur la loi dispute, & qu'il parût,
Sans façon pouvoit l'envoyer paître;
Mais le trait fut mille fois plus jenty,
De lui dire, eh! Monsieur notre Maître,
C'étoit lui dire, eh! Monsieur l'Apprenty.

Au Jardin lorsqu'il eût par deux fois
Vû ses gens dormir, souffler les pois,
La troisiéme, O ça! Jean, Jacques, Pierre,
Leur disoit-il, maintenant ronflez mieux,
Là dormez, on me prend par derriere,
N'est-il pas bien clair qu'il se moquoit d'eux.

En

En sa vie a-t-il avec chagrin
Repris aucun bon mot sans venin ?
Nanni da, témoin la Cananée,
Qui d'un bon mot sçût l'appaisser tout coi,
Ravis qu'elle ne fut étonnée,
Loüa la femelle & bénit sa foi.

Bien loin que pour mes Noël là-haut,
D'avoir peur que Dieu me fasse maux,
Qu'au contraire crois sans aucun doute,
Quand autre chose auroit pû le fâcher,
Quand ma Blaisette il chantera toute,
Il ne pourra de rire s'empêcher.

XXIX. NOEL

Sur l'Air, *Il étoit une Brunette qui tant belle étoit.*

Voici le saint tems, mon frere,
Que le bon Jesus
Au monde vint pour l'affaire
De notre salut,
De notre salut, mon frere,
De notre salut.

Il voulut comme nous autres,
Marcher pas à pas,
Les mains ainsi que les nôtres,
Au bout de ses bras. *bis.*

Encor bien qu'il fut le maître
D'abord de grandi,
Il se contenta de croître
Petit à petit. *bis.*

Bien-tôt pourtant le mystere
Sortit du cachot,
Qu'auroit servi la lumiere
Dessous un boisseau. *bis.*

Envoyé pour l'Ecriture,
A douze ans, de l'*item*,
Il commença l'ouverture,
Dans Jerusalem. *bis.*

C'est là qu'il soutint sa Thèse
Devant les Experts,
Qui ne furent pas bien aise
D'être pris sans verts. *bis.*

Son pere & sa mere furent
Eblouïs de voir
Qu'il sçavoit de l'Ecriture,
Le blanc & le noir. *bis.*

Mais quand de son grand ouvrage
Le tems fût venu,
Son nom ès Ville & Vilage
Fut bien-tôt connu. *bis.*

Jean le premier Porte-Enseigne
De la vérité,
Disoit par moi il ne daigne
Estre débotté. *bis.*

A sa parolle benie
Les vents se taisoient,

Le ſourd avoient bonne oüie,
Les muets jaſoient. *bis.*

Les Diables en l'air alerent
Faire les plonjons,
Les culs de jattes marcherent
Droits comme des jons. *bis.*

Tel manquoit de luminaire,
Qui vit le ſoleil,
Le mort quittoit le ſüaire,
Et lorgnoit de l'œil. *bis.*

Sur la mer bien que ce fuſſe
Un très-grand danger,
Il voyagea ſans qu'il euſſe
Peur de ſe noyer. *bis.*

Avec deux anguilles ſeules,
Cinq livres de pain,
Il ſoula cinq milles geules,
Qui mouroient de faim. *bis.*

Un bel endroit de ſa vie,
C'eſt qu'à table un jour
Il changea l'eau de Candie,
En vin de ſaint Flour. *bis.*

Mais le plus grand des ſervices,
Seroit que Jeſus,
Une fois changea nos vices,
Tretous en vertu. *bis.*

Lors Dieu ſçait quelle allegreſſe,
En ce lieu mortel,
La terre & le Ciel ſans ceſſe,
Tout diroit Noël. *bis.*

XXX. NOEL.

Sur l'Air, *Toute la nuit je rode.*

AUjourd'hui de plus belle,
Amis recommençons
Les chanſons,
Une mere Pucelle ;
Un tel jour à bas mis
Un fils
Conçû du ſaint Eſprit.

N'étant que fiancée,
Déja remuoit l'enfant,
Dans ſon flanc,
Joſeph eût la pouſſée,
Et ſe grattant le front,
Aye donc,
Vouloit tirer de long.

L'Ange afin qu'il repoſe,
S'en vint, lui raconta
Tout le cas,
Joſeph prit bien la choſe,
La tenant à faveur,
Honneur,
De la part du Seigneur.

Quelle gloire je prie,
N'étoit-ce pas pour lui,
Que meshui,
Jeſus le fruit de vie,
Le verbe qui d'un mot,

Et tôt,
Fait tout : fût son fillot.

Voilà de notre Maître,
Qu'elle est l'humilité,
La bonté ;
Nous loin de reconnoître,
Sa peine & son repos
Fort clos,
Nous lui tournons le dos.

Allons nous aux Eglises,
C'est pour Marthon, fanchon,
Madelon,
Nous disons des sottises,
Nous coulons le billet
Doucet,
Qu'on nomme le poulet.

La clochette à la Messe,
A beau faire din din,
Drelindin,
De chetifs gratte-fesse,
Sont comme des piquets
Tout droits,
Sans plier les jarets.

Ils en auront la chasse,
Nul n'entre en Paradis
Tout brandis,
La Porte en est si basse,
Que Bergers, Vignerons,
Massons,
A genoux passerons.

XXXI. NOËL

Sur l'Air, *De la Saint Martin.*

VIve Noël
C'est une bonne fête,
Qui nous vaut du miel,
Lucifer & tout son Bordel,
Aujourd'hui grace au Ciel,
Baisse la crête.
Du bon Dieu nous devenons le frere,
Pour nous rendre grands, petit s'est rendu,
Une femme jadis fâcher l'a pû,
Une autre femme appaise sa colere.

Le Firmament,
Fait pour l'humain lignage,
Lui fut cependant,
Depuis la sottise d'Adam,
Fermé quatre mille ans,
Et d'avantage;
Mais dès qu'à Noël la paix jurée
Eût remit le maître & le valet d'accord,
Dans le Ciel on se prépara d'abord,
A nous y faire une joyeuse entrée.

On retandit
D'haute-lices nouvelles
Tout le Paradis,
L'Arcange Michel vergettit
Les meubles du logis

Avec ſes aîles,
Un autre appreſta des caquetoires,
Des ſieges molets pour y mettre de rang
Les ames de nos bons vieux Peres-grands,
Que Jeſus vint tirer des purgatoires.

A dire vrai,
Tous ces bons Patriarches,
Say, Japhet, Lamai,
Abraham, Mathuſalai,
Crurent par ce délai,
Dieu long en marche :
Ils ſe conſoloient dans l'eſperance,
Me dira quelqu'un; mais je répond que ſi
Ils furent ainſi toûjours là ſans dormi,
Ils eûrent ma foi belle patience.

Nous, quand la mort
Viendra graiſſer nos bottes,
Nous nous faiſons fort,
D'aller dans le Ciel tout d'abord,
Sans Sergent ni recor
Qui nous garotte,
Nous nous dépêtrons du Purgatoire,
Et quand d'y gîter nous courons quelque hazard,
Le pardon de Monſieur ſaint Gulfard
Nous jette en un tour de main dans la gloire.

XXXII. NOEL.

Sur l'Air, *Helas! helas! Saint Nicolas.*

A Mon gré de toutes, la journée
La plus digne c'eſt Noël;

Nous n'aurions Pâques, ni rien tel,
Ni Pentecôte dans l'année,
C'est honte que Noël ne soit pas
Le premier dans l'Almanas.

A tel jour Jesus de son Eglise
Vint poser le fondement ;
Adieu vous dis, vieux testament,
Retire tes cornes Moïse,
Grace à Noël tout à changé,
Nous lui sommes obligé.

Pauvres Juifs, que votre loi fut pire !
Pardi, vous eûtes bon dos,
Votre drap de nopce en dépos
Est un point qui nous fait bien rire,
Mais chez nous c'est un point de foi,
Qui croit, fait mieux que qui voit.

Vous offrez, pour faire Dieu bien aise,
Sur son Autel des Agneaux,
Tantôt des Bœufs, tantôt des Veaux,
Il en coutoit ne vous déplaise ;
Pour nous sans cordon délié,
Nous disons des *Kirié*.

Eussiez vous des enfans deux douzaines,
Vous les mariez tretous,
Diantre nous ne sommes pas si fous,
Nous faisons nos filles Nonaines,
Nos derniers garçons Jacobins,
Cordeliers, ou Capucins.

Un couteau, race d'Adam mauditte,
Vous rogne un bout de la peau,
Sur le front pour rien qu'un peu d'eau,
Nous autres Chrétiens sommes quitte ;

Vaut-il

Vaut-il pas mieux voir l'eau couler,
Que notre ſang rigoler?

Vous n'avez ſur la table cagotte,
Jamais ni lard ni boudin;
Sur la nôtre dès la Touſſaint,
Il faut voir comme le porc trotte,
Jambons, cervelats, ſauciſſon,
Nous font trouver le vin bon.

Vous n'oſez pas cuir chair ou racine,
Tant que dure le Sabat,
Nous le Dimanche à tours de bras,
Nous travaillons pour la cuiſine,
Les Broches, les pots, les trepiers,
Servent comme aux jours ouvriers.

C'eſt aſſez le matin d'oüir Meſſe,
Campo tout le reſte du tems,
Nous nous donnons le paſſe-tems,
De chaſſe, de pêche, ou d'adreſſe,
De l'arballette, ou tillar,
De la paume, ou billar.

Il eſt vrai que nous faiſons la planche
Bien large d'aucunes fois,
Nous en accorde-t-on deux doigts,
Nous voulons l'aune toute franche,
Et de trop libres à la fin
Nous devenons libertins.

Si l'Egliſe eſt une bonne mere,
Devons nous en enfans perdus
Nous tant vanter d'avoir rendus
Sa loi des trois carts plus légere,
Gare qu'un jour l'Ange de Dieu
Nous mette en vilain lieu.

RONDEAU POUR LA VIERGE

Par la vertudieu, sans péché
A été la Vierge conçuë,
Combien que d'Adam fut issuë,
Qui étoit de vice entaché,
Qu'il ne lui soit donc reproché,
Car elle est sainte & pré-éluë,
Par la vertudieu.

C'est maugré Dieu qu'on a préché,
Contre son honneur, & valuë,
S'elle eût été en rien polluë,
Jamais il n'en fût approché,
Par la vertudieu.

FIN
du
Recueil

TABLE DES PIECES CONTENUES DANS CE RECUEIL.

Certain

Cloris

FIN DE LA TABLE.

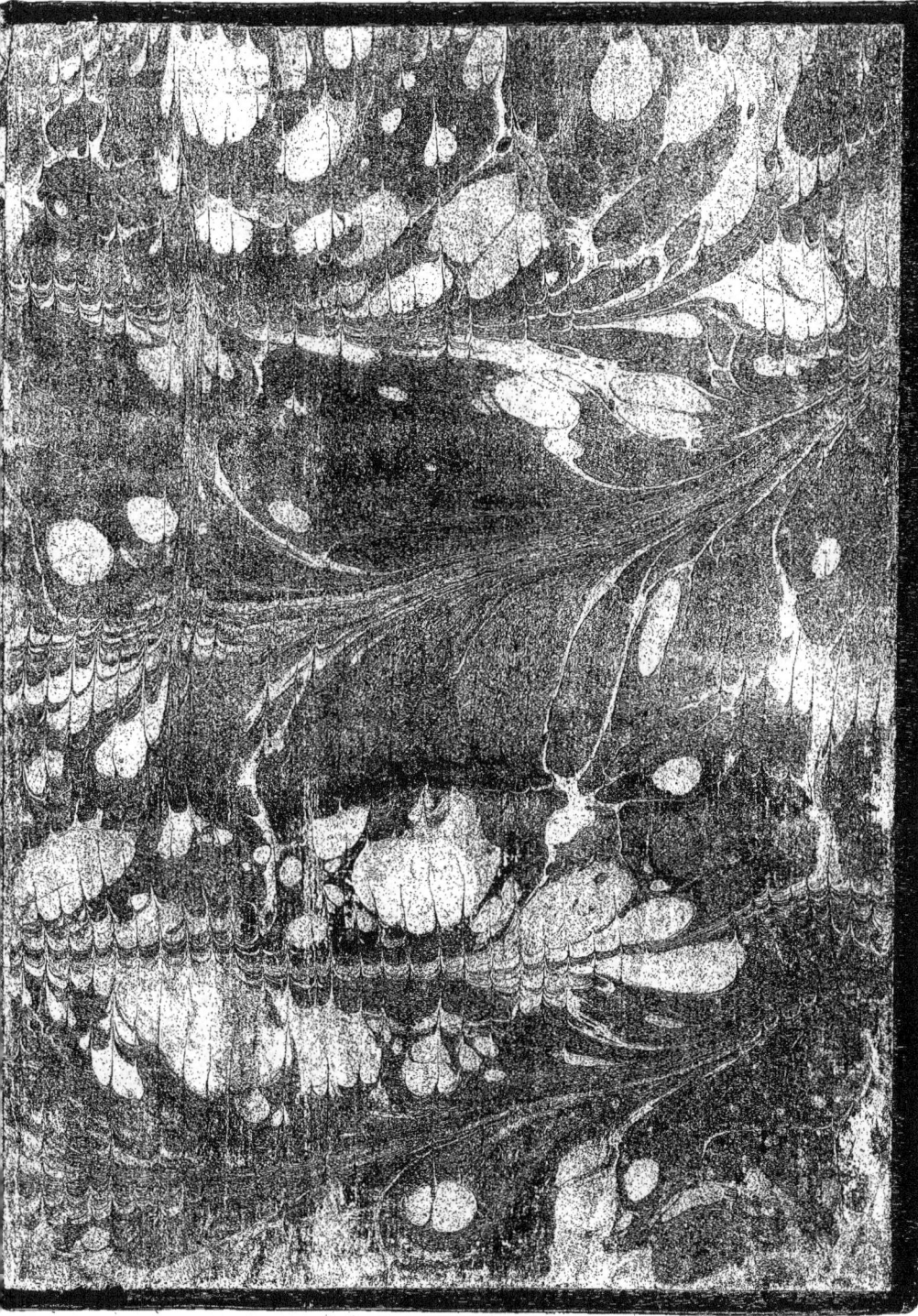

4° B

www.ingramcontent.com/pod-product-compliance
Lightning Source LLC
Chambersburg PA
CBHW061038030726
47504CB00002B/421
* 9 7 8 2 0 1 3 7 2 6 0 7 8 *